EAUX TROUBLES

www.casterman.com

casterman
Cantersteen 47
1000 Bruxelles

Publié en Australie par Allen & Unwinn, sous le titre : *The Debt – Book 5 : Yamashita's Gold.*

ISBN : 978-2-203-09108-5
N° d'édition : L.10EJDN001436.N001

Achevé d'imprimer en mars 2015, en Italie.
Dépôt légal : mai 2015 ; D.2015/0053/253
Déposé au ministère de la Justice, Paris (loi n° 49.956 du 16 juillet 1949
sur les publications destinées à la jeunesse).

PHILLIP GWYNNE

RUSH

EAUX TROUBLES

CONTRAT #5

Traduit de l'anglais
par Chloé Petit

casterman

Rappel des événements

Le jour de ses 15 ans, Dom a découvert un terrible secret de famille : les Silvagni ont une dette envers la Mafia, une dette très ancienne dont il est l'héritier ! Comme son père et son grand-père avant lui, il doit exécuter six contrats au service de cette mystérieuse organisation criminelle. Interdiction pour lui d'en parler à qui que ce soit. En cas d'échec, le vieux document signé par l'ancêtre de Dom précise que « le créancier pourra prélever une livre de chair sur son débiteur ». D'abord incrédule, puis saisi d'horreur, Dom comprend bientôt comment Gus a perdu sa jambe…

Il est déjà parvenu à remplir ses trois premiers contrats : capturer le Zolt, un jeune rebelle très populaire, couper l'électricité de sa ville, mettre la main sur le Cerberus, un prototype de smartphone ultrasecret et retrouver E. Lee Marx, le célèbre chasseur de trésors. Mais à quel prix… il a frôlé plusieurs fois la mort, son camarade de classe Tristan est resté dans le coma pendant plusieurs semaines et Imogen, exaspérée par son comportement, refuse de lui adresser la parole. Il sait désormais qu'on ne plaisante pas avec La Dette…

À présent, une seule question occupe son esprit : quand lui communiquera-t-on son prochain ordre de mission ?

Jeudi

01. LA FIÈVRE DE L'OR

— Débile ! m'écriai-je. Crétin ! Sombre merde !

Clairement, je commençais à être à court d'insultes originales à l'encontre du tapis de course Pacemaster 9650 MX Pro.

— Saloperie de machine ! Vieux débris ! Tu es bon pour la casse !

De mieux en mieux.

Pourtant, tout ce que la machine trouvait à répondre à mes provocations, c'était les politesses de rigueur, du type *Excellent* ou *Bravo, vous avez achevé le programme d'entraînement,* qu'elle énonçait de sa voix de synthèse à l'accent américain.

D'un pouce rageur, j'enfonçai la touche *stop*, avant de descendre de l'engin de malheur.

Par le passé, il m'avait ordonné d'éteindre toutes les lumières de Gold Coast. Alors pourquoi ne recommençait-il pas, cette fois ? J'attendais désespérément qu'il me donne l'ordre de mission de mon cinquième contrat, qu'il me demande enfin de mettre la main sur l'or de Yamashita.

Cela faisait presque trois mois que j'étais revenu de Rome, mais La Dette ne s'était toujours pas manifestée.

Le lendemain de mon retour, j'avais eu droit à la séance de barbecue habituelle chez Gus, et la lettre *A* était venue s'ajouter aux trois autres déjà marquées au fer à l'intérieur de ma cuisse.

PAGA.

Un petit tour sur Google m'avait appris que c'était le nom d'un village situé au nord du Ghana, non loin de la frontière avec le Burkina Faso.

Raison de plus pour que La Dette se bouge un peu les fesses et me donne mon contrat suivant. Plus vite j'en viendrais à bout, plus vite je pourrais faire ajouter une cinquième lettre à ce PAGA, et arrêter de me balader avec le nom d'un village africain entre les jambes.

En sortant de la salle de gym, je croisai mon père qui se rendait à son jogging matinal. Il arborait, comme à son habitude, un short et un débardeur impeccablement repassés.

— Dis donc, tu faisais un boucan pas possible là-dedans, me lança-t-il.

Tu ferais pareil si tu étais à ma place.

Et, à ma place, mon père l'avait été. Il y avait bien longtemps de cela, lui aussi avait été le jouet de La Dette.

— Dis, c'est normal s'il ne se passe absolument rien ? me risquai-je à lui demander.

La question semblait plutôt vague, mais il comprit aussitôt à quoi je faisais allusion.

— C'est peut-être à toi de faire bouger les choses, Dom, répondit-il.

Un slogan digne d'une pub pour articles de sport.

Soudain, sa voix changea du tout au tout, et il ajouta :

— Parfois, il faut savoir se mettre un bon coup de pied au cul.

Sur ces sages conseils, je montai dans ma chambre.

L'ordinateur portable que m'avait confié La Dette trônait sur mon bureau, fermé comme une huître.

Les insultes fusèrent à nouveau :

— Tas de merde ! Tu ne sers à rien !

Pourquoi ne se décidait-il pas à me parler, comme il l'avait fait lors de mon premier contrat ?

Je savais que ma mission suivante consisterait à trouver l'or de Yamashita, mais je ne pouvais rien faire avant que La Dette ne m'en donne l'ordre. Et pourtant, je perdais un temps précieux.

J'avais capturé le Zolt et obtenu de lui des précisions sur le lieu où était caché ce trésor légendaire.

La centrale nucléaire de Diablo Bay avait été mise à l'arrêt et les côtes environnantes, auparavant interdites d'accès, réouvertes au public.

J'avais réussi à mettre la main sur le Cerberus, un outil high-tech qui, une fois correctement calibré, serait parfait pour localiser l'or de Yamashita.

E. Lee Marx, le célèbre chasseur de trésors sous-marins, m'avait promis de venir en Australie pour diriger les recherches.

De mon côté, j'avais lu et relu tous les ouvrages possibles et visionné tous les documentaires traitant de la chasse au trésor, parmi lesquels ceux de E. Lee Marx lui-même.

J'avais regardé tous les films qui touchaient de près ou de loin à ce sujet.

J'avais passé des heures sur Internet, à lire les innombrables messages postés sur les forums de chasseurs de trésors. Mais je n'avais rien posté moi-même : je ne voulais pas donner à quiconque l'idée de se lancer sur la trace du trésor de Yamashita.

C'était devenu une véritable obsession : je pensais *or*, je rêvais *or*.

Mon ancêtre avait probablement partagé les mêmes rêves lorsqu'il avait mis le pied en Australie. Il lui fallait de l'or pour rembourser La Dette. Malheureusement pour lui – et pour ses descendants – il avait perdu la vie lors de la prise de la redoute d'Eureka, en 1854, avant d'avoir pu honorer son contrat.

Pour la énième fois depuis mon retour de Rome, j'entrai *e lee marx* dans la barre de recherche Google sur mon iPhone, puis cliquai sur *entrée*. Les résultats ne variaient jamais, l'occurrence la plus récente datait de plusieurs mois.

Si E. Lee Marx se trouvait bel et bien en Australie, Google ne semblait pas être au courant. Et si Google n'était pas au courant, alors je pouvais toujours courir pour le savoir.

Je réactualisai la page de résultats. Toujours rien de nouveau.

D'un geste rageur, j'envoyai valser le smartphone sur mon lit, avant de m'y m'allonger et de fermer les paupières.

C'était vraiment trop ironique.

La Dette était bien la pire chose qui me soit arrivée dans la vie. À cause d'elle, j'avais failli me faire tuer une bonne dizaine de fois, d'une dizaine de façons différentes. Et pourtant, je me trouvais là, à attendre désespérément, à souhaiter même, qu'elle me contacte. Qu'elle me donne enfin mon nouveau contrat.

Je repensai à une pièce que j'avais étudiée en cours : *En attendant Godot*. L'histoire de deux mecs qui en attendent un troisième. Pendant toute la pièce. Ce qui devient carrément insoutenable, à la longue.

Tout un tas de pensées se bousculaient dans ma tête, des tics faisaient tressaillir mes bras et mes jambes. J'avais les nerfs en feu.

D'ordinaire, je serais allé courir pour évacuer et me calmer, mais j'avais abandonné la course. Pour être exact, je n'avais pas couru une seule fois depuis la finale des 1 500 mètres aux Jeux mondiaux de la jeunesse, à Rome, où j'avais terminé à la quatrième place. Puis, à mon retour, j'avais appris que j'étais exclu de toute compétition officielle pendant un an, pour *avoir enfreint les règles de l'équipe*. Sûrement un coup de cette vieille vache de Mrs Jenkins, l'un des membres de la Fédération d'athlétisme du Queensland.

Alors je m'étais dit que s'ils pouvaient m'exclure pendant toute une année, moi je pouvais carrément les bannir de ma vie : en abandonnant le demi-fond.

Les murs de ma chambre étaient toujours tapissés de posters à l'effigie de coureurs célèbres, et j'avais gardé tous mes livres sur le sujet. Mais depuis que j'avais pris cette décision, je n'avais pas couru une seule fois.

— Faire un break, ça pourrait t'être bénéfique, s'était résigné Gus.

Mrs Sheeds, quant à elle, ne partageait pas cet avis.

— C'est une plaisanterie ? avait-elle rugi. Lors des qualifications, tu as battu tous les records de vitesse de ta catégorie, et en pleine canicule !

Pourtant, il ne s'agissait pas d'un simple break : j'avais bel et bien fait une croix sur le demi-fond. Depuis, je me levais toujours à l'aube, mais au lieu de me mettre en tenue et de sortir pour mon entraînement quotidien, je traînais au lit en attendant que la lumière du jour éclaire ma chambre.

Soudain, mon iPhone émit un bip.

Une vague d'excitation me parcourut le corps : et si c'était La Dette ?

Fausse alerte, seulement un SMS de Tristan. Qui ne comportait d'ailleurs qu'un seul mot : *piscine*.

Car à présent que je ne courais plus, je nageais.

Et je m'entraînais avec Tristan.

Oui, le Tristan qui, quelques mois plus tôt, m'avait réduit l'entrejambe en bouillie avec un coup de genou bien placé.

Finalement, je lui avais pardonné cet acte d'ultraviolence car *a*) mon entrejambe s'en était remis, et *b*) je me devais d'être en parfaite condition physique si je comptais me lancer dans une chasse au trésor sous-marine.

S'entraîner ensemble donnait également à Tristan l'occasion de prouver à quel point il était meilleur nageur que moi. Et ce n'est pas si mal de se frotter à plus rapide que soi, car cela force à se donner à fond pour ne pas se retrouver sur la touche, dépassé par son adversaire. Même s'il s'agit d'un crétin de la pire espèce.

chez moi dans dix minutes ? lui envoyai-je.

Il me confirma son accord par un smiley.

Je me levai pour consulter ma boîte e-mail, lançai un dernier regard meurtrier à l'ordinateur de La Dette, puis me changeai pour enfiler mon maillot de bain avant de descendre. Au rez-de-chaussée, tout était calme. Je sortis par la cuisine, qui donnait sur le jardin.

Dehors, des haut-parleurs crachaient de la musique à plein volume, en provenance de la piscine. Je reconnus Rage Against the Machine, l'un des groupes préférés de Miranda.

Elle doit être dans le coin, me dis-je, en avançant vers la source du bruit.

J'avais raison : ma sœur lézardait sur une chaise longue. Bikini. Bouquin. Lunettes de soleil. Elle avait dégainé sa panoplie complète de vacancière.

À cet instant, une autre personne entra dans mon champ de vision : Seb.

Affublé de l'uniforme beige du service d'entretien de la piscine et armé d'une épuisette, il ramassait les feuilles tombées dans l'eau, propulsant en l'air quelques gouttes qui étincelaient au soleil.

Il s'arrêta soudain et se tourna vers Miranda pour lui dire quelques mots. Elle posa son bouquin pour lui répondre.

Je stoppai net.

Je n'avais pas revu Seb depuis Rome, et je me sentis soudain assailli par un torrent de sentiments contradictoires.

Du ressentiment, car il se trouvait là, en train de papoter avec ma sœur.

De la méfiance, car j'étais presque certain qu'il avait un lien avec La Dette.

Mais aussi de la gratitude, car je n'aurais probablement pas pu honorer mon dernier contrat sans son aide.

C'est alors qu'une idée plutôt géniale me traversa l'esprit : s'il s'avérait que ce vieux Seb faisait partie de La Dette, pourquoi ne pas me servir de lui pour communiquer avec cette organisation ? Un être humain en chair et en os, c'était tout de même mieux qu'un tapis de course parlant, qu'un ordinateur récalcitrant, ou que des recherches Google complètement stériles.

— Salut, vous deux ! lançai-je, sans parvenir à masquer la pointe d'excitation dans ma voix.

Seb me décocha un sourire :

— Hé, mais voilà Jumpin' Jack Flash !

— Tu as pris une pilule du bonheur ce matin, ou quoi ? me demanda Miranda.

— Qu'est-ce que tu veux dire ?

— Eh bien, tu faisais un peu la gueule depuis ton retour de Rome.

— C'était sûrement à cause du décalage horaire, tentai-je.

— Depuis trois mois ?

Oui, bon. Miranda visait juste, comme d'habitude. Mais je n'allais pas me laisser démonter pour autant.

— Seb, la piscine est magnifique, lui dis-je.

Il me regarda bizarrement.

— Je nage pas mal, ces derniers temps, ajoutai-je. Et l'eau est vraiment très propre.

Toujours ce regard bizarre. Je poursuivis :

— Ça fait des semaines que je harcèle mes parents pour qu'ils me laissent faire un stage de plongée sous-marine.

Ce qui était la plus pure vérité.

— Ça doit être vraiment cool, fit Seb.

— Carrément ! Et puis, une fois mon certificat en poche, je pourrai plonger n'importe quand, surtout si on me demande de le faire ! m'exclamai-je.

— C'est officiel : tu es complètement barré, Dom, lâcha ma sœur.

— On dirait que j'arrive juste à temps pour les festivités, s'exclama une voix derrière nous.

Tristan fit son apparition, grand et élancé, une serviette jetée négligemment autour du cou, ses lunettes de piscine à la main.

— Ça m'a fait plaisir de te revoir, dis-je à Seb. Tu as toujours mon numéro, au cas où tu aurais besoin de me contacter ?

— Bien sûr, répondit-il.

Son ton manquait un peu de conviction. Une fois encore, je me pris à tout remettre en question. Peut-être m'étais-je trompé. Peut-être Seb n'avait-il aucun lien avec La Dette.

Je rejoignis le côté opposé du bassin, où Tristan exécutait quelques étirements.

— Prêt à bouffer des bulles ? me lança-t-il.

À quoi bon protester ? Il nageait plus vite que moi, c'était indéniable. Alors, oui, j'allais en bouffer, des bulles, dans son sillage.

— On va commencer par trente longueurs de crawl pour s'échauffer, annonça-t-il. Puis vingt sprints de quarante mètres, avec cinq secondes de pause entre chaque. Ensuite, on avisera.

— Ça me va.

Nous plongeâmes.

Dès l'échauffement, la vitesse de Tristan me mit en difficulté. Après seulement quelques longueurs, je luttais pour tenir la distance. Mon rythme et mes mouvements devenaient irréguliers, mon souffle saccadé.

Mais il était hors de question de le laisser creuser l'écart.

Je voulais me trouver en parfaite condition physique lorsque La Dette me donnerait mon nouveau contrat et me demanderait de trouver l'or de Yamashita.

Après une centaine de longueurs, soit environ deux kilomètres, Tristan décréta qu'on allait en rester là pour la journée, que la séance avait été suffisante.

Il s'en alla et, après avoir passé un short sur mon maillot de bain, je me laissai tomber sur une chaise longue. À l'autre bout du bassin, Seb et Miranda étaient en pleine discussion, mais je n'entendais rien depuis le lieu où je me trouvais.

J'allais me lever lorsque ma mère fit irruption sur la terrasse et se dirigea droit vers eux.

Dès mon retour de Rome, j'avais été déterminé à lui demander des comptes au sujet de San Luca. Était-elle née en Californie, comme elle l'avait toujours clamé, ou bien en Italie ?

J'avais attendu le bon moment pour cela, mais il ne s'était pas présenté. Les jours avaient passé, puis les semaines, et ma détermination avait fondu comme neige au soleil. J'étais toujours décidé à lui en toucher deux mots, un de ces jours. Mais pas avant d'avoir mis la main sur l'or de Yamashita.

Je la vis se pencher vers Miranda et, vu la façon dont ma sœur se redressa et arracha ses lunettes de soleil avec rage, ce n'était pas juste pour lui parler de la pluie et du beau temps.

Ma mère s'approcha ensuite de Seb, occupé à nettoyer les feuilles de la piscine. S'ensuivit une conversation entre eux deux, même si c'était ma mère qui parlait le plus.

Lorsqu'ils en eurent terminé, Seb prit son seau et son filet, puis s'éloigna. Ma mère dit encore quelques mots à Miranda, avant de disparaître à son tour.

Je rejoignis alors ma sœur, qui se tenait figée, le regard dans le vague.

— Qu'est-ce qui s'est passé ? m'enquis-je.

Elle me fusilla aussitôt du regard.

— Hé, je suis innocent, protestai-je en levant les deux mains en l'air.

— Elle a beau débiter de jolis petits discours PC à longueur de journée, c'est vraiment une snob, cracha-t-elle.

— PC ? Ça a un rapport avec les ordinateurs ?

— Non, PC, Politiquement Correct, m'expliqua-t-elle en me gratifiant de l'un de ces regards à la fois méprisants et exaspérés dont elle avait le secret.

— Alors, elle t'a dit quoi ? insistai-je.

Miranda leva les yeux au ciel.

— Ça n'a rien d'intéressant.

Oh que si. Je n'allais pas lâcher le morceau aussi facilement.

— C'était à propos de Seb et toi ?

Elle remit ses lunettes de soleil et poussa un soupir :

— Oui, c'était à propos de Seb et moi. En gros, elle voudrait que je ralentisse. Elle pense que je suis trop jeune pour une relation sérieuse, que je dois me concentrer en priorité sur mes études.

Cela me semblait pourtant très raisonnable, mais je me gardai bien de le lui faire savoir. J'optai plutôt pour l'empathie :

— Ça craint.

— C'est clair, acquiesça-t-elle.

Notre conversation avait atteint son terme, je rejoignis donc ma chaise longue.

Au même moment, mon iPhone, qui se trouvait dans la poche de mon short, émit un bip. Mon cœur s'affola. Seb avait-il pu contacter La Dette aussi rapidement ?

Je consultai le message.

Atque ita semineces partim ferventibus artus mollit aquis, partim subiecto torruit igni

Je fis défiler ma boîte de réception pour retrouver l'autre message que j'avais reçu en latin.

Discipule, caro mortua es

Ce que le professeur Chakrabarty avait traduit par *Collégien, tu es mort.*

Avec tout ce qui m'était arrivé depuis, j'avais complètement zappé cette histoire de menace. Tout me revenait, à présent. La terreur que j'avais ressentie en recevant ce message. Le flou total dans lequel je m'étais retrouvé : provenait-il de La Dette, ou non ?

Et ce nouveau message, que signifiait-il ?

Je me précipitai dans ma chambre, m'installai devant mon ordinateur, et recopiai la phrase dans Google Traduction. Je sélectionnai la langue-source, *latin*, puis cliquai sur *entrée*.

Le résultat s'afficha :

Et après cela, et dans certaines régions d'ébullition adoucit les eaux de la trame, et en partie grillé sur le feu.

Bravo, Google Traduction. Bon boulot. Vraiment.

Cela provenait forcément de La Dette. Peut-être un message codé ?

Gus me l'avait bien dit : trouver en quoi consistait la mission, c'était déjà la moitié du travail.

Oui, il n'y avait aucun doute possible.

Ne restait donc plus qu'à réussir à traduire correctement ce message. Et, pour cela, je n'avais pas trente-six solutions. En l'occurrence, je n'en avais qu'une seule : elle commençait par *Chakra* et finissait par *barty*.

Il fallait à tout prix que je contacte le professeur Chakrabarty.

Je devais bien être le premier élève au monde prêt à tout pour revoir un prof pendant les vacances scolaires. D'autant plus que je ne suivais même pas les cours de la personne en question.

Mais comment le retrouver ?

Je commençai par chercher à l'endroit le plus évident : Google.

La page des résultats me présenta une certaine Paramita Chakrabarty, spécialiste en maladies neurodégénératives, et un Amit Chakrabarty, urologue sept fois récompensé par des prix de médecine. Sans oublier KV Chakrabarty, que je découvris sur une vidéo YouTube dans laquelle il donnait une conférence sur les risques systémiques.

Aucune trace de mon professeur Chakrabarty, cependant.

Quel était son prénom ? Je n'avais aucun souvenir de l'avoir déjà lu ou entendu.

Peut-être n'en avait-il pas, comme les stars mondialement connues, du genre Pink, Prince ou Madonna.

Je tapai son nom de famille dans le moteur de recherche des Pages Blanches. Sans succès. Pas le moindre Chakrabarty à Gold Coast, ni dans le Queensland tout entier.

Je me rendis alors sur le site web de Coast Grammar. Le professeur y était bien mentionné en tant qu'enseignant de lettres classiques, mais ses coordonnées n'apparaissaient pas. Ni numéro de téléphone, ni adresse e-mail.

Je relus le SMS que je venais de recevoir.

Atque ita semineces partim ferventibus artus mollit aquis, partim subiecto torruit igni

J'avais l'impression qu'il se payait ma poire, qu'il me narguait comme un gamin d'école primaire : *nananère, tu ne sais pas ce que je veux dire !*

Il fallait à tout prix que je parvienne à le déchiffrer.

J'aurais pu le poster sur l'un de ces forums dédiés au latin qui fleurissaient sur le Net, mais mon intuition me poussait vraiment à ne m'en remettre qu'au professeur Chakrabarty.

Je me creusai la cervelle à la recherche de la moindre information qui me permettrait de le retrouver.

Par deux fois, je m'étais rendu dans son bureau, qui m'avait paru extrêmement spartiate. Je ne pouvais pas en tirer le moindre indice.

Un détail me revint alors en mémoire : le professeur tentait de joindre le service clients de Virgin, son opérateur téléphonique. Je n'avais rien d'autre à me mettre sous la dent. J'allais devoir creuser cette piste.

Je fis donc ce qui me semblait le plus évident : passer un coup de fil à Virgin.

Après avoir navigué à travers la multitude d'options du service clients automatisé, je restai en attente pendant une demi-heure avant d'être enfin mis en relation avec un être humain.

— Bonjour, que puis-je faire pour vous ? me demanda-t-il.

Mon plan était simple : dire la vérité. Tout du moins, une certaine version de la vérité.

— J'aurais besoin d'obtenir le numéro de l'un de vos abonnés, c'est très important, lui expliquai-je.

À l'autre bout de la ligne, je l'entendis prendre une profonde inspiration avant de me répondre :

— Je crains que ce ne soit impossible.

— Et pourquoi ?

— Notre entreprise a pour principe de ne jamais, jamais, jamais divulguer le moindre numéro.

Bon. Apparemment, j'étais tombé sur un type un peu timbré.

Ce qui, en un sens, me donnait de l'espoir : je pouvais peut-être jouer sur cette faiblesse.

— En fait, il s'agit de mon prof de lettres classiques. J'ai besoin de son aide pour traduire un SMS en latin que je viens de recevoir.

Silence à l'autre bout du fil.

Et voilà, il va me prendre pour un fou ou un mythomane, et me ressortir sa rengaine sur la politique de l'entreprise.

— En latin ? s'étonna-t-il.

Il venait d'ouvrir une brèche, je devais donc jouer le tout pour le tout.

— Oui, et j'en avais déjà reçu un autre il y a quelques mois.

— Ah bon ?

— Il disait *Discipule, caro mortua es*.

Mon interlocuteur émit un petit sifflement.

— Et ton professeur a réussi à le traduire ? s'enquit-il.

— C'est le meilleur latiniste qui existe.

— Et qu'est-ce qu'il voulait dire, ce message ?

— Eh bien, ce n'était pas très amical...

— Allez, ne me laisse pas mariner. Dis-moi !

Je pris ma voix la plus grave pour répondre :

— « Collégien, tu es mort. »

Il laissa échapper un cri d'effroi.

— C'est rude ! Et tu n'as pas eu peur ? me demanda-t-il, visiblement inquiet.

— Disons que ça allait, jusqu'à ce que je reçoive ce nouveau SMS.

— Mon Dieu... Et que dit-il, ce SMS ?

Je lui lus, même si ma prononciation latine laissait à désirer.

— Mon Dieu, répéta-t-il. Il a l'air encore pire que le premier.

— Je sais... fis-je, d'une voix qui se voulait profondément épouvantée.

Ce qui ne fut pas très difficile, vu que je commençais vraiment à me rendre compte du caractère angoissant de toute cette affaire.

— Et tu as une idée de qui peut bien être l'auteur de ces messages ?

— Rien de très concret. C'est pour ça que j'espère que le professeur Chakrabarty pourra m'aider. Il est vraiment calé et il s'y connaît en sociétés secrètes, et autres choses du genre.

Silence au bout du fil.

— Bon. Si on te demande, cette conversation n'a jamais eu lieu, OK ? finit-il par lâcher.

— Bien sûr, vous avez ma parole.

— Épelle-moi le nom de ton professeur.

Je m'exécutai, et il me donna le numéro de téléphone correspondant.

— N'oublie pas : tu n'as jamais eu affaire à moi, compris ?

— Compris.

— Et fais attention à toi, petit. Il se passe des choses pas nettes dans ce monde.

Je raccrochai puis m'empressai de composer un SMS : *Mr chakrabarty, j'ai reçu un autre message en latin, dom.*

La réponse m'arriva dix minutes plus tard : *Comment as-tu eu ce numéro ?*

Bingo !

Une petite recherche sur Internet me permit de trouver une longue liste de proverbes en latin. Je mis rapidement le doigt sur celui qui m'intéressait, et recopiai *extremis malis extrema remedia* sur mon iPhone, en prenant garde à ne pas faire de faute, avant de cliquer sur le bouton *envoyer*.

Aux grands maux les grands remèdes.

Cette fois-ci, la réponse ne mit que quelques secondes à me parvenir : *Ne puero gladium.* C'était ma faute, aussi, je n'aurais pas dû commencer. À ce petit jeu, le professeur était bien plus fort que moi.

Google Traduction me proposa *Ne pas l'épée de l'enfant*, ce qui ne m'éclaira pas vraiment, alors je tapai directement le message dans la barre de recherche de Google pour trouver sa véritable signification : *Ne confiez pas une épée à un enfant.*

Bon. Il était temps de revenir à ma langue maternelle.

Malheureusement, mon latin est très limité, pianotai-je sur mon iPhone. *J'ai reçu un nouveau message, pourriez-vous me le traduire si je vous l'envoie ?*

Retrouvons-nous, cela vaudra mieux, me répondit-il.

Ce qui était exactement la réponse que j'espérais.

Où et quand ? demandai-je.

Au Seaway à six heures.

Entendait-il par là l'endroit où se rendaient tous les pêcheurs ? Ou bien existait-il un autre lieu du même nom ? Je m'apprêtai à lui envoyer un nouveau message pour lui demander confirmation, avant de me raviser. Il n'y avait pas trente-six endroits appelés Seaway à Gold Coast, de toute façon.

L'endroit était plutôt invraisemblable pour retrouver un professeur de lettres classiques. Mais, tout bien réfléchi, cela ressemblait bien au professeur Chakrabarty, un être lui-même assez invraisemblable.

Jeudi

02. LE SEAWAY

Le bus que j'empruntai pour me rendre à notre lieu de rendez-vous était bondé, et je fus surpris de voir tant de monde converger vers le même endroit que moi. J'en compris la raison en arrivant à destination, où se tenait un grand rassemblement.

Des gens brandissaient des pancartes *Sauvons le Spit et les îles Stradbroke et Wave Break : NON au terminal croisière !*

Deux cents ou trois cents manifestants de tous bords étaient réunis. Des jeunes, des vieux, tous très remontés contre ce projet de construction.

— Un, deux, trois ! Le terminal ne passera pas ! scandait l'un d'eux dans un mégaphone.

Le professeur Chakrabarty se trouvait-il dans cette foule, armé d'une pancarte en latin ?

Non. Aucun signe de lui.

Je m'apprêtai à me détourner de la manifestation pour le chercher un peu plus loin, lorsqu'une main s'abattit soudain sur mon épaule. Une main gigantesque qui ne pouvait appartenir qu'à un colosse…

— Sang Neuf ! rugit son propriétaire.

J'aurais dû deviner à qui j'avais affaire : Hound de Villiers, détective privé.

Que faisait-il dans le coin ? Ce n'était pas exactement le genre de personne que j'imaginais férue d'activisme politique… C'est à cet instant qu'un détail me revint en mémoire : Hound habitait sur le Spit, et n'avait probablement pas envie qu'une flopée de passagers de ferry puissent avoir une vue plongeante sur son jardin lorsqu'il se dorait la pilule au soleil.

Autre détail d'importance : la dernière fois que nous nous étions parlé, j'avais sollicité une faveur : qu'il m'aide à contacter son ami E. Lee Marx. Pour cela, j'avais dû agiter une carotte en or massif sous son gros nez : le trésor de Yamashita.

— Alors, tout roule pour toi ? me demanda-t-il.

— Je n'ai pas à me plaindre. Et de votre côté ?

— Beaucoup de boulot ces temps-ci.

Pas la moindre allusion au général Yamashita, ni à son or.

— D'ailleurs, Sang Neuf, poursuivit Hound, si tu te sens d'attaque pour bosser un peu pendant les vacances, je pourrais bien avoir besoin de tes services.

Était-il sérieux ? Oui, vraisemblablement.

— Je vais y réfléchir, répondis-je. J'ai votre numéro, de toute façon.

— Pourquoi ne passerais-tu pas au bureau, plutôt ? On pourrait se faire un japonais.

Un japonais ? C'était forcément en lien avec l'or de Yamashita. Mais pourquoi s'exprimait-il ainsi, de façon codée ? Je ne tardai pas à avoir le déclic : lorsqu'une grande partie de son travail consiste à suivre et surveiller des gens, on a tendance à devenir parano et à se croire soi-même constamment écouté et épié.

— Bonne idée, j'adore la nourriture japonaise, acquiesçai-je. Le wasabi, ça déchire !

Hound me regarda de travers : *le wasabi, ça quoi ?*

Je le plantai là et me mis à remonter la grande jetée du Seaway.

De vagues souvenirs me revenaient en tête. Je m'y étais déjà promené avec mon père. Peut-être même que nous étions venus pêcher, une fois. Mais cela datait du temps où je n'étais encore qu'un petit garçon. L'endroit était plutôt sympa, propice à renforcer les relations père-fils. Je regrettais qu'il ne m'ait pas emmené là plus souvent.

Quelques bateaux naviguaient au large. Près des rochers, j'aperçus un couple de plongeurs descendre sous l'eau en ne laissant dans leur sillage qu'une traînée de bulles. Cela me fit penser qu'il fallait vraiment que je continue de harceler mes parents au sujet du stage de plongée sous-marine.

Je jetai un regard alentour : partout des pêcheurs.

Certains donnaient l'air de débarquer avec leur canne à pêche basique, prêts à tenter leur chance auprès des poissons. D'autres, nettement plus aguerris, avaient sorti tout l'attirail halieutique[1] : cannes de longueurs et d'épaisseurs diverses, moulinets de compétition en acier inoxydable, boîtes et glacières en tous genres, profusion d'appâts plus ingénieux les uns que les autres. Et des fauteuils très, très confortables.

Mais toujours aucune trace du professeur Chakrabarty.

1. Relatif à la pêche.

Je commençais à redouter qu'il ne m'ait posé un lapin – si l'on peut dire – et que je ne me retrouve donc le bec dans l'eau. Je m'apprêtai à lui envoyer un SMS lorsqu'une soudaine clameur se fit entendre derrière moi.

En tournant la tête vers la source du bruit, j'aperçus un homme de taille moyenne, coiffé d'un bob, qui s'agrippait à sa canne à pêche. Celle-ci était complètement arquée, et le moulinet faisait un bruit d'enfer.

Sa prise devait être absolument monstrueuse.

Une foule s'agglutina rapidement autour de lui, et chacun y alla de son petit conseil :

— Plus haut, la canne !

— Non, plus bas !

— Remontez la ligne !

— Non, pas tout de suite !

Le pêcheur au bob finit par tous les envoyer paître, dans une langue étrangère. Vraiment très étrangère. Dans le genre latin ou grec ancien.

Chakra + Barty = Chakrabarty !

J'étais passé devant lui sans même le reconnaître !

Cela me rappela la dernière fois que je l'avais croisé : en Italie, dans un train à destination de la Calabre. Le professeur Chakrabarty était-il lié à La Dette ? Non, cela aurait été beaucoup trop énorme. Si énorme que je choisis purement et simplement de supprimer ce souvenir de ma mémoire.

Ses quelques mots en langue étrangère avaient fait leur petit effet, et cloué leur bec aux pseudo-experts. Il était clair que le professeur maniait parfaitement les rudiments de la pêche.

Il m'adressa un petit signe de tête lorsqu'il me vit rejoindre la foule.

Par deux fois, le poisson tenta de s'échapper, mais le professeur résista d'une main de maître, ce qui lui valut quelques murmures d'approbation de la part des badauds.

— Quel coup de main, fit remarquer l'un d'eux.

Au bout d'un moment, le professeur déclara :

— J'ai l'impression que l'eau change de couleur.

Je plongeai le regard au niveau de sa ligne de pêche. On pouvait y distinguer une masse aux reflets argentés.

— Dom, pourrais-tu m'assister ? me demanda-t-il.

— Pas de problème. Qu'est-ce que je dois faire ?

— Il y a une pince dans ma boîte à pêche, si tu veux bien me l'apporter.

Je m'exécutai.

L'énorme poisson se trouvait juste sous la surface. C'était une bête impressionnante, qui devait bien peser dans les vingt kilos. Le roi des poissons.

La foule de curieux s'était encore agrandie, et l'on jouait des coudes pour voir remonter la prise.

— J'ai une gaffe, si ça peut vous servir, proposa un homme.

— Je vous remercie, mon vieux, mais cela ne sera pas nécessaire, répondit le professeur.

Mon vieux ? Quelques personnes échangèrent des regards amusés.

— Dom, pourrais-tu te charger de la canne ? me demanda-t-il. Il faut simplement la garder en l'air.

— Bien sûr, répondis-je en empoignant l'outil.

Rendre service au professeur, c'était l'occasion idéale de me faire bien voir, et donc de recréditer mon quota de faveurs auprès de lui. Donnant-donnant, à la manière de Hound de Villiers.

Cependant, tenir la canne en l'air n'était pas aussi simple que ce que je croyais. À ce stade, même s'il commençait à fatiguer, le poisson se débattait encore vigoureusement.

Le professeur Chakrabarty, pince à la main, s'engagea prudemment sur les rochers glissants qui bordaient l'eau. Une fois en position, il me lança :

— Fais-le venir par là, Dom.

Je fis de mon mieux pour tirer le poisson vers lui. Il se pencha et réussit à s'emparer de la ligne. Mon travail était terminé.

Le professeur Chakrabarty saisit alors le poisson et retira délicatement l'hameçon de sa bouche. Avant de le relâcher dans la mer.

La foule, qui retenait son souffle jusque-là, retrouva subitement la voix.

— Mais quel idiot ! s'exclama quelqu'un.

Seules deux ou trois personnes applaudirent le geste du professeur.

Ce dernier, revenu des rochers, arborait un large sourire.

— Une magnifique créature ! Quel plaisir d'avoir valsé avec elle !

Voilà qui était un peu bizarre. À quel moment la valse requiert-elle que l'un des danseurs se fasse transpercer la lèvre par un crochet en acier ? Mais bon, dans un sens, je saisissais à peu près le message.

La tension désormais retombée, la foule de spectateurs se dispersa. Le professeur accrocha un nouvel appât au bout de son hameçon, avant de relancer sa ligne.

— Je ne vous imaginais pas pêcheur, lui avouai-je.

— Oui, cela surprend toujours les gens.

Nous restâmes quelques instants assis en silence, le professeur sur sa chaise pliante, moi perché sur la boîte à pêche.

— Alors, Philippidès, tu as reçu un nouveau SMS ? finit-il par me demander.

— Vous savez, il est temps que vous laissiez tomber cette histoire de Philippidès.

— Et pourquoi cela ?

— J'ai abandonné le demi-fond. Je fais de la natation, maintenant.

— Dans ce cas, fit-il en déroulant un peu plus de ligne, tu es donc Léandre, qui traversait chaque nuit l'Hellespont à la nage !

Ce Léandre me plaisait déjà plus que Philippidès, même si la simple idée de nager en pleine nuit m'aurait sérieusement flanqué les chocottes.

— Mais pourquoi faisait-il ça ? questionnai-je.

— Pour rejoindre sa chère et tendre Héro, cela va de soi !

Je luttai contre la tentation de lui demander comment avait fini ce Léandre : mes rares connaissances en mythologie m'avaient appris que la plupart des protagonistes connaissaient des destins plutôt tragiques. Après tout, on pouvait considérer les mythes comme les tout premiers films d'aventure de l'histoire de l'humanité.

Par exemple, ma précédente incarnation, Philippidès, était tombé raide mort après avoir couru quarante kilomètres entre Marathon et Athènes pour annoncer la victoire des Grecs.

— Et donc, ce SMS ? reprit le professeur Chakrabarty.

Je lui tendis mon iPhone pour qu'il le lise. Un tressaillement secoua ses énormes sourcils broussailleux, et l'inquiétude se dessina sur son visage. Si c'était bien lui l'auteur de ces SMS, alors il effectuait là une prestation d'acteur impressionnante, digne d'un Oscar.

— Et tu ne connais vraiment pas l'identité de l'expéditeur ? s'enquit-il.

Bien sûr que si : c'est La Dette. Mais pas question que je vous crache le morceau.

Je fis non de la tête.

— Tu dois forcément avoir une petite idée, non ? insista-t-il, une pointe d'impatience dans la voix.

C'est La Dette, bordel !

Mais je fus soudain assailli par le doute : et si je me trompais ? Si La Dette n'avait rien à voir avec ces messages ?

Jusque-là, elle s'était servie de l'ordinateur ou du tapis de course pour me donner mes ordres de mission. Certes, il s'agissait de moyens de communication assez peu orthodoxes, mais les consignes avaient toujours été très claires. Capture le Zolt ! Éteins les lumières de Gold Coast !

La Dette ne semblait vraiment pas du genre à recourir à l'envoi d'obscurs messages en latin…

Ou alors si. Peut-être qu'elle cherchait à me tester, pour s'assurer que j'étais apte à me lancer sur les traces de l'or de Yamashita.

D'ailleurs, je ne voyais vraiment pas qui d'autre pouvait bien s'amuser ainsi avec mes nerfs.

— Alors, qu'est-ce qu'il veut dire, ce SMS ?

— Cela provient des *Métamorphoses* d'Ovide. Il s'agit d'un extrait du mythe de Lycaon.

Méthode typique de prof : susciter de nouvelles questions au lieu de répondre à la demande initiale.

— Et que raconte-t-il, ce mythe, au juste ?

— Lycaon, roi d'Arcadie, voulut mettre à l'épreuve l'omniscience de Zeus en lui servant un plat de chair humaine. Celle d'Arcas, l'enfant du dieu et de la propre fille du roi, Callisto.

— Charmant, grimaçai-je.

— Outragé, Zeus changea Lycaon en loup avant de foudroyer ses cinquante fils. Puis il ressuscita Arcas et le fit monter sur le trône.

Je restai bouche bée. Cette histoire était carrément bizarre.

Le professeur Chakrabarty me rendit mon iPhone et me lança d'un ton grave :

— Supprime ce fichu message, essaie de découvrir qui est l'expéditeur et ordonne-lui d'arrêter de te harceler !

— Mais pourquoi voulez-vous que je le supprime ? Que signifie-t-il ?

Le professeur poussa un soupir et se mit à déclamer d'une voix théâtrale :

— Et c'est ainsi qu'il fit bouillir une partie des membres encore palpitants de la victime, et livra le reste à l'ardeur de la flamme.

— Quelle horreur ! m'écriai-je.

— En effet, mais gardons à l'esprit que ces mythes sont bien antérieurs aux croyances judéo-chrétiennes. Ce qui explique sans doute à quel point ils sont si cruels. Cependant il y va de ton intérêt que tu supprimes ce message et que tu démasques son expéditeur.

Il y avait une lueur dans son regard et un ton dans sa voix qui ne me rassuraient pas du tout.

— Tu ne connais personne qui s'intéresse aux langues anciennes ? me demanda-t-il.

Personne d'autre que vous, pensai-je en le regardant droit dans les yeux. *À ma connaissance, le seul élève qui s'intéresse aux matières que vous enseignez, c'est Peter Eisinger. Et il n'est pas du genre à envoyer des SMS flippants qui parlent de faire bouillir des membres encore palpitants.*

Je relus le message sur mon smartphone, le doigt au-dessus de l'icône *supprimer*, mais je cliquai finalement à côté.

Après un regard à ma montre, je pris congé du professeur Chakrabarty et me dépêchai de quitter le Seaway.

03. ESPION CONTRE ESPION

De l'extérieur, on pouvait se rendre compte que le Spy Shop était bondé. Il devait y avoir au moins cinq motards dans la boutique. Vêtus de cuir des pieds à la tête.

Les motards pullulaient à Gold Coast, on pouvait en croiser à chaque coin de rue, et les journaux locaux ne manquaient jamais de se faire l'écho de leurs exploits.

UNE GUERRE DE MOTARDS ÉCLATE DANS UN CENTRE COMMERCIAL

Des prouesses du genre.

À leur décharge, ils organisaient chaque année une distribution de peluches aux enfants hospitalisés. Toutefois, mis à part ce détail, ils ne roulaient que pour le meurtre, les troubles à l'ordre public, et la fabrication de substances illicites.

Je marquai un temps d'arrêt devant la porte de la boutique, pas très décidé à me frotter à eux d'aussi près.

L'excitation était retombée. Cette excitation qui m'avait gardé éveillé toute la nuit, et qui m'avait fait sauter du lit à l'aube pour venir me perdre dans ce coin miteux de Surfers Paradise.

Pourtant, je n'avais pas le droit de reculer : il fallait que je mette la main sur l'expéditeur des SMS. Alors je respirai un grand coup avant de pousser la porte de la boutique. Le propriétaire, Hanley, me salua d'un signe de tête avant de reporter son attention sur ses clients.

Je commençais à regretter de me retrouver là, au beau milieu d'un magasin minuscule, entouré par cinq motards massifs vêtus de cuir des pieds à la tête. Même s'ils ne semblaient pas particulièrement agressifs ni menaçants, ils restaient quand même assez flippants. La petite zone de mon cerveau qui contrôlait la peur se trouvait en état d'alerte maximale. Elle me criait de décamper en vitesse. Immédiatement.

— Et, en termes de qualité d'image, quelle est la différence entre cette caméra de surveillance numérique et un modèle analogique ? se renseigna l'une de ces armoires à glace, de sa grosse voix intimidante.

— La numérique offre une résolution bien meilleure, répondit Hanley. Je peux vous faire une démonstration, si vous voulez.

— Oui, mais elle coûte trois fois plus cher aussi, intervint un autre motard, sans doute le trésorier de la bande, qui arborait une spectaculaire moustache en guidon.

La discussion n'en finissait plus. Pendant ce temps-là, je faisais mine d'être captivé par une paire de jumelles de vision nocturne. Hanley avait beau s'y connaître parfaitement en matériel d'espionnage, c'était un très mauvais vendeur.

Au bout d'un moment, n'y tenant plus, je ne pus m'empêcher de les interrompre :

— Excusez-moi, si vous me permettez...

Aussitôt, cinq paires d'yeux de motards se braquèrent sur moi.

— Le problème avec l'analogique, c'est qu'il s'agit d'une technologie obsolète, expliquai-je. Et une fois qu'une technologie devient obsolète, elle ne bénéficie plus de support technique. Vous avez essayé de faire réparer un vieux magnétoscope, récemment ? C'est tout bonnement impossible.

Quelques murmures d'approbation s'élevèrent : *C'est pas con, ce qu'il dit.*

— Donc, même si vous payez un peu plus cher aujourd'hui, au moins vous êtes sûrs de bénéficier d'une assistance en cas de problème. Et puis, comme pour n'importe quelle nouvelle technologie, il faut bien se lancer, à un moment. Ça ne sert à rien de reporter un achat en se disant qu'on va attendre que les prix baissent, puisque les prix sont continuellement en baisse.

D'autres murmures d'approbation.

— Dom a parfaitement raison, conclut Hanley avec un grand sourire.

Ce qui n'eut pas l'air de plaire au chef de la bande :

— C'est un coup monté, ou quoi ? Combien vous le payez, ce gamin ?

— Il s'y connaît, c'est tout, riposta Hanley.

Le motard me lança un regard noir, avant de décréter :

— C'est d'accord, par ici la nouvelle technologie.

Hanley écarquilla les yeux.

— Vous... vous voulez acheter le système complet ?

— C'est bien ce que vous essayez de nous vendre depuis tout à l'heure, non ? fit le motard en me gratifiant d'un clin d'œil, comme pour insister sur la piètre performance de vendeur de Hanley.

— Alors je suppose que vous allez régler par carte ? demanda ce dernier.

Le motard dégaina un portefeuille bourré à craquer et en sortit une liasse de billets de cent dollars, qu'il se mit à compter sur le bord du comptoir.

Je reportai mon attention vers les jumelles de vision nocturne pendant qu'ils finalisaient la transaction.

— Je te revaudrai ça, Dom, me dit Hanley une fois que les motards eurent quitté la boutique.

Ce qui tombait à point nommé, puisque je n'étais pas venu là sans raison.

— Dites, vous vous y connaissez en SMS ? m'enquis-je.

— Ils ont été mis au point à la fin des années 1980 par un ingénieur finlandais du nom de Matti Makkonen. Le tout premier message a été envoyé au Royaume-Uni en 1992, depuis un ordinateur vers un téléphone portable.

Bon. Visiblement, Hanley était plutôt calé sur le sujet.

— Et si on reçoit un message d'un expéditeur inconnu, c'est impossible d'obtenir son numéro ? demandai-je.

Ma question le fit sourire.

— Pas forcément. Comme tu le sais sûrement, un SMS est limité à cent quarante caractères.

— Oui, je suis au courant.

— Mais c'est sans compter les vingt caractères supplémentaires dédiés aux informations techniques, telles que les données de routage et autres métadonnées.

Je restai sans voix. J'ignorai complètement ce détail.

— Donc, même si l'expéditeur demande que ses données soient masquées, celles-ci restent stockées quelque part dans le système.

— Ça veut dire que vous pouvez me trouver le numéro ? m'exclamai-je.

— Moi ? s'étonna Hanley, en se pointant du doigt. Je croyais qu'il s'agissait d'une conversation purement théorique...

Je sais. Techniquement, on ne devait pas demander de l'aide à quiconque, c'était l'une des règles fondamentales de La Dette. Cependant, à mieux y réfléchir, bon nombre de personnes m'avaient aidé à mener à bien mes quatre premiers contrats. Sans le savoir, évidemment. Et rien n'était arrivé en retour, ni à moi, ni aux autres.

Mon père et Gus semblaient croire que La Dette avait des yeux et des oreilles partout. Un avis que je ne partageais pas. Certes, La Dette était très puissante, et on avait plutôt intérêt à ne pas trop la chercher. Mais j'avais du mal à croire qu'elle puisse être vraiment omnisciente. Seul Google pouvait se targuer de tout savoir.

Je sortis mon iPhone et sélectionnai le SMS pour le montrer à Hanley.

Il l'étudia pendant un moment, avant de lâcher :

— Ça parle d'eau bouillante et de flamme ardente, c'est à peu près tout ce que j'arrive à comprendre.

— Vous comprenez le latin ?

— Je l'ai étudié à l'école, mais il ne m'en reste plus grand-chose. Alors, laisse-moi deviner : tu voudrais savoir qui t'a adressé ce message ?

— Exactement.

— Ce qu'il faudrait faire, c'est l'envoyer vers un téléphone VoIP, pour que je puisse voir de plus près les vingt caractères dont je te parlais tout à l'heure. Ça m'étonnerait que le numéro de l'expéditeur y apparaisse, mais il y a de grandes chances pour qu'on y trouve le nom du centre SMS.

— Le centre SMS ?

— Oui. Quand on envoie un message à quelqu'un et que son portable est éteint, il le reçoit au moment où il rallume son téléphone, n'est-ce pas ?

— Bien sûr, fis-je en me remémorant les *bip, bip, bip* des messages qui se téléchargent un à un, et vous procurent la douce sensation d'exister, de compter aux yeux d'autres personnes. Sauf, bien sûr, lorsque ce sont de simples messages publicitaires envoyés par l'opérateur.

— Eh bien, pendant que le téléphone est éteint, le message reste stocké dans le centre SMS.

Je m'imaginais cet endroit similaire aux élevages de poules en batterie que les écolos extrémistes haïssent du plus profond de leurs tripes : des cages remplies de SMS qui se jettent contre les barreaux pour en sortir, dans un brouhaha d'enfer.

— Passe-moi ton portable, me dit Hanley.

Je m'exécutai et il s'attela à la tâche, alternant entre mon iPhone et son ordinateur portable, commentant chaque étape de la procédure.

Malheureusement, je perdis le fil lorsqu'il commença à employer du jargon technique du genre *protocole SS7* et *terminaison internationale*.

Mon regard s'égara sur le matériel qui jonchait le comptoir : des appareils électroniques, divers outils de haute précision, un fer à souder, et quelques documents techniques un peu froissés. Le titre de l'un d'eux attira mon attention : *La fusion de données multicapteurs en archéologie marine*.

Hanley s'intéressait à des sujets sacrément bizarres.

— Pas facile à cracker, ce message, m'informa-t-il.

— Vous n'y arrivez pas ?

— Je n'ai pas dit ça, seulement que ce n'était pas facile.

Il se trouvait tellement absorbé par cette tâche qu'il ne remarquait même pas les clients franchissant la porte de sa boutique.

Une femme vint chercher un appareil qui lui permettrait de filmer son supérieur en caméra cachée, pour prouver à son patron qu'elle était bien harcelée. Je pris l'initiative de lui montrer les différents modèles disponibles, et elle repartit avec une caméra-stylo dotée d'une mémoire de quatre gigaoctets. Puis deux ados de mon âge vinrent également faire un tour dans le magasin, sans rien acheter. Je les orientai rapidement vers la sortie.

Au bout d'un long moment, Hanley déclara enfin :

— Je crois qu'on tient quelque chose.

— Vous avez le numéro ?

— Je dirais que oui, fit-il en pointant du doigt l'écran de son ordinateur.

Un frisson d'excitation traversa tout mon corps des pieds à la tête, aller-retour.

Je tenais le numéro de La Dette !

J'avais la possibilité de leur passer un coup de fil, ou bien de leur envoyer un petit message. Mais je savais que ce ne serait pas la meilleure façon de procéder.

— Si seulement je pouvais avoir l'adresse qui va avec, pensai-je à haute voix, les yeux rivés sur les chiffres affichés à l'écran.

— Fallait le dire tout de suite ! réagit Hanley.

Il se mit aussitôt à pianoter sur son clavier, tout en cliquant sur la souris. Il semblait avoir cette capacité à jongler entre une bonne dizaine de programmes et de sites web différents, tout comme Miranda et Imogen.

Il finit par pointer du doigt une carte Google Maps :

— Je n'ai pas trouvé d'adresse précise, j'ignore pourquoi, mais tout indique que le message provient de cette zone. Tu connais quelqu'un dans le coin ?

Je suivis son doigt sur la carte. Il désignait une ville située au sud de Gold Coast.

Nimbin !

Tout était clair, à présent. Enfin, presque tout. Finalement, La Dette n'avait rien à voir avec ces SMS. Mais il fallait encore que j'en aie le cœur net.

Je remerciai Hanley pour son aide, et il me remercia pour la mienne. Lorsque nous eûmes mis fin à ces effusions, je quittai la boutique. Une fois dehors, je me dis que le Spy Shop ne se trouvait pas si loin de Coast Grammar, là où je pourrais avoir la confirmation de mon raisonnement. Autant faire le chemin en courant.

Grave erreur. La douleur me tomba dessus après seulement quelques foulées.

Lorsque j'avais annoncé à Mrs Sheeds que j'abandonnais le demi-fond, elle m'avait prévenu, entre autres, que sans entraînements réguliers je risquais de perdre beaucoup de ma condition physique. Et elle n'avait pas menti. Pourtant, je n'avais pas pris le parti de me laisser aller pour autant et, depuis, je m'étais nettement amélioré en natation. Mais, apparemment, la pratique de ces deux sports ne développait pas du tout les mêmes capacités physiques.

En général, lorsqu'il m'arrivait de passer devant Coast Grammar pendant les vacances, je ne manquais jamais de lui adresser un bon gros doigt d'honneur, façon élève rebelle. Et je ne devais pas être le seul à m'autoriser ce petit plaisir. D'ailleurs, il aurait été amusant de poster un garde à l'entrée de l'établissement, pour compter le nombre de gestes obscènes de ce genre qu'on lui adressait tous les jours. J'aurais parié sur une bonne centaine, au moins.

Ce jour-là, cependant, je me gardai bien de sortir la main de ma poche, en approchant du collège. Car vacances ne rimaient pas forcément avec bâtiments vides.

Afin de réduire les dépenses liées à l'entretien et à la consommation d'énergie, Coast Grammar avait opté pour une politique de participation aux frais, en échange d'une mise à disposition de certaines salles. En d'autres termes, l'établissement louait ses locaux.

Et, d'après le panneau qui trônait à l'entrée, un séminaire avait lieu cette semaine-là.

Lorsque je fis mine de passer le portail, un agent de sécurité m'arrêta aussitôt :

— Tu as un laissez-passer ?

— Je suis scolarisé ici, expliquai-je. J'ai besoin d'emprunter un livre à la bibliothèque.

— Et pourquoi ça ? Tu n'as plus accès à Internet ?

— On ne trouve pas tout ce qu'on veut, sur Internet, vous savez…

— Je suis désolé, mais tu ne pourras pas entrer sans un laissez-passer.

— Vous voulez dire qu'en tant qu'élève, je ne peux même pas accéder à mon propre établissement ?

Face à ma question, il croisa les bras sur son torse musclé. Ce qui voulait clairement dire non.

— Dans ce cas, j'aimerais parler à votre supérieur, repris-je, en imitant ma mère à la perfection.

— Mon supérieur… Le principal du collège, tu veux dire ?

— Oui, s'il est disponible.

— Ton nom ?

Je le lui donnai, mais cela n'eut franchement pas l'air de l'impressionner. Je m'empressai alors d'ajouter que mon père se nommait David Silvagni.

— Le mien s'appelle Trevor Jones, mais j'imagine que ça te fait une belle jambe, répliqua-t-il.

— S'il vous plaît, pouvez-vous appeler le principal ?

L'agent de sécurité s'éloigna et décrocha son talkie-walkie. Il me jeta quelques coups d'œil tout en parlant dans l'appareil. Lorsqu'il revint vers moi, mâchoires serrées, il décocha :

— C'est bon, tu peux y aller.

J'étais parvenu à mes fins, même si je regrettais d'avoir eu recours au nom de mon père pour y arriver. Chassant cette idée de mon esprit, je franchis le portail et me dirigeai vers la bibliothèque du collège. Ce jour-là, elle faisait office de salle de conférences, à en croire le panneau scotché à la porte : un certain professeur Patrick Wundita s'exprimait sur l'analyse et la mise en perspective d'hypothèses actuarielles.

Un sujet brûlant, apparemment, puisque la salle était bondée. Il ne restait plus aucun siège libre, et de nombreuses personnes se tenaient debout, dans le fond.

J'aurais pu attendre que la conférence s'achève, mais, une heure et demie, ça me paraissait vraiment très long. Alors, planté à la porte, j'échafaudai un plan pour me rendre de l'autre côté de la bibliothèque, là où se trouvaient les albums de promotion qu'il fallait que je consulte.

Trois. Deux. Un. Partez !

Mais, pour la discrétion, c'était raté : dès que je mis le pied dans la salle, je compris que je n'étais pas aussi invisible que je l'aurais cru.

On m'adressa des sourires, des regards qui semblaient dire : *quel bonheur de voir un petit jeune s'intéresser à l'analyse et à la mise en perspective d'hypothèses actuarielles !* Des gens se poussèrent même pour me laisser avancer plus près du conférencier. À cause de ce remue-ménage, un homme fit tomber le bloc-notes qu'il tenait à la main. C'est alors que le professeur Wundita s'interrompit et déclara :

— Je ferais mieux d'attendre que notre retardataire se soit installé pour continuer.

À cet instant, tous les regards se braquèrent sur moi. Sans exception.

Un homme portant un nœud papillon me désigna un siège libre au premier rang. Je n'eus pas d'autre choix que de m'y asseoir.

La conférence dura encore une bonne heure. En comparaison, l'intrigue d'*En attendant Godot* me parut soudain aussi palpitante qu'un film de Tarantino. Quand, au terme d'une attente interminable, ce fut enfin fini et que les auditeurs se mirent à quitter la salle, je restai fixé à mon siège, comme traumatisé.

Comment était-il possible de parler d'un sujet aussi assommant ?

Pourquoi ces gens acceptaient-ils de subir une telle torture mentale ?

Ce n'est que lorsque quelqu'un s'écria : « Regardez, monsieur, des droïdes ! », que je sortis de ma torpeur. Je reconnus immédiatement cette réplique culte du film *Star Wars : épisode IV*.

Il ne pouvait s'agir que de Mr Kotzur, bibliothécaire du collège et vice-président du fan-club *Star Wars* de Gold Coast.

— Vous n'êtes pas en vacances ? m'étonnai-je.

— Eh non, pas de répit pour les braves, répondit-il.

Qu'entendait-il par braves ? Les gens qui arrivent à regarder tous les épisodes de *Star Wars* dans le désordre ?

— Alors, que me vaut le plaisir de cette visite extrascolaire ? s'enquit-il.

— Je cherche les albums de promo du collège, vous pourriez m'indiquer où je peux les trouver ?

— Oui, suis-moi, fit-il avant de se mettre à claudiquer exagérément.

Pensant qu'il s'amusait à endosser le rôle cliché d'un vieux bibliothécaire infirme, j'entrai dans son jeu et le suivis en boitant également. Mais, une fois devant les rayons qui m'intéressaient, il se tourna vers moi et gronda :

— Ce n'est vraiment pas très drôle de se moquer de quelqu'un qui vient d'avoir un accident de vélo.

— Vous êtes tombé ? Oh, désolé ! C'était grave ?

— Je ne suis pas tombé, on m'a renversé ! Voilà les annuaires, dit-il en désignant une rangée de livres de la main

— Génial, merci !

Dommage que mes connaissances aient été si limitées au sujet de *Star Wars*, car j'aurais adoré lui lancer une petite citation bien placée. Du genre : *La force est avec vous, Mr Kotzur.*

— Tu sais, ils ont tous été numérisés et mis en ligne sur le site du collège, ajouta-t-il.

— Sérieusement ?

Je venais de perdre bêtement du temps, mais bon, puisque je me trouvais sur place, autant faire les recherches à l'ancienne.

Et l'objet de ces recherches n'était autre que Thor, membre des Démons de la Terre, un collectif d'éco-activistes radicaux. À vue d'œil, il devait avoir dans les trente-cinq ou quarante ans. Cela faisait donc un sacré bail qu'il avait été étudiant à Coast Grammar. Je commençai par regarder les albums des années 1994 et 1993, sans y trouver quoi que ce soit d'intéressant. En revanche, je touchai le jackpot dans celui de l'année précédente.

D'ailleurs, pour faire plus simple, l'album Coast Grammar 1992 aurait dû être directement intitulé *Les Innombrables Exploits de Thor, élève anciennement connu sous le nom de Byron Farr-Jones*.

Prix de lettres classiques. Prix de mathématiques. Prix de physique. Prix de composition. Major de promotion. Il avait tout raflé. Sans compter qu'il avait aussi été champion de rugby et un excellent rameur. Il ne portait pas encore de dreadlocks sur les photos qui illustraient l'album, mais c'était bien lui : Thor, éconinja de l'extrême.

Sur ce coup-là, je me sentais vraiment fier de moi. Tout était parti de deux détails des plus infimes : lors de mon deuxième contrat, quelques mois plus tôt, Thor m'avait demandé si le professeur Chakrabarty enseignait toujours à Coast Grammar, ce qui prouvait qu'il y avait été élève, et puis Hanley avait découvert que le message en latin provenait de Nimbin, là où les Démons de la Terre avaient leurs quartiers généraux.

Maintenant que le coupable se retrouvait démasqué, que faire ?

D'un côté, il ne s'agissait que de SMS, rien de très méchant, en somme. Pourtant, le ton alarmé du professeur Chakrabarty me revint en mémoire : *Essaie de découvrir qui est l'expéditeur, et ordonne-lui d'arrêter de te harceler !*

Non, je ne pouvais pas rester les bras croisés.

04. RETOUR À NIMBIN

Ma première visite dans la ville de Nimbin ne m'avait vraiment pas laissé un souvenir impérissable. Alors, cette fois, je n'avais pas envie de me prendre la tête. Ni d'emprunter un bus crasseux, ou encore de risquer ma vie en faisant de l'auto-stop. J'allais plutôt jouer la sécurité.

Je décidai donc de passer un coup de fil à Luiz Antonio :

— Bonjour, vous pourriez me conduire à Nimbin ?

— C'est loin, ça, Nimbin...

— Je sais bien. Vous pouvez m'y emmener, oui ou non ?

— Pas pour moins de deux cents dollars.

Ce qui était une requête plutôt légitime, puisque, en général, les chauffeurs de taxi se font rémunérer pour leurs services. Mais je n'avais pas le souvenir d'avoir déjà donné le moindre centime à Luiz Antonio, alors je fus un peu choqué par sa demande.

— Deux cents dollars ? répétai-je.

— Au moins.

— Et vous acceptez les cartes bancaires ?

— Évidemment, répondit-il d'un ton las.

Un quart d'heure plus tard, il vint me chercher devant le Café Cozzi, mais même le breuvage noir que je lui offris ne sembla pas lui redonner le sourire.

— Dans ce pays, le café n'est pas comme à la maison, dit-il après en avoir pris une gorgée.

— Il est moins bon ?

— Je n'ai pas dit ça. Oui, il est bon. Surtout celui de chez Cozzi. Mais il n'est pas comme à la maison.

Je commençais à regretter de ne pas avoir choisi l'option bus, crasseux ou pas. Clairement, ce trajet ne promettait pas non plus d'être une partie de plaisir.

— On met un peu de samba ? proposai-je.

Luiz Antonio tripota les boutons de la stéréo, et une musique endiablée emplit aussitôt le taxi. Cela ne parut pas l'enthousiasmer, cependant.

Bon. On ne va pas tourner autour du pot.

— Je peux vous poser une question ? risquai-je.

— Pourquoi tu me demandes l'autorisation ?

— Parce que je ne suis pas sûr que vous accepterez d'y répondre.

— Allez, pose-la, ta question.

— Pourquoi est-ce que vous me protégez ?

— Parce que tu n'es qu'un gamin stupide et inconscient, et que je ne voudrais pas que tu finisses *morto*.

— Mais pourquoi moi ? Je veux dire, le monde est rempli de gamins stupides et inconscients, non ?

— Pas autant que toi.

C'est bon, n'en jetez plus, Luiz Antonio. Sérieusement, si j'étais aussi stupide qu'il le prétendait, je n'aurais jamais pu remplir quatre contrats, déjà…

D'humeur maussade, je m'enfonçai dans mon siège et passai le reste du trajet tourné du côté de la vitre, à regarder défiler la forêt qui bordait la route.

Lorsque nous approchâmes de notre destination, Luiz Antonio lâcha :

— Tu sais, ce n'était pas moi, ce soir-là. Je ne suis pas ce genre d'homme.

— Vous parlez de la fois où vous avez mis une dérouillée à nos assaillants ? C'était mortel !

— Je ne suis pas comme ça. Je ne le suis plus.

J'avais du mal à comprendre où il voulait en venir. Il nous avait sacrément sauvé la mise face à Hound et son acolyte, l'un des frères Lazarus, lorsqu'ils avaient tenté de me coincer pour que je leur remette le Cerberus.

— Mais pourtant, vous êtes à fond dans l'UFC[2]. Vous adorez ça !

— Oui, j'aime regarder les combats, c'est sûr. Mais pas les reproduire en vrai.

Je restai songeur un moment.

— Et pourquoi me parlez-vous de tout ça ? finis-je par lui demander.

— Parce que j'aimerais ne plus avoir affaire à ce genre de situation à l'avenir.

— Donc vous ne désirez plus que je vous appelle ? Vous ne voulez plus m'emmener nulle part ?

— Non, je n'ai pas dit ça.

Je laissai tomber la discussion, préférant ne pas insister.

---

2. Ultimate Fighting Championship, ou Championnat de combat ultime : organisation mondiale d'arts martiaux mixtes.

Une fois que nous fûmes arrivés dans le centre de Nimbin, Luiz Antonio me demanda :

— Où est-ce que je te dépose ?

— Là, devant le poste de police, ce sera parfait.

Il gara le taxi, pendant que je sortis mon portefeuille.

— On verra ça tout à l'heure, fit-il en repoussant d'un geste la carte de crédit que je lui tendais. Je t'attends.

— Non, ça ira, lui répondis-je en ouvrant la portière. Vous pouvez y aller, si vous voulez.

De toute façon, je savais qu'il ne partirait pas. Il resterait là, à m'attendre. C'était un accord tacite entre lui et moi, depuis le début.

— Très bien, alors je m'en vais, me dit-il.

Je sortis du véhicule. Mais, cette fois-ci, il démarra et me laissa seul dans Nimbin.

Ce n'est pas plus mal, après tout. Il est temps que tu apprennes à ne compter que sur toi-même, Dom.

■ ■ ■

L'endroit n'avait pas beaucoup changé depuis la dernière fois que j'étais venu, lors de mon deuxième contrat. Pourtant, j'avais l'impression que cela remontait à des siècles. Dans la rue, j'eus droit aux habituelles propositions de drogues diverses et variées, mais je ne vis aucune trace de la femme à laquelle je m'étais adressé, celle qui portait une minijupe provocante et un débardeur qui dévoilait son nombril. Peut-être menait-elle une vie meilleure, moins dissolue ? Au fond de moi, j'en doutais fortement.

Je passai devant l'agence de Gold Coast Investissements, d'où j'avais vu sortir mon père quelques mois plus tôt, en compagnie de Rocco Taverniti, de Ron Gatto, et d'un inconnu, tous les quatre s'exprimant avec une fluidité déconcertante en calabrais, le dialecte de la 'Ndrangheta.

Je repensai alors à Mr Jazy, évoquant le système de Ponzi et la bulle immobilière de Gold Coast qui menaçait d'exploser. Étrangement, même si ces détails ne présentaient aucun intérêt à mes yeux, je les avais gardés dans un coin de ma tête. Pourquoi ? Bonne question.

Ce n'était toutefois pas le meilleur moment de creuser le sujet : j'aperçus Mandy qui s'avançait dans ma direction, à grands coups de roues de son fauteuil roulant.

Depuis que La Dette avait pris le dessus sur ma vie, j'en avais rencontré, des gens flippants. Hound de Villiers. Les frères Lazarus. Les frères Mattner. Sans oublier les deux cinglés à cagoules, friands de torture sous la ceinture. Et pourtant, question de flanquer la trouille, aucun n'arrivait à la cheville de Mandy, membre particulièrement malfaisant des Démons de la Terre.

Je jetai un rapide coup d'œil à ma montre avant de me frapper la tête dans un geste théâtral, comme si j'avais oublié de faire quelque chose d'important. Puis je tournai aussitôt les talons, et repartis dans la direction opposée. Ma piètre performance d'acteur eut toutefois l'air de porter ses fruits, puisque Mandy me dépassa en roulant. Et tout portait à croire qu'elle ne m'avait pas reconnu. J'attendis quand même qu'elle eût disparu à l'angle de la rue, avant de retourner sur mes pas.

Le café Mull, où j'avais bu un thé la dernière fois, avait fermé. Un gigantesque panneau *À louer* trônait sur la devanture recouverte de graffitis en tous genres. Apparemment, les résidents de Nimbin les plus portés sur les bombes de peinture n'aimaient pas particulièrement la police locale, et se permettaient donc de lui faire tout un tas de suggestions visant à occuper le temps libre de ses agents. La plupart me semblèrent toutefois invraisemblables, anatomiquement parlant.

Lorsque j'arrivai enfin devant les locaux des Démons de la Terre, je fus saisi par un affreux doute : était-ce vraiment une si bonne idée que cela de venir se jeter dans la gueule du loup ?

Car, clairement, il s'agissait sans doute là d'un bon vieux traquenard. Le SMS n'était en fait qu'un vulgaire appât et, en venant jusque-là, je mordais complètement à l'hameçon. Si je m'avisais de passer la porte, *couic !* je serais fait comme un rat, incapable de bouger, les entrailles réduites en bouillie par la petite barre métallique du piège qui se serait refermé sur moi, les membres parcourus par des tressaillements nerveux.

J'inspirai donc profondément avant de pousser la porte. Elle s'ouvrit lentement, en émettant un horrible grincement.

À l'intérieur, j'aperçus Thor et Alpha, les deux éconinjas, assis de part et d'autre du bureau. Ils m'apparurent plus imposants que dans mes souvenirs. Et en pleine partie de Scrabble, apparemment.

— *Têt* ? Tu te fous de moi, là ! s'écria Alpha.

— C'est un terme qui désigne le crâne d'un cerf, expliqua Thor, ancien major de promo de Coast Grammar.

Ils ne levèrent même pas les yeux vers moi, trop accaparés par le plateau du jeu.

— Ce qui me fait un total de cent cinquante-deux points, je crois que j'ai gagné la partie, poursuivit Thor. On se fait la revanche ?

Ils n'avaient toujours pas remarqué ma présence. Je me raclai donc la gorge pour attirer leur attention.

Alpha garda les yeux rivés sur le plateau, cherchant probablement à percer le mystère de ce crâne de cerf qui l'avait privé de la victoire, mais Thor leva la tête vers moi.

Je m'attendais à ce qu'il se fende d'un rire machiavélique, *Mouhahaha, notre plan a fonctionné !* Et pourtant, pas du tout. Il afficha un air surpris, mêlé de colère, mais plutôt amical, comme si je n'étais qu'une vieille connaissance venue lui rendre une petite visite à l'improviste.

— Alph, regarde qui est là, dit-il.

Son collègue, quant à lui, me jeta un regard beaucoup plus hostile.

— Alpha ! le réprimanda Thor.

Les deux éconinjas échangèrent un regard, et la colère d'Alpha s'effaça aussitôt.

— Dominic Silvagni, que nous vaut le plaisir ? reprit Thor en se levant pour m'offrir une poignée de main.

Là, je ne comprenais vraiment plus rien.

— Je croyais que vous m'en vouliez à mort ? m'étonnai-je.

Nouvel échange de regards.

— Assieds-toi, je t'en prie, m'invita Thor. Tu veux boire quelque chose ?

— Je veux bien un peu d'eau.

Il alla m'en chercher un verre, puis nous nous assîmes tous les trois. Ils m'expliquèrent pourquoi ils ne m'en voulaient pas personnellement.

Ce qui comptait, à leurs yeux, c'était la planète. Pas les petites batailles d'ego. Et le black-out que j'avais causé en piratant le système informatique de Diablo Bay avait dépassé toutes leurs espérances, puisque la centrale nucléaire avait ensuite été mise à l'arrêt. Il s'agissait là d'une véritable victoire pour la lutte antinucléaire. Cependant, ce qu'ils n'avaient pas compris, c'était pourquoi j'avais agi seul, en les maintenant à l'écart, alors que nous partagions les mêmes idéaux.

— Vous savez, je suis plutôt du genre loup solitaire, me défendis-je.

En vérité, je n'avais absolument pas prévu que la centrale de Diablo Bay serait désactivée après coup. Il ne s'agissait que d'une heureuse coïncidence. Pourtant, assis face à Thor et Alpha, je ne pus m'empêcher de me sentir plutôt fier de la tournure qu'avaient prise les événements.

Peut-être que, lorsque j'aurais intégralement remboursé ma dette, nous pourrions nous associer. Travailler ensemble, libérer des poulets opprimés, ce genre de choses.

Mais, pour l'heure, je devais tirer au clair l'affaire des SMS.

— Alors, Dom, quelle est la raison de cette visite ? s'enquit Alpha.

Puisqu'ils avaient été réglos avec moi, je n'avais aucune raison de ne pas leur renvoyer l'ascenseur.

— Eh bien, j'aimerais que vous arrêtiez de me harceler avec vos messages.

— Quels messages ? s'étonna Thor, visiblement surpris.

— Vos petits SMS, répliquai-je du tac au tac.

Mais notre conversation fut interrompue par l'arrivée d'une femme, qui cherchait des informations sur les dauphins maintenus en captivité. Alpha lui remit une liasse de brochures, et l'invita à consulter quelques sites web pour en découvrir plus à ce sujet.

— C'est si affreux que ça, pour les dauphins ? demandai-je, une fois que la femme fût partie.

— Les dauphins sont des créatures extrêmement intelligentes et sociales, dotées d'une ouïe particulièrement sensible, et faites pour nager dans les océans, m'expliqua Thor. Tu crois vraiment que ça leur fait du bien, de rester coincés dans des aquariums minuscules, à se faire bombarder de musique techno à longueur de journée ?

— Mais pourtant, ils ont l'air plutôt heureux, à Sea Land.

— Ne te laisse pas attendrir, m'avertit Alpha. Ils jouent le jeu parce qu'ils ont faim.

— Bon, et si on en revenait à cette histoire de SMS ? coupa Thor.

Je sortis mon iPhone et lui lus le dernier message reçu.

— Ne le prends pas mal, Dom, mais c'est la pire prononciation que j'aie jamais entendue, fit-il. Je peux y jeter un œil ?

Je lui tendis l'appareil.

— Ah, oui, ça me revient. Le mythe de Lycaon, dans les *Métamorphoses* d'Ovide. J'ai fait une dissert là-dessus en dernière année de lycée. Si je ne m'abuse, ça doit se traduire par *Et c'est ainsi qu'il fit bouillir une partie des membres encore palpitants de la victime, et livra le reste à l'ardeur de la flamme*.

Je le savais ! C'était bien lui, l'expéditeur !

— Alors ce bon vieux Chakra est toujours à fond dans les *Métamorphoses*, depuis le temps ? continua Thor.

Il se lança ensuite dans une imitation – plutôt excellente, je dois l'avouer – du ton pompeux et très théâtral du professeur :

— À travers ce texte, Ovide nous montre que seul l'art est à même de nous délivrer de la souffrance que nous endurons depuis notre naissance. Seul l'art peut nous changer, nous transformer, nous métamorphoser.

C'était amusant, mais j'étais quand même venu avec une idée en tête, et je n'allais pas partir sans avoir obtenu gain de cause :

— Donc, vous pourriez arrêter de m'envoyer ce genre de messages ? Parce que c'est assez flippant, quand même.

Thor resta interloqué :

— Il y a erreur, ce n'est pas moi qui t'ai envoyé ce SMS.

Il avait l'air sincère, mais peut-être était-il très bon menteur.

— C'est ça, je vous crois.

— Je te le jure, Dom.

C'est alors qu'un éclair de génie me traversa l'esprit : j'avais les moyens de le coincer.

Je repris mon iPhone, dans lequel j'avais pris soin d'enregistrer le numéro que Hanley avait trouvé, puis cliquai sur *appel*.

Une tonalité se fit entendre à l'autre bout de la ligne. J'esquissai un sourire. Quelques dixièmes de seconde plus tard, le portable de Thor allait forcément se mettre à sonner ou à vibrer dans sa poche…

Sauf que rien ne se produisit.

Dans mon iPhone, j'entendis la tonalité encore un petit moment, avant qu'elle ne finisse par se couper, sans même me faire accéder à une quelconque boîte vocale.

Thor haussa les épaules, l'air de dire *je t'avais bien prévenu*.

Tout à coup, un grand bruit s'éleva à l'extérieur du local, puis la porte s'ouvrit à la volée et Mandy fit son apparition. Lorsqu'elle m'aperçut, ses yeux lancèrent des éclairs, et elle se mit à foncer vers moi à toute vitesse.

Je cherchai à l'esquiver, mais je ne fus pas assez rapide. Mandy et son fauteuil me rentrèrent dedans de plein fouet, m'envoyant au sol.

Je me remis debout, tant bien que mal, mais elle avait déjà fait volte-face et s'apprêtait à donner l'assaut une seconde fois.

— Amanda, arrête ça ! rugit Thor, en agrippant le dossier de son fauteuil roulant.

— Je vais me le farcir, ce petit morveux ! hurla-t-elle, tentant vainement de lui faire lâcher prise.

— Non, calme-toi ! ordonna-t-il.

— Joue les Gandhi autant que tu veux, mais n'oublie pas que tu es allé en prison à cause de lui !

— Nous, nous ne comptons pas, Amanda ! répliqua Thor. Pense à Gaïa, plutôt.

— Gaïa ? répétai-je, sans comprendre.

— La déesse de la Terre, expliqua Thor.

Ce qui n'eut pas l'air d'apaiser Mandy, qui revint à la charge. Je parvins tout de même à échapper à ses griffes et à m'enfuir de leur local.

Après avoir longé le centre commercial au pas de course, je repassai devant l'agence de Gold Coast Investissements. Là, je m'arrêtai net.

D'après Hanley, le SMS en latin provenait bien de cette zone de Nimbin. Mais si Thor et les Démons de la Terre n'avaient rien à voir avec cette histoire, alors qui pouvait être l'expéditeur ?

Je sortis mon iPhone et composai le numéro de Hanley.

— Salut, Dom ! Alors, tu t'en sors ?

— Ça peut aller. Juste une petite question, Hanley, vous m'avez bien dit que vous ne pouviez pas localiser précisément d'où le SMS avait été envoyé... Mais on table sur une zone de quelle taille, à peu près ?

— Un rayon de cent mètres.

Bon. En tant que coureur – enfin, ex-coureur – une distance de cent mètres, ça me parlait. Et, à vue d'œil, les locaux des Démons de la Terre se trouvaient à environ soixante-dix, quatre-vingts mètres maximum, de Gold Coast Investissements.

Pourquoi louer quand vous pouvez acheter ? Simulation de prêt et réponse de principe dans l'heure ! claironnait une publicité sur la vitrine de l'agence.

Je poussai la porte. À l'accueil, un couple se trouvait en pleine conversation avec une employée.

— Si je comprends bien, vous êtes en train de nous dire qu'il n'y a pas besoin d'un apport personnel important ? demanda l'homme.

— Bien sûr que non, lui assura l'employée. Nous pouvons adapter nos prêts à tous les cas, et les mensualités sont échelonnées en fonction du niveau de ressources de l'emprunteur.

Avec son uniforme jaune pétant et sa petite voix de crécelle, elle me faisait penser à un canari.

Je fis mine de m'intéresser à une brochure publicitaire pour, en réalité, étudier les lieux plus amplement. Je n'avais qu'une question en tête : serait-il facile d'y pénétrer par effraction ? Réponse : absolument pas. Déjà, parce que je n'avais aucun outil à disposition, ni crochet de serrurier, ni ordinateur me permettant de hacker le système de sécurité. Mais aussi parce que les portes étaient du genre ultra-blindées et sécurisées, et que des caméras de surveillance fleurissaient dans tous les coins.

C'est alors que mon regard se fixa sur un trousseau de clés, négligemment posé sur le comptoir d'accueil.

Il fallait à tout prix que je mette la main dessus.

Je m'approchai du couple posté au comptoir, dont l'homme souffrait apparemment d'un grave problème de compréhension :

— Donc, on peut quand même bénéficier d'un prêt, même sans apport personnel important ?

Le canari répéta exactement la même réponse que quelques minutes plus tôt. Pas étonnant, les oiseaux piaillent toujours la même chose en boucle.

— Excusez-moi, l'interrompis-je, en me glissant dans le rôle du parfait petit élève de Coast Grammar. Pourrais-je utiliser vos toilettes, je vous prie ?

— Je regrette, c'est impossible, répondit le canari. Mais il y a des toilettes publiques au bout de la rue.

C'était bien ce que je craignais : malgré mes efforts pour jouer les adolescents modèles, elle m'avait déjà sûrement catalogué comme le genre de gamin qui laisse plus de traces de pneu sur la porcelaine du trône qu'un champion de Formule 1.

J'avais encore une dernière carte en main, même si, pour des raisons évidentes, j'étais assez réticent à l'idée de m'en servir.

— Donc, vous êtes bien sûre qu'il n'y a pas besoin d'un apport personnel important ? demanda l'homme pour la énième fois.

Alors, avant que le canari n'ait pu passer en mode automatique pour lui débiter la même réponse, je jouai mon va-tout :

— Vous savez, mon père n'y verrait aucun inconvénient.

— Ton père ?

— David Silvagni.

— Ah, c'est vrai que tu lui ressembles. Tu peux y aller, c'est juste derrière cette porte, à droite.

Je suivis ses indications et, en contournant le comptoir, j'en profitai pour m'emparer du trousseau de clés, en prenant soin de les maintenir fermement pour éviter tout bruit de cliquetis. Puis je fis un rapide tour aux toilettes, pour la forme, avant de retourner à l'accueil.

— Merci infiniment, lançai-je à l'employée.

— Mais je t'en prie, fit-elle avant de reporter son attention sur le couple de clients. Oui, c'est bien cela, peu importe le niveau de ressources.

Il y avait huit clés sur le trousseau. Afin de n'éveiller aucun soupçon, je fis faire des doubles dans trois boutiques différentes : chez un marchand de journaux et dans deux quincailleries.

Une fois cette tâche terminée, il fallait rendre les originaux au canari.

Lorsque je repassai la porte de l'agence, l'accueil était vide. Je me demandai si le couple avait fini par trouver le prêt le plus adapté à son niveau de ressources.

Je fis quelques pas, et le canari apparut.

— Dom ! s'exclama-t-elle.

Comment connaissait-elle mon prénom ? Venait-elle d'aller tout raconter à mon père ?

— Vous savez comment je m'appelle ? m'étonnai-je.

— Évidemment, David parle souvent de toi ! Tu es le coureur, c'est bien ça ?

J'acquiesçai.

— Il est vraiment très fier de toi.

Ah bon ?

— Je suis navré de venir vous déranger à nouveau, mais j'ai encore un peu mal au ventre, et vos toilettes sont si propres...

— Pas de problème, Dom. Fais comme chez toi.

Je fis le même chemin que plus tôt, déposai le trousseau exactement là où je l'avais pris, puis me rendis aux toilettes. J'attendis quelques minutes, le temps de faire croire à de véritables problèmes intestinaux, avant de ressortir, remercier le canari, puis quitter l'agence.

J'avais encore trois heures à tuer avant que la nuit ne tombe, et que je puisse alors me risquer à retourner là-bas.

Je localisai une bibliothèque, puis me promenai dans les rayons à la recherche d'un ouvrage adéquat. Une fois celui-ci trouvé, je m'installai confortablement dans un fauteuil, les grandes dimensions du livre me protégeant de tous les regards indiscrets. Je pus donc m'endormir tranquille.

Lorsque j'ouvris les yeux, il faisait nuit. C'était l'heure de passer à l'action. Je me mis donc en route vers Gold Coast Investissements.

Au moment où je bifurquai dans l'avenue principale, un gamin, à peine plus âgé que moi, surgit de la pénombre :

— Hé ! Ça te dit, du MDPV ?

Je ne savais même pas quelle était cette substance qu'il me proposait. Il faut dire qu'à Coast Grammar la prévention antidrogue s'en tenait aux stupéfiants les plus basiques.

— C'est quoi ? demandai-je, intrigué.

— Le trip de ta vie, mec.

— Tu veux dire, encore mieux que la fois où je suis allé à Disneyland ?

Une voix s'éleva derrière lui, dans l'obscurité :

— Luke, qu'est-ce que tu fous ?

Et, cette voix, je la connaissais.

Je veux un Cerberus. Je veux un Cerberus !

— Anna, c'est toi ? tentai-je.

Je vis quelque chose bouger dans l'ombre, puis une personne apparut devant moi.

Anna.

Le corps émacié. Les yeux enfoncés, hagards, cernés.

Elle venait de fêter ses seize ans à peine quatre mois plus tôt, et pourtant, en la voyant, on lui en aurait donné cinquante de plus.

— Dominic, fit-elle d'une voix râpeuse.

Bizarre. Je n'avais aucun souvenir de lui avoir déjà mentionné mon prénom.

Luke nous dévisagea tour à tour, avant de lâcher :

— Tu le connais, ce guignol ?

Anna fit un pas vers moi, sans répondre.

Je remarquai un tatouage à l'intérieur de son poignet. Un tatouage encore inexistant la dernière fois que je l'avais vue.

— Tu vas bien ? me demanda-t-elle.

Je fis oui de la tête, et elle m'adressa un sourire. Ses dents, blanches et étincelantes, contrastaient étonnamment avec le reste de son corps.

— Tu vas y arriver, poursuivit-elle. Il le faut.

Mais de quoi est-ce qu'elle me parle ?

— Viens, on se casse de là, fit Luke en la tirant par le bras.

— Hé, lâche-la ! ordonnai-je, avant de le repousser au niveau de l'épaule.

— Ça va, Dom, c'est mon copain, intervint Anna.

Luke me lança un regard meurtrier avant qu'ils ne décampent tous deux.

— Anna ! appelai-je. C'est quoi, ton numéro ?

Mais elle ne se retourna pas.

Je restai figé quelques secondes, à me demander *et maintenant, qu'est-ce que je fais ?* La réponse ne se fit pas attendre : *Fais ce qui était prévu.*

05. ENTRÉE INTERDITE

C'était une entrée par effraction, sans effraction. Un cambriolage cinq étoiles. Sauf que je n'étais pas venu là pour voler quoi que ce soit. À part, peut-être, des réponses.

À chaque seconde, je m'attendais à ce que tout dérape et tourne mal.

Qu'une alarme ne se déclenche, nécessitant un code pour l'arrêter.

Qu'un détecteur de mouvement n'alerte la sécurité de ma présence.

Que des caméras de surveillance ne capturent mon image, sans moyen de l'effacer.

Avec mes huit doubles de clés, j'avais accès à toutes les pièces de l'agence de Gold Coast Investissements. Sauf que, dans les sept premières, je fis chou blanc.

Il me restait une dernière clé à utiliser mais, j'avais beau chercher, je ne trouvai aucune autre porte. Au début, je me dis que c'était normal : sur tous les trousseaux du monde, on trouve de vieilles clés qui n'ouvrent plus rien. Les gens changent les serrures ou font remplacer les portes, puis oublient d'enlever les clés orphelines de leurs trousseaux.

Toutefois, cette hypothèse ne suffit pas à me convaincre.

Si les SMS ne provenaient pas des Démons de la Terre, alors j'étais sûr à quatre-vingt-dix-neuf virgule neuf pour cent qu'ils avaient été expédiés depuis cette agence. C'était le seul endroit en lien avec moi, dans un rayon de cent mètres.

Peut-être y a-t-il une porte à l'extérieur ?

Je revins sur mes pas.

Mais, à peine venais-je de reverrouiller la porte principale, qu'on me braqua une lampe torche en plein visage.

Et il ne s'agissait pas d'une lampe torche ordinaire, mais d'une de ces lampes Maglite au rayon ultrapuissant, semblable à un sabre laser. Ébloui, j'eus toutefois la présence d'esprit de cacher le trousseau de clés dans ma poche.

Je recouvrai la vue rapidement, et finis par distinguer les traits de mon assaillant : un agent de sécurité qui, à en croire son uniforme, travaillait pour NNS Security. D'ailleurs, il remplissait tous les critères propres au métier :

Grand.

Baraqué.

Et vraiment très con.

— On peut savoir ce que tu fabriques, gamin ? me demanda-t-il.

J'aurais pu lui sortir le joker paternel, comme avec le canari. Mais je préférais le garder sous le coude, en dernier recours.

— Je ne faisais que jeter un œil, c'est tout, lui répondis-je en m'apprêtant à tourner les talons.

Il joua à nouveau de son sabre laser, et je me retrouvai encore aveuglé.

— Hé, calmez-vous avec ce machin ! protestai-je.

— Maintenant tu vas vider tes poches, ordonna-t-il. Lentement.

Cela me mit hors de moi. Pour qui se prenait-il, ce connard ?

— Ce n'est pas parce que vous portez un uniforme pourri et que vous dégainez une grosse lampe torche noire que ça vous donne des superpouvoirs ! crachai-je.

Je pouvais voir la colère lui monter au visage, mais cela ne m'arrêta pas pour autant.

— Le trottoir est à tout le monde, poursuivis-je, et j'ai parfaitement le droit de m'y promener ! Alors si vous ne me foutez pas la paix, j'appelle les flics qui, eux, en ont, des superpouvoirs !

Il serrait sa lampe si fort que les jointures de ses doigts avaient viré au blanc.

— Parce que, contrairement aux gens de votre espèce, les policiers reçoivent un entraînement digne de ce nom, dis-je, assénant le coup final.

Je le vis lever le bras et, pendant un quart de seconde, je crus que j'étais allé trop loin et qu'il allait me défoncer le crâne à coups de Maglite. Mais il se ravisa.

J'avais gagné la bataille, j'étais libre de partir.

Cependant, en passant à côté de lui, je l'entendis lâcher :

— Tu vas le regretter, Dom.

Je me figeai sur place. Comment connaissait-il mon nom ?

La question me brûlait la langue, et pourtant, mon intuition me criait de ne pas m'arrêter, de quitter cet endroit au plus vite. Ce que je fis. Dès que l'agent disparut de mon champ de vision, je me mis à presser le pas. Ou plutôt, à courir. Bon, j'avoue, je piquai carrément un sprint.

Et, à ce moment-là, je me heurtai à un tout autre problème : comment rentrer chez moi ?

Lorsque j'atteignis l'avenue principale, un taxi déboula derrière moi. J'aurais dû m'y attendre. Luiz Antonio ne m'avait pas laissé tomber, en fin de compte.

Si je n'avais eu qu'une parole, je lui aurais dit que je n'avais pas besoin de son aide, et que j'avais appris à ne compter que sur moi-même. Mais ce n'était pas le cas. Ces belles paroles étaient aussi bidons qu'un Double Eagle sans trou à la place de l'œil.

Alors je ravalai ma fierté, grimpai à bord du taxi, et laissai Luiz Antonio me ramener à la maison.

06. SEA LAND

Quand je descendis déjeuner, le lendemain, Miranda et Toby étaient déjà attablés et en train de manger.

— Samsoni a trouvé ça dans la boîte aux lettres, m'annonça ma mère, en me tendant une enveloppe sur laquelle figurait mon nom en lettres capitales. Il n'y a ni timbre, ni cachet de la poste.

— Une lettre manuscrite, c'est carrément rétro ! lança ma sœur en levant les yeux de son assiette de pâtes.

Je saisis l'enveloppe pour l'ouvrir. À l'intérieur, je ne trouvai qu'une simple feuille de papier blanc, pliée en quatre. Lorsque je me rendis compte que trois paires d'yeux étaient braquées sur moi, je leur tournai le dos afin que personne d'autre que moi ne puisse en lire le contenu.

JE SAVAIS QU'ON NE POUVAIT PAS TE FAIRE CONFIANCE, DOMINIC SILVAGNI, clamait la même écriture, très nette, que sur l'enveloppe.

Je sus immédiatement qui me l'avait adressée : Salacia, déesse de la Mer, et accessoirement fille du chasseur de trésors E. Lee Marx. Je me rappelai clairement la conversation que nous avions eue en Italie, lorsque j'étais venu rencontrer son père sur leur île :

Il y a un problème ? Tu es en colère contre moi ? lui avais-je demandé, en voyant qu'elle évitait soigneusement mon regard.

Non, je ne suis pas en colère, m'avait-elle répondu. *Mais je ne te fais pas confiance.*

L'excitation me prit aux tripes tandis que je parcourus la lettre, encore et encore.

Le seul moyen pour que cette enveloppe ait atterri à Halcyon Grove sans timbre ni cachet de la poste, c'était qu'on l'y ait apportée en personne...

— Samsoni n'a pas vu qui l'a déposée ? interrogeai-je ma mère.

— Je n'en sais rien, il faudrait le lui demander.

C'est exactement ce que je fis, à travers l'interphone.

— Non, me répondit Samsoni, je l'ai trouvée directement dans la boîte.

Ce ne pouvait être que Salacia qui l'avait déposée en personne !

Si elle se trouvait en Australie, cela voulait dire que son père y était également. Et un archéologue aussi chevronné que lui ne se serait déplacé que pour une seule et unique raison : trouver l'or de Yamashita.

Mais, dans ce cas, pourquoi n'avais-je toujours pas reçu mon cinquième contrat ?

Pourquoi La Dette ne m'aurait-elle pas tenu au courant des événements ?

J'étais dans tous mes états, mon cerveau me dictant de me rendre à un endroit, mais mes jambes décidant au même instant d'aller ailleurs.

Vite, allons dehors.

Vite, allons dans ma chambre.

Vite ! Vite !

Et *bam !* je finis par trébucher et m'étaler de tout mon long sur le carrelage de la cuisine.

Évidemment, ni mon frère, ni ma sœur ne s'émurent de cette mésaventure : Miranda manqua de s'étouffer en s'esclaffant, et Toby fut pris d'un fou rire jusqu'aux larmes.

Toujours cette même leçon à laquelle j'avais eu droit un bon millier de fois, mais qui ne voulait toujours pas me rentrer dans le crâne : ne jamais se précipiter !

Je me remis sur pied et me réfugiai dans ma chambre. Il fallait à présent que je trouve comment entrer en contact avec Salacia, déesse de la Mer.

Je dépliai à nouveau la lettre : JE SAVAIS QU'ON NE POUVAIT PAS TE FAIRE CONFIANCE, DOMINIC SILVAGNI.

Mais pourquoi donc me reprochait-elle cela ? À quel moment avais-je trahi sa confiance ?

J'examinai la lettre de plus près. Un papier haut de gamme, de la sorte que l'on trouve dans les hôtels, mais que plus personne n'utilise. Pourquoi se servir de papier, alors qu'il y a les SMS, les e-mails, ou encore Facebook ? Néanmoins, il s'agissait là d'un détail important : Salacia séjournait certainement dans un hôtel de luxe.

J'allai donc trouver ma mère dans la cuisine. Assise à table, elle feuilletait plusieurs brochures touristiques : Pékin, Pékin, et encore Pékin.

Je saisis la perche pour entamer la conversation, en lui demandant quand est-ce qu'elle comptait se rendre en Chine.

— Très bientôt, me répondit-elle.

J'entrai alors dans le vif du sujet, et abordai le véritable objet de ma venue :

— Maman, à ton avis, quels sont les dix hôtels les plus chics de Gold Coast ?

Elle me regarda de travers.

— Ce n'est pas à moi qu'il faut demander ça, dit-elle, ruinant tous mes espoirs. Va plutôt voir ton frère, il pourra sûrement te répondre.

Évidemment ! Pourquoi n'y avais-je pas songé plus tôt ?

Je rejoignis Toby dans le salon, où il regardait une émission culinaire. À ma vue, il se remit à rire de plus belle.

— C'était vraiment le truc le plus drôle que j'aie vu de ma vie ! fit-il entre deux hoquets. J'ignorais que j'avais Mr Bean en guise de frère !

J'attendis qu'il se fût un peu calmé pour lui poser la même question qu'à ma mère. Cette fois, la réponse fut instantanée, et plutôt exhaustive : je repartis avec une liste de douze hôtels.

De retour dans ma chambre, après avoir trouvé sur Google les coordonnées du premier hôtel figurant sur la liste, j'appelai le numéro de téléphone correspondant :

— Bonjour, je souhaiterais parler à Mr Marx, s'il vous plaît.

— Connaissez-vous son numéro de chambre ? s'enquit la réceptionniste.

— Non, désolé.

— D'accord, veuillez patienter une petite minute.

Ce que je fis.

— Selon le registre, aucune personne de ce nom ne séjourne actuellement dans notre établissement, m'informa-t-elle après quelques instants.

Il y avait deux solutions. Soit elle me disait la stricte vérité, soit elle avait interdiction de divulguer toute information concernant une célébrité séjournant dans son hôtel. Dans ce second cas, je perdais mon temps, car aucun autre établissement ne cracherait le morceau. Mais, à court d'autre choix, j'appelai tout de même le deuxième hôtel. Puis le troisième…

Lorsque j'en fus rendu au septième, j'eus du mal à en croire mes oreilles quand le réceptionniste me demanda :

— C'est bien Mr Lee Marx, que vous cherchez ?

— Oui, c'est bien lui, répondis-je, en essayant de contenir l'excitation dans ma voix.

— Très bien, alors je vous mets en communication.

J'entendis une brève tonalité avant que E. Lee Marx lui-même ne décroche :

— Oui, allô ?

Je lui raccrochai au nez aussitôt, puis m'empressai d'appeler un taxi.

Je courus l'attendre à l'entrée du domaine, et me jetai comme un fou à l'intérieur du véhicule lorsqu'il débarqua, quelques minutes plus tard.

— Au Pacific Regency, lançai-je au chauffeur.

Apparemment, il faisait partie de ces chauffeurs qui croient qu'on les paie pour parler, pas pour rouler, et que le compteur ne tourne pas en fonction des kilomètres parcourus mais du nombre de mots qui sortent de leur bouche. Un véritable moulin à paroles. Pendant tout le trajet, il tourna en boucle sur un seul et même sujet : tout était bien mieux avant.

Enfin, il se gara devant l'entrée du Pacific Regency, et je lui réglai la course. Mais, juste avant de sortir du véhicule, un détail attira mon attention : une cliente venait de quitter l'hôtel.

Une longue tignasse blonde, un débardeur et un short, les pieds nus…

Salacia !

Chauffeur, suivez cette déesse de la Mer! fus-je tenté de crier. Je décidai toutefois de la suivre à pied.

Pendant ma courte expérience en tant qu'assistant du détective privé Hound de Villiers, ma formation avait franchement laissé à désirer. Je n'y connaissais rien en filature, si ce n'est le principe le plus basique : garder la cible en vue en évitant de se faire soi-même repérer.

Heureusement pour moi, nous nous trouvions dans le coin le plus animé de Gold Coast, et les rues bondées m'assuraient une discrétion totale.

Pas pour longtemps, néanmoins. Lorsqu'elle s'arrêta pour attendre à un arrêt de bus, je me mis à paniquer.

Qu'aurait fait un professionnel tel que Hound dans ce cas ? Serait-il monté dans le même bus, au risque de se faire remarquer ?

Je jetai un coup d'œil à la destination de la ligne, ce qui acheva de me rassurer. Sea Land. Ce n'était pas très étonnant, pour une déesse de la Mer. J'attendis donc que le bus arrive et qu'elle monte à bord, avant de héler un taxi.

— À Sea Land, s'il vous plaît, demandai-je au chauffeur.

— Où ça ?

— Sea Land. Vous ne savez pas où ça se trouve ?

— Non, je viens tout juste de commencer ce boulot.

Je dus donc lui indiquer la direction du parc d'attractions le plus connu de toute la côte Est de l'Australie. Une fois sur place, je réglai puis sortis du taxi, espérant que j'avais vu juste, et que Salacia s'était bien rendue au même endroit que moi

■ ■ ■

— Vous êtes sérieux? m'étranglai-je, face à l'employé du guichet.

Je n'étais pas revenu à Sea Land depuis que j'étais gamin, et mes parents s'étaient toujours chargés de payer les billets d'entrée. Alors l'annonce de leur prix me laissa bouche bée. Je n'avais même pas assez d'argent dans mon portefeuille.

— Oui, je suis sérieux, répliqua l'employé. Je vais même t'avouer que je souffre d'une maladie grave appelée sérieusite aiguë, ce qui rend impossible toute tentative de plaisanterie.

Apparemment, j'avais affaire à un humoriste frustré, forcé de travailler à Sea Land pour payer ses factures, en attendant que le monde soit prêt à reconnaître son génie comique.

— Est-ce que j'ai droit à un tarif réduit? tentai-je.

— Quel genre de tarif réduit? s'enquit-il en haussant un sourcil.

— Celui pour les élèves de Coast Grammar?

— C'est toi qui te paies ma tête, là, fit-il en levant les yeux au ciel.

— Et sinon, il n'y a aucune réduction pour les amoureux des dauphins? insistai-je.

Il porta deux doigts à sa bouche pour mimer une envie de vomir. Puis, baissant la voix, me demanda:

— Bon, tu as combien sur toi?

— Vingt dollars.

L'humoriste incompris laissa échapper un rire moqueur :

— Mais qui vient à Sea Land avec seulement vingt dollars en poche ?

Je restai muet, ne sachant pas quoi répondre.

— Allez, c'est bon, donne-les-moi, finit-il par me dire.

Je lui tendis le billet de banque, qu'il fit aussitôt disparaître sous le guichet ou, plus précisément, dans sa poche.

— Tu peux te faufiler par ce portillon, m'indiqua-t-il en appuyant sur un bouton.

Le spectacle de dauphins allait commencer d'une minute à l'autre, et cela me semblait un bon point de départ pour chercher Salacia. Mais, Putih, le premier dauphin blanc né en captivité, attirait les foules, et j'eus un mal fou à trouver un siège libre.

Une fois installé, j'étudiai les autres rangées de spectateurs. Aucune trace de Salacia.

Et si je m'étais trompé ?

Peut-être aurais-je mieux fait de l'attendre dans le hall de son hôtel.

Comme à peu près tous les enfants de Gold Coast, j'avais déjà vu le spectacle de dauphins de Sea Land plusieurs fois. Et, depuis le temps, rien n'avait changé : ils faisaient des cabrioles, sautaient en l'air ou à travers un cerceau, les tours habituels qu'on leur avait appris.

Je n'ai rien contre les dauphins, sincèrement. Mais si je pouvais choisir un monde dans lequel ces créatures n'existeraient pas, je le ferais sans hésiter. Je n'y peux rien, je ne les trouve pas si géniaux que ça.

Au bord du bassin, la dresseuse, Miss Saffrron, appela « Putih ! Putih ! Putih ! », et un dauphin blanc sortit sa petite tête de l'eau. Le public se déchaîna aussitôt. Pour ma part, je me contentai d'un applaudissement plus modeste, et, contrairement aux gens qui m'entouraient, je ne ressentis absolument pas le besoin d'immortaliser ce moment sur mon iPhone.

Saffrron nous expliqua ensuite que le fait d'avoir assisté à la naissance de Putih l'avait bouleversée intérieurement, et que c'était la raison pour laquelle elle avait modifié son prénom, Saffron, en Saffrron, le *r* supplémentaire symbolisant la dimension nouvelle que Putih avait donnée à sa vie.

D'autres applaudissements, auxquels je ne participai pas.

— Et maintenant, qui parmi vous aurait envie d'approcher notre star de plus près ? demanda-t-elle dans son micro.

De nombreuses mains se levèrent immédiatement.

— Toi, là, le garçon à la casquette verte, au premier rang, décida-t-elle en le désignant du doigt.

Il rejoignit la dresseuse sous un tonnerre d'applaudissements, visiblement ravi et très à l'aise de se retrouver ainsi au centre de toutes les attentions.

— D'où est-ce que tu viens ? le questionna Saffrron.

Mais lorsqu'il s'avança pour se saisir du micro, quelqu'un déboula du public pour le lui arracher. Une spectatrice à la tignasse blonde, portant un débardeur et un short, les pieds nus.

Les mots dépassèrent ma pensée :

— C'est Salacia, déesse de la Mer ! m'écriai-je à haute voix.

— Vraiment ? s'étonna la petite vieille en déambulateur, assise à côté de moi.

— Il ne faut pas garder les animaux sauvages en captivité ! hurla Salacia dans le micro.

Saffrron essaya bien de récupérer ce dernier, mais Salacia parvint à l'esquiver. Le gamin à la casquette verte chercha à jouer les héros en lui sautant dessus, mais elle l'évita, et il s'écrasa bêtement sur le béton.

— Il ne faut pas garder les animaux sauvages en captivité ! répéta-t-elle en boucle, en courant tout autour du bassin.

Certains spectateurs se mirent à la huer. D'autres, des enfants pour la plupart, applaudissaient toujours, croyant que cela faisait partie du scénario.

— Que quelqu'un l'achève, pour l'amour de Dieu ! lâcha, avec une bienveillance toute relative, la vieille dame en déambulateur.

Cinq agents de sécurité firent leur apparition pour maîtriser Salacia qui se débattait en hurlant, puis coupèrent son micro avant de l'embarquer.

Le spectacle touchait à sa fin. Une annonce préenregistrée résonna dans les gradins : *Chers spectateurs, n'oubliez pas de faire un tour à la boutique, où vous trouverez une gamme complète de produits à l'effigie de notre dauphin star, incluant notre toute nouvelle collection de lingerie Putih.*

Tout autour de moi, les gens s'empressèrent de quitter leurs sièges, impatients à l'idée de mettre la main sur un T-shirt ou un string sur lequel figurait Putih. Je me frayai un passage, tant bien que mal, tout en gardant un œil sur les agents de sécurité qui s'étaient déjà bien éloignés. J'espérais qu'ils se contenteraient de jeter Salacia hors du parc, mais ils ne semblaient pas se diriger vers l'entrée.

En fait, ils prenaient carrément la direction opposée.

Je les suivis de loin, longeant le bassin aux requins, où j'aperçus un gigantesque triangle isocèle fendre la surface de l'eau. Apparemment, c'était l'heure du repas.

— Voilà Cédric, annonça la dresseuse au public.

Cédric, c'était un nom plutôt amusant, pour un requin. Mais lorsque le dresseur jeta un poisson dans le bassin, et que Cédric sortit de l'eau son immense mâchoire pleine de dents acérées, je le trouvai d'un coup nettement moins amusant.

— Mon Dieu ! s'écria l'un des spectateurs, terrifié.

La dresseuse fronça les sourcils, comme si Cédric n'était qu'un affreux frimeur :

— Vous avez devant vous le plus grand requin blanc en captivité au monde.

Je poursuivis mon chemin, qui me mena tout droit dans une impasse.

Une impasse protégée par une caméra de surveillance, et une grille en acier fermée par un lourd cadenas.

Salacia se trouvait de l'autre côté, mais comment y accéder ?

Je regardai fixement la caméra de surveillance. Rien.

Je lui fis un petit signe de la main. Toujours rien.

Je me mis à sauter comme un fou, en faisant de grands gestes avec les bras.

C'est alors qu'une voix de femme résonna dans le haut-parleur :

— Oui ? Je peux vous aider ?

— La fille que vous avez emmenée, c'est une amie, expliquai-je.

J'entendis une sorte de conversation étouffée, puis une voix d'homme s'adressa à moi :

— Figure-toi que ton amie va avoir de très gros ennuis, m'annonça la voix d'un ton réprobateur, à mi-chemin entre celui d'un policier, et celui d'un principal de collège.

Avant La Dette, si je m'étais retrouvé dans une telle situation, j'aurais fait profil bas. Mais j'étais devenu une tout autre personne depuis qu'on m'avait tiré dessus à balles réelles, que j'avais failli me faire réduire en bouillie à plusieurs reprises, et que j'avais escaladé la façade du Colisée à Rome.

— Hé, monsieur ! l'interpellai-je en regardant droit dans la caméra. Mon amie n'a rien fait de mal, à part s'exprimer pour une cause en laquelle elle croit. Ça s'appelle la liberté d'expression, et il me semble que c'est un droit fondamental dans ce pays. Alors si vous ne la relâchez pas immédiatement, j'appelle la police pour leur dire que vous la séquestrez.

Il y eut un silence. La caméra de surveillance était toujours braquée sur moi.

Le haut-parleur se mit à grésiller. Puis trois silhouettes apparurent derrière la grille : Salacia et deux membres de cette espèce sous-développée plus connue sous la dénomination *agens securitas*.

L'un d'eux me sembla étrangement familier, et je compris pourquoi lorsque je le vis de plus près : c'était le sosie de Buzz l'Éclair, l'ancien agent de sécurité de la centrale de Diablo Bay. Après son licenciement, il avait apparemment réussi à se recaser à Sea Land. Il ne donnait pas l'air de me reconnaître, cependant.

Ils déverrouillèrent la grille, et laissèrent partir Salacia. Celle-ci passa devant moi sans me prêter la moindre attention.

— Dis donc, ça t'arracherait la langue, de me dire merci ? vociférai-je, en lui emboîtant le pas.

— Tu m'espionnais, ou quoi ? rétorqua-t-elle.

Un enfant croisa notre chemin, une peluche à l'effigie de Putih sous le bras.

— Il ne faut pas garder les animaux sauvages en captivité ! lui asséna Salacia.

— Pourquoi cette lettre ? lui demandai-je.

Elle s'arrêta net, les mains sur les hanches, et me fusilla du regard. L'espace d'une seconde, je crus que, moi aussi, j'allais avoir droit à sa rengaine habituelle sur les animaux sauvages. Mais elle se contenta de me fixer intensément avant de lâcher :

— Parce que, par ta faute, ça fait des semaines qu'on est coincés dans ce pays de merde à chercher un stupide trésor qui n'existe même pas, et qu'à cause de ça, ma mère est tombée malade et s'est retrouvée à l'hôpital !

Bon, elle en avait vraiment gros sur le cœur. Et les convenances auraient exigé que je prenne au moins des nouvelles de sa mère, mais je fus incapable de contrôler ma grosse bouche indécente et malpolie :

— Alors ça fait des semaines que vous êtes sur la piste du trésor ?

— Oui, et c'est à cause de toi !

— Mais où ça ?

— À Diablo Bay.

J'étais scié. Je me sentis comme à l'école primaire, quand il faut former des équipes, mais que personne ne veut nous choisir dans la sienne. Sauf que là, c'était mille fois pire.

Ils m'avaient exclu !

Ils avaient commencé les recherches sans moi !

Après tout ce que j'avais fait pour eux !

— Je suis navré pour ta mère, est-ce qu'elle va mieux ? finis-je par lui demander.

— Non. Heureusement qu'on repart bientôt.

— Vous repartez ? Quand ça ?

— Le plus tôt possible, j'espère, conclut-elle avant de s'enfuir en courant.

J'hésitai à la suivre, pour m'expliquer avec elle. Mais pour cela, encore fallait-il que je comprenne les choses moi-même.

07. DESTINATION SURPRISE

De retour chez moi, je trouvai toute la famille assise autour de la table de la cuisine. Mon père et ma mère d'un côté, Miranda et Toby de l'autre. Cela ressemblait étrangement à un conseil de famille, auquel je n'aurais pas été convié.

Et pourtant, ce n'était pas vraiment notre genre. Pas comme les Silverstein, qui réunissent un conseil de famille à la moindre occasion. Personne n'a pensé à remplacer le papier toilette ? Conseil de famille. Quelqu'un a laissé la lumière allumée ? Conseil de famille. Non, chez nous, on ne plaisantait pas avec les conseils de famille. C'était du sérieux.

— Nous t'attendions, Dom, me dit mon père, d'un ton qui ne laissait pourtant pas présager que j'allais avoir de gros ennuis. Assieds-toi.

M'asseoir, où ça ? Certes, il restait des chaises libres à côté de ma mère et de Toby, mais si je m'y installais, j'allais briser la belle symétrie de la table.

À cet instant, je me sentis vraiment mis de côté, et j'éprouvai une horrible sensation, comme si l'on m'avait arraché les entrailles.

Je me retrouvais exclu de ma propre famille. Et tout ça, à cause de La Dette.

Ironie de la situation : j'avais hérité d'une lourde dette familiale dont je devais m'acquitter, mais, en le faisant, je m'éloignais complètement de ma propre famille.

Miranda tira la chaise qui se trouvait à côté d'elle et, d'un signe de tête, m'enjoignit d'y prendre place.

J'hésitai encore.

— Assieds-toi, Dom, m'encouragea ma mère. Je vais te faire un café.

Je m'installai. Ma mère m'apporta un café. Jusque-là, tout allait bien.

— Nous avons une excellente nouvelle à vous annoncer, dit mon père, avant d'échanger un regard avec ma mère.

— Oui, une excellente nouvelle, vraiment ! renchérit-elle alors, d'une voix feignant l'enthousiasme.

Cependant, son visage me parut nettement moins expressif, je mis donc sérieusement en doute le fait que cette fameuse nouvelle soit aussi excellente que mes parents le prétendaient.

Je tournai la tête vers ma sœur, qui se contenta de m'adresser un haussement d'épaules. Mon frère fit de même. Visiblement, ils se trouvaient dans le flou, au moins autant que moi. Je me sentis rassuré.

— Nous allons partir en vacances ! déclara mon père.

— Tous ensemble ? s'enquit Miranda, en lançant un regard noir à ma mère.

C'était compréhensible : elle s'imaginait certainement qu'il ne s'agissait que d'une combine visant à l'éloigner de Seb. Une théorie qui ne me sembla pas si farfelue que cela, vu la soudaineté de cette décision prise par nos parents. Jusqu'à ce qu'un détail me revienne en mémoire...

— Mais, maman, tu n'étais pas censée aller à Pékin ? m'étonnai-je.

— Le voyage a été reporté, me répondit-elle, d'une voix qui laissait entendre qu'elle n'en était pas particulièrement ravie.

— Et j'ai posé toute une semaine de congés ! s'exclama mon père.

Voilà qui me parut déjà beaucoup plus surprenant, car ce n'était plus arrivé depuis que nous étions enfants. En général, lorsque nous partions en vacances, mon père nous accompagnait pour un jour ou deux, maximum. Puis il y avait toujours une urgence qui le forçait à retourner au boulot.

Alors, une semaine de vacances en famille, c'était carrément suspect.

Restait à savoir dans quel coin on allait nous traîner... Et mon frère était déjà à fond sur la question :

— Dites-moi qu'on va à Paris ? Je vous en supplie !

— À Tokyo ? proposa Miranda. Ou à Séoul, peut-être ?

— À Disneyland ? ajoutai-je, faisant preuve d'une originalité ô combien époustouflante.

— En fait, nous allons plutôt rester dans la région, expliqua mon père, en cherchant du regard l'approbation de ma mère.

— Donc on va dans notre maison de vacances ? conclut Miranda, sans se soucier de cacher le dégoût qui pointait dans sa voix.

La plage, c'était sa kryptonite. Si elle restait trop longtemps en contact avec elle, ma sœur s'affaiblissait à vue d'œil. Exactement comme Superman.

Mon père secoua la tête.

— Sydney, alors ? suggéra Toby.

— Melbourne ? tentai-je.

— Pas au fin fond du bush, j'espère ? s'étrangla Miranda, comme si cette perspective lui paraissait à peu près aussi réjouissante que d'attraper la peste bubonique.

— Non, nous allons à Reverie Island, annonça mon père, coupant court au débat. Les Jazy ont accepté d'échanger leur résidence secondaire avec la nôtre, ajouta-t-il, en me regardant droit dans les yeux.

Inutile de préciser que la réaction des enfants Silvagni ne fut pas exactement dithyrambique. Et c'est un euphémisme.

Nous restâmes tous trois muets, presque abattus.

— Alors, n'est-ce pas une excellente nouvelle ? insista mon père, le regard toujours fixé sur moi.

À quoi jouait-il, là ? Pourquoi tenait-il à nous emmener dans cet endroit où, clairement, aucun de nous n'avait envie d'aller ? Et surtout, que comptait-il y faire ?

Je repensai à son petit discours, quelques jours plus tôt, lorsqu'il m'avait dit qu'il fallait parfois se donner un bon coup de pied au cul.

Jc n'irai pas ! protesta Miranda.

— Moi non plus ! renchérit Toby, dans un élan de solidarité fraternelle.

Reverie Island, située à des dizaines et des dizaines de kilomètres de Diablo Bay, là où E. Lee Marx fouillait les fonds marins à la recherche de l'or de Yamashita, était bien le dernier endroit où j'avais envie de me retrouver.

Ce sera sans moi, m'apprêtai-je à déclarer, avant de finalement me raviser : Reverie Island, c'était aussi là que j'avais tout appris sur ce fameux trésor.

À ce moment, mon père sortit une feuille de papier de sa poche, puis la fit glisser devant moi. L'en-tête me sauta immédiatement aux yeux : PADI, l'acronyme de l'organisation professionnelle de formation des plongeurs. Mon rythme cardiaque s'accéléra.

— Je t'ai inscrit à un stage de plongée, m'expliqua-t-il.

Reverie Island et Diablo Bay ne me parurent soudain plus si éloignés que cela l'un de l'autre.

Mon père sortit ensuite une boîte, qu'il glissa en direction de ma sœur, et lui fit savoir :

— Avec ta mère, on s'est dit que ceci t'occuperait pendant le séjour.

Miranda l'ouvrit puis en examina le contenu : une tablette. Mes parents échangèrent un regard, craignant sans doute d'avoir fait une erreur de jugement. Mais ma sœur esquissa un sourire avant de leur répondre :

— Oui, ça pourrait marcher.

Il ne restait donc plus qu'à convaincre Toby. Et, le connaissant, je savais que le soudoyer avec un fouet à pâtisserie ultraperfectionné ou un tout nouveau livre de cuisine ne serait pas suffisant. Mes parents allaient devoir sortir l'artillerie lourde pour arriver à le convaincre.

Mon frère restait immobile, bras croisés sur sa poitrine, un air de défi sur le visage : *allez, montrez-moi ce que vous avez en stock*.

Ma mère déposa alors un Kindle Fire flambant neuf sur la table.

— Cinq cents livres de cuisine sont stockés dedans, lui signala mon père.

— Même celui d'Elizabeth Davis ? l'interrogea mon frère, l'air circonspect.

Énième échange de regards entre mes parents.

— Oui, celui d'Elizabeth Davis, et même ceux de Claudia Roden et de..., fit ma mère, en sortant une liste impressionnante de noms de spécialistes culinaires qui m'étaient tous complètement inconnus.

— Alors, c'est d'accord, conclut Toby.

L'argument avait été décisif. Je dois reconnaître que, sur ce coup, j'étais impressionné. Surtout par mon père.

— Ah, j'oubliais, nous aurons des invités, ajouta-t-il.

Nos trois paires d'yeux se braquèrent sur lui, dans l'attente de la révélation de leur identité.

— D'après ce qu'elles m'ont dit, Imogen et sa mère pourraient se joindre à nous pendant quelques jours, poursuivit-il.

Aucune chance que ça arrive, me dis-je. *La mère d'Imogen ne met jamais le pied hors de chez elle.* Mais cette réflexion fut immédiatement supplantée par une autre pensée : *Imogen sera là ! Mon Imogen !*

Nous n'avions pas encore bouclé nos bagages, et pourtant ces vacances s'annonçaient déjà vraiment très bizarres. Probablement les plus bizarres de notre vie.

08. CERVEAU EN BOUILLIE

Deux jours plus tard, nous débarquions dans le minuscule aéroport de Reverie Island, à l'endroit même où le Zolt et moi avions décollé à la fin de mon premier contrat. Dès que je posai le pied au sol, je fus électrisé par une intense sensation d'excitation. Fini de pleurnicher sur le fait d'avoir été exclu des fouilles de E. Lee Marx : au fond de moi, je savais qu'il avait besoin de mon aide. Mais lui ne le savait pas encore, voilà tout. Et si je voulais vraiment pouvoir l'aider, la première étape consistait à apprendre à plonger.

Dès notre arrivée dans la propriété des Jazy, chacun partit vaquer à ses propres occupations. Miranda s'installa dans la suite Bali avec sa tablette. Toby dans la suite Goa avec son Kindle Fire. Ma mère s'appropria le salon pour y visionner la saison 1 de la série *Homeland*. Quant à moi, je décidai de ne pas faire de vague, et m'en tins à relire quelques bouquins de E. Lee Marx dans ma propre suite.

Le lendemain, mon père me conduisit à Port Reverie.

— Tu veux que je reste t'attendre ? me demanda-t-il en se garant devant le centre de plongée.

— Non, ça ira.

Son regard s'assombrit. Il affichait un air déçu.

— Hé, mais tu pourrais faire ce stage, toi aussi ! lui dis-je pour me rattraper, en en faisant clairement des tonnes.

— Oui, ce ne serait pas une mauvaise idée.

Au fond de moi, je n'avais pourtant aucune envie d'avoir mon père dans les pattes pendant ma formation.

— Carrément, lâchai-je. Même si c'est un stage plutôt intensif...

— Combien de temps il dure ? Trois jours, c'est ça ?

Je hochai la tête.

Envisageait-il vraiment de le faire avec moi ?

— Et, le dernier jour, on plonge en pleine mer ?

— Tout à fait.

Il avait l'air sérieux ! Mais qu'est-ce qui m'avait pris de l'encourager, bon sang !

À cet instant, son téléphone portable se mit à sonner, et, pour la première fois de mon existence, j'en fus véritablement ravi.

— Salut Rocco, répondit-il dans l'appareil. Je peux te rappeler dans cinq minutes ?

Mon père me serra contre lui en me souhaitant bon courage, puis me laissa me rendre seul au centre de plongée.

La bâtisse en bois était une des rares constructions de l'île qui n'eût pas encore été transformée en café. Quoique je doutasse sérieusement qu'elle le soit un jour : l'endroit, complètement décrépit, ne payait vraiment pas de mine.

À l'entrée, un panneau délavé indiquait l'année de fondation du centre, 1965.

Sur ma droite, je remarquai qu'une vitre venait d'être cassée. Des éclats de verre jonchaient le sol.

Je poussai la porte du bâtiment, et fus frappé de plein fouet par une odeur salée, une odeur d'algues très prononcée, sans être vraiment désagréable. Cependant, si l'extérieur semblait décrépit, l'intérieur paraissait entièrement délabré.

Tout l'historique du centre s'affichait sur ses murs, à travers des photos et autres articles de presse, mais également sur son plafond, d'où pendaient d'anciens accessoires de plongée, ainsi qu'une gigantesque mâchoire de requin.

L'endroit était désert, j'en profitai donc pour jeter un œil alentour.

Ouverture d'une boutique de plongée sur l'île, clamait l'en-tête d'un article de journal jauni. Je sautai l'article pour étudier la photographie qui l'illustrait : deux hommes bronzés, aux cheveux longs, posaient tout sourire aux côtés d'un vieil équipement de plongée.

Les associés Cameron Jamison et Dane Zolton nous présentent une pièce de leur nouvel équipement, expliquait la légende.

Après cela, j'étais plus que curieux de lire l'article en question.

Cameron Jamison et Dane Zolton, deux amis d'enfance, ont fait de leur passion leur métier, en ouvrant une boutique de matériel de plongée. C'est le premier commerce du genre à ouvrir ses portes à Reverie Island, et le second seulement sur tout le territoire du Queensland.

— C'est un lieu chargé d'histoire, fit une voix derrière moi.

Je me retournai, et vis qu'elle appartenait à une jeune femme d'environ vingt-cinq ans, aux cheveux mi-longs teints en rouge. Elle portait une combinaison de plongée roulée jusqu'à la taille, laissant voir le haut de son maillot de bain.

— Ce Dane Zolton, c'est le père du Zolt ? l'interrogeai-je.

Elle me dévisagea, sans comprendre.

— Le Zolt. Otto Zolton-Bander. Vous savez bien, l'activiste de Facebook ! insistai-je.

— Ah, effectivement. Je n'avais pas fait le lien.

L'excuse me parut vraiment bidon mais, à son accent, j'en déduisis qu'elle n'était pas originaire d'Australie.

— Vous êtes canadienne ?

— Oui, répondit-elle en s'avançant pour me serrer la main. Je m'appelle Maxine. Et tu dois être Dominic ?

— Tout le monde m'appelle Dom.

— Eh bien, Dom, je t'annonce qu'on va s'éclater pendant trois jours ! me dit-elle, d'un ton débordant d'enthousiasme.

Au même instant, une voiture de police se gara à l'extérieur, et deux agents en sortirent, un homme et une femme.

Lorsqu'ils passèrent la porte, je fus pris d'une irrépressible envie de fuir, car je reconnus l'un d'eux, du jour où le Zolt et moi avions quitté l'île en piquant un Bonanza que nous avions fait atterrir dans la forêt du Prêcheur. J'avais vu le visage de ce flic quand il nous avait poursuivis en 4 × 4 sur la piste de décollage, nous sommant de nous rendre. Mais, lui, avait-il pu voir le mien ?

— Tu m'excuses un moment, Dom ? On a été cambriolés hier soir…

Je laissai Maxine s'entretenir avec les deux agents de police, et reportai mon attention sur les documents qui ornaient les murs du centre. Ainsi, je faisais d'une pierre deux coups : cela me permettait de me dérober aux regards inquisiteurs des policiers, tout en écoutant discrètement leur conversation.

Mais qui pouvait bien chercher à cambrioler un vieux centre de plongée presque en ruines ? Très simplement quelqu'un qui voulait mettre la main sur du matériel. Beaucoup de matériel.

— D'autres magasins de plongée ont été visités, informa l'agente de police. Pourriez-vous nous dresser une liste précise de ce qui a été volé ?

— Eh bien, un *stab*, déjà.

— Un gilet de stabilisation ?

— Oui, c'est bien ça. Une taille XL, la plus grande de notre stock.

— On recherche donc un voleur plutôt costaud, conclut son collègue.

En notant ces informations, il jeta un regard dans ma direction. Peut-être pour jauger de l'éventualité que cela pût être moi, le cambrioleur. Je décidai alors de m'éclipser et sortis par la porte arrière pour rejoindre le bassin d'entraînement.

En chemin, je fus pris d'un doute : et si c'était le Zolt, le coupable ? Vu sa carrure, il rentrerait tout juste dans un gilet taille XL... Comptait-il se rendre à Diablo Bay ? Non, c'était hautement improbable.

L'eau du bassin dégageait une forte odeur de chlore. Sur les murs d'enceinte, une fresque murale représentait l'univers sous-marin. Rien de bien surprenant, si ce n'est le nombre étonnamment élevé de requins qui y apparaissaient.

L'artiste nourrissait peut-être une véritable passion à l'égard de ces carnassiers – d'ailleurs je ne manquai pas de remarquer qu'ils semblaient beaucoup mieux dessinés que les autres animaux marins –, ou alors avait-il un humour plutôt douteux... En tout cas, partout où l'on pouvait poser les yeux, on apercevait la silhouette fuselée d'un requin à la mâchoire acérée.

J'avais lu quelque part que les requins n'avaient pas évolué depuis des millénaires. Après tout, pourquoi changer quand on a atteint un tel degré de perfection ?

Mes pensées furent soudain interrompues par l'arrivée d'une femme. Une femme qui m'apparut étrangement familière.

— Tu es là pour le stage de plongée, toi aussi ?

Je me la remis instantanément : Joy Wheeler, la femme qui m'avait présenté les archives du Parti travailliste australien, et qui entretenait une correspondance avec Imogen au sujet de son père disparu.

Elle ne donna pas l'air de me reconnaître, de son côté, ce qui me rassura. Mais s'agissait-il vraiment d'une simple coïncidence ? Ron Gatto, l'un des trois hommes que j'avais aperçus à Nimbin avec mon père, l'avait-il chargée de m'espionner ? Ou bien devenais-je tout simplement l'un de ces paranoïaques théoriciens du complot, qui croient voir des liens entre tout et n'importe quoi ?

Nous échangeâmes quelques banalités concernant la plongée. Elle me confia qu'elle avait toujours rêvé d'en faire sans en avoir jamais eu l'occasion, et que ce stage lui avait été offert par un ami, en guise de cadeau d'anniversaire.

Elle semblait toutefois un peu stressée, et ne pouvait pas s'empêcher de jeter des regards nerveux en direction de la fresque aux requins.

Deux autres personnes se joignirent à nous, deux touristes suisses.

— Nous sommes des voyageurs, pas des touristes ! répliqua sèchement l'un d'eux lorsque je laissai échapper que cela devait être sympa de faire du tourisme dans le coin.

Puis j'entendis la voiture de police quitter les lieux avant que Maxine ne nous rejoigne, quelques secondes plus tard :

— Je vous conseille d'arrêter de contempler l'eau du bassin, parce que vous n'y toucherez pas avant demain matin !

Des plaintes s'élevèrent du côté de Joy et des touristes. Pour ma part, je comprenais qu'il était nécessaire de maîtriser la théorie avant de se lancer dans la pratique.

— Alors en route pour la salle de classe ! lança Maxine.

— On y va ! m'exclamai-je, avec l'enthousiasme d'un véritable fayot.

Et pourtant, les salles de classe, ce n'était franchement pas mon truc. Tous mes bulletins scolaires pouvaient le confirmer : *Dominic doit s'appliquer davantage ; Dominic s'en tient toujours au minimum...*

Mais là, c'était différent : j'allais apprendre à plonger. Et ensuite, lorsque La Dette se manifesterait, je serais fin prêt, à fond dans les starting-blocks.

Maxine nous fit visionner quelques vidéos, en plus de nous expliquer la théorie de A à Z. Je bus chacune de ses paroles, et pris un maximum de notes. À plusieurs reprises, lorsqu'elle nous demanda si nous avions des questions, je la bombardai d'interrogations afin que mes connaissances soient les plus exhaustives possible.

À la fin de la journée, j'avais le cerveau en bouillie. Je n'étais pas habitué à me concentrer aussi intensément. Et pourtant, lorsque les autres élèves furent partis, je m'empressai de faire ce que font tous les fayots : harceler la prof.

— Si j'ai bien compris, l'oxygène devient toxique à partir de soixante-cinq mètres de profondeur, c'est bien ça ?

Maxine me répondit patiemment, avant de regarder sa montre et de lâcher :

— Il se fait tard, je dois rentrer. Une grosse journée nous attend demain !

— Et sinon, est-ce qu'on a des devoirs à faire ?

— Contente-toi de réviser ce qu'on a vu aujourd'hui, Dom.

Son téléphone se mit à sonner. Elle jeta un coup d'œil au numéro d'appel, et s'éloigna de moi pour répondre. Je n'entendis que quelques bribes de sa conversation :

— Alors Bones devra attendre encore un peu.

De mon côté, cette journée s'était révélée tellement prenante, que j'avais complètement sauté un détail pratique d'importance : comment allais-je rentrer ? Heureusement pour moi, en sortant, j'aperçus la Mercedes des Jazy garée devant le centre de plongée. Ma mère était sûrement venue me récupérer.

Mais, en approchant du véhicule qui diffusait une chanson des Rolling Stones à plein volume, je compris qu'il s'agissait de mon père.

— Alors, raconte ! me pressa-t-il, en remontant ses lunettes de soleil sur son front.

— C'était génial ! m'exclamai-je, presque tenté d'ajouter que cela avait été l'un des plus beaux jours de ma vie.

Quoique cela eût paru légèrement excessif.

— À ce point ? s'étonna-t-il.

— Carrément ! L'un des plus beaux jours de ma vie ! fis-je, décidant de céder à l'appel de l'excès.

09. IMOGEN, OH IMOGEN

Le lendemain, nous pûmes enfin accéder au bassin.

Pour commencer, Maxine nous demanda de parcourir deux cents mètres, en nage libre, sans limite de temps. Après tous les entraînements auxquels je m'étais astreint avec Tristan, je n'eus aucun mal à enchaîner les longueurs en quelques minutes seulement. Ensuite, je dus attendre mes petits camarades.

Les deux Suisses se débrouillèrent plutôt bien, mais Joy Wheeler resta à la traîne. Elle nageait en brasse, la tête hors de l'eau, comme terrifiée à l'idée de se mouiller les cheveux.

Lorsqu'elle eut enfin terminé, nous pûmes passer à l'étape suivante : enfiler nos gilets de stabilisation, nos masques et nos palmes, et aller sous l'eau.

Le petit fayot que j'étais nouvellement devenu passa avec brio toutes les épreuves : vider l'eau de son masque, changer le détendeur de plongée, mettre puis enlever sa ceinture de lest...

J'avais tout réussi du premier coup.

Et la première respiration que je pris sous l'eau me parut une sensation presque magique. Désormais, je n'étais plus esclave des lois physiques, condamné à flotter à la surface.

La leçon du jour prit fin un peu après quinze heures. Une fois les autres élèves partis, je restai avec Maxine pour l'aider à nettoyer les équipements de plongée à l'eau claire, avant de les étendre pour sécher.

— Tu es toujours aussi enthousiaste et passionné ? s'étonna-t-elle.

— Non, juste pour la plongée. Et aussi la course à pied. Enfin, avant que je ne raccroche.

— J'avais bien remarqué que tu étais un athlète. Pourquoi as-tu abandonné ? À cause d'une blessure ?

— Disons que j'ai eu quelques différends avec un responsable de la Fédération d'athlétisme, fis-je en repensant à l'affreuse Mrs Jenkins.

Pourtant, pour la première fois depuis que j'avais renoncé à courir, je sentis mon cœur se serrer.

Cela me manquait-il vraiment ?

Non, bien sûr que non. Je faisais de la plongée, dorénavant.

— On passe aux choses sérieuses, demain, reprit Maxine. Plongée en pleine mer !

— J'ai hâte ! m'exclamai-je, en achevant d'étendre le dernier gilet de stabilisation encore tout dégoulinant.

Comme la veille, mon père m'attendait à la sortie.

Je grimpai dans le véhicule, et m'empressai de lui raconter à quel point c'était génial et magique de pouvoir respirer sous l'eau.

— Arrête, tu vas me rendre jaloux ! rétorqua-t-il en riant. Tu n'aurais vraiment pas dû me convaincre de renoncer à ce stage, en fait !

Avais-je réussi à faire ça, sérieusement? Oui. Probablement.

Lorsque nous arrivâmes à la résidence des Jazy, je remarquai qu'une autre voiture se trouvait déjà garée dans l'allée.

Quand mon père nous avait annoncé que les Havilland passeraient peut-être quelques jours avec nous, je n'en avais pas cru un mot. Mrs Havilland restait toujours cloîtrée chez elle, elle n'avait pas mis le pied hors de Halcyon Grove en douze ans. Alors aucune chance qu'elle ne vienne jusqu'à Reverie Island...

Et pourtant, je la vis de mes propres yeux, à la table de la cuisine, sirotant un verre de gin & tonic. Elle se tenait assise au bord de sa chaise, comme si elle s'apprêtait à fuir d'une minute à l'autre, et paraissait fébrile, ne pouvant pas s'empêcher de lancer à la ronde des petits regards inquiets. Mais elle se trouvait bien là. En chair et en os.

Dans ce cas, où était Imogen?

La dernière fois que nous nous étions retrouvés tous les deux, elle m'avait embrassé. Et puis, évidemment, La Dette s'était immiscée entre nous, je n'avais pas pu faire autrement que de retourner m'occuper de mon troisième contrat. Imogen avait donc quitté ma chambre comme une furie, et ne m'avait plus adressé la parole depuis.

Grâce à l'ordinateur de La Dette, je l'avais toutefois espionnée. Ce dont je ne tirai vraiment aucune fierté.

Génial, elle n'est pas venue, me dis-je. Tant mieux, ainsi je n'aurais pas à gérer de situations bizarres, ni à fournir d'explications embarrassantes.

Puis des pas se firent entendre dans le couloir, et Imogen apparut.

Toute pomponnée et maquillée, elle avait mis sa plus belle robe et sorti ses bijoux. Mais aucun doute possible. C'était bien elle.

Mon rythme cardiaque s'emballa. Malgré les mois qui s'étaient écoulés, elle me faisait toujours autant d'effet. Et pourtant, ce n'était vraiment pas le moment de me laisser distraire. Je devais garder la tête froide, notamment pour finir mon stage de plongée.

Et pour me lancer sur les traces du fameux trésor. Entre autres.

— Salut, Dom ! s'exclama-t-elle.

— Salut, Im.

Bon. Ce n'était pas grand-chose, mais cela me permit de tirer une conclusion importante : la furie s'était calmée, et avait enterré la hache de guerre.

J'ignore si l'idée venait d'elle ou de moi, voire de nos parents, mais je me retrouvai soudain à emmener Imogen faire un tour en bateau.

Évidemment, elle avait insisté pour se changer avant de partir, ce qui lui avait pris un temps considérable. Même si, en fin de compte, la différence avant/après de sa tenue ne me parut pas flagrante.

Lorsque nous atteignîmes enfin la jetée où était amarré le hors-bord des Jazy, il était déjà tard. Il restait peut-être à peine une heure de jour avant que la nuit ne tombe.

Je récupérai la petite clé dissimulée entre les sièges avant, au même endroit que la dernière fois. Je défis les amarres, puis tournai la clé dans le contact. Les moteurs démesurés se mirent à rugir. Je me sentis puissant.

— Wow ! s'écria Imogen, tandis que j'éloignai le hors-bord de la jetée en marche arrière. Où est-ce que tu as appris à piloter cet engin ?

Grâce à Tristan, me gardai-je de lui répondre.

— C'est Tristan qui t'a montré ? devina-t-elle.

— Pas exactement.

Que dirait Imogen si je lui confiais que son Tristan chéri m'avait poussé par-dessus bord, et qu'il aurait bien essayé de me tuer si, heureusement pour moi, on ne lui avait pas tiré dessus.

— Alors, où est-ce que tu as envie d'aller ? lui demandai-je pour détourner la conversation. Tout l'océan s'offre à nous.

— J'adorerais voir l'endroit où le Zolt se planquait !

J'avais oublié, ou plutôt choisi d'ignorer, à quel point Imogen avait, elle aussi, succombé à la frénésie suscitée par les aventures d'Otto Zolton-Bander. Tout me revint en mémoire. Je nous revis tous les trois, Imogen, Tristan et moi, sur la place de l'hôtel de ville, pour célébrer l'évasion du Zolt. Ce jour-là, j'avais vraiment eu l'impression de tenir la chandelle. À présent, nous n'étions plus que tous les deux, Imogen et moi.

— Gunbolt Bay, tu veux dire ?

— Oui, je crois que ça s'appelle comme ça.

La suggestion était hautement risquée. Gunbolt Bay se trouvait plutôt loin. Sans compter qu'il s'agissait d'un coin très dangereux. Tristan et moi y avions essuyé des tirs à balles réelles. Mais tout cela, Imogen l'ignorait. Elle se contentait de le considérer comme le lieu mystérieux dans lequel le Zolt s'était planqué pendant deux ans.

Je me retrouvai déchiré intérieurement : mon côté raisonnable me disait de ne pas y aller, alors que mon côté déraisonnable semblait, au contraire, enthousiasmé à cette idée.

Gunbolt Bay : Go !

— Vers l'infini et au-delà ? lançai-je à Imogen, en référence à *Toy Story*, l'un de nos films d'animation préférés.

— Vers l'infini et au-delà ! répéta-t-elle, tout sourire.

Les conditions étaient idéales : la brise qui soufflait un peu plus tôt s'était évanouie, laissant la surface de l'océan aussi lisse qu'un miroir.

— Prête ? claironnai-je.

— Prête !

J'enfonçai la pédale d'accélérateur, et la proue du bateau se souleva brutalement. L'espace d'une interminable seconde, je crus qu'il allait se renverser, nous précipitant vers une mort certaine.

Mais les hélices plongèrent dans l'eau et le hors-bord s'élança à toute vitesse, bondissant de vague en vague.

La sublime Imogen se cramponna à moi.

Bien sûr, je sais que la vraie beauté est intérieure, et bla bla bla. Et pourtant, à chaque fois que je tournais la tête vers elle, assise derrière moi, cheveux au vent, arborant un grand sourire joyeux, les moteurs internes de mon petit cœur se mettaient à rugir, eux aussi.

— On dirait que ta mère va mieux ! lui hurlai-je pour couvrir le bruit des moteurs.

— Oui, je l'ai finalement convaincue d'aller consulter !

Consulter… J'imaginai aussitôt un psychiatre, un psychologue, ou tout autre professionnel de santé commençant par psy.

— Et comment as-tu fait ?

— Je lui ai dit que, si elle n'y allait pas, si elle continuait à boire comme un trou, alors je quitterais la maison.

Je n'ignorais pas que Mrs Havilland était portée sur la boisson. Plusieurs fois déjà, je l'avais vue bien imbibée, exhalant une forte odeur d'alcool. Cependant, c'était la première fois qu'Imogen m'en parlait aussi clairement, sans détour.

Je la considérai pendant quelques secondes, tâchant de ne pas me laisser distraire par sa beauté. Et je réalisai soudain qu'elle avait changé. Pendant que je m'étais évertué à gérer mes propres problèmes, elle avait dû lutter contre les siens.

Ce n'était plus exactement la même Imogen que celle du jour de mes quinze ans, lorsque j'avais appris l'existence de La Dette.

D'ailleurs, je n'étais plus exactement le même Dominic, moi non plus.

— Sans déconner, tu serais vraiment partie de chez toi ?

— Des menaces dans le vent, ça n'aurait pas eu le même effet.

— C'est fou qu'elle ait accepté de venir ici, quand même. On l'a mise sous traitement ?

— Oui, elle a droit à une flopée de pilules, comme à peu près tous les adultes de Gold Coast. Mais ce n'est pas ce qui l'a poussée à venir sur l'île.

— Ah bon ?

— D'abord, je lui ai fait la promesse de découvrir ce qui était arrivé à mon père.

Je me sentis coupable en repensant à tous les documents que j'avais téléchargés illégalement depuis l'ordinateur du Parti travailliste, stockés sur mon disque dur. Des informations capitales, qui pouvaient certainement l'aider.

— Et ça a marché ?

— Pas du tout. Elle m'a fait une crise. Elle m'a dit que je ne devais pas m'en mêler. Que c'était bien trop dangereux. Que le cartel de la drogue viendrait m'enlever…

Là, je dois reconnaître que Mrs Havilland marquait un point.

— Alors je suis passée à la tactique inverse, poursuivit-elle. Je lui ai dit que, si elle acceptait l'invitation de ton père, j'arrêterais d'enquêter sur la disparition du mien.

— Donc tu lui as menti ?

— Plus ou moins, fit-elle, forçant un sourire.

— Et où en es-tu, dans tes recherches ?

— Ça avance lentement. Mais je suis convaincue que le Parti cache quelque chose.

Je me retins de lâcher : *Tu ne devineras jamais, mais Joy Wheeler participe à mon stage de plongée. Sacrée coïncidence, hein ?*

Cela m'aurait complètement grillé auprès d'Imogen, autant lui avouer directement que j'avais fouiné dans ses c mails et lu sa correspondance avec Joy Wheeler.

— Attention ! hurla soudain Imogen.

En levant les yeux, j'aperçus un bateau droit devant nous. Je donnai un brutal coup de volant pour l'éviter.

Lorsque nous passâmes à côté de lui, je vis une silhouette trapue sur le pont, une paire de jumelles devant le visage. L'homme nous observait. Ce qui n'avait rien de mal en soi, les gens s'observent les uns les autres, en pleine mer.

Pourtant, même si je ne parvenais pas à distinguer son visage, je lui trouvai quelque chose de familier.

— C'est encore loin ? s'enquit Imogen.

— Non, c'est juste là, dis-je, en désignant une anfractuosité dans la falaise.

Je m'en approchai au maximum avant de décélérer, puis de couper le contact. Moteurs relevés, nous glissâmes vers la côte, jusqu'à atteindre le sable.

Je descendis du bateau et le tirai vers la plage, afin qu'Imogen puisse y sauter sans avoir à se mouiller. J'attachai ensuite l'engin à un arbre, à l'aide d'une corde.

— On ferait mieux de se dépêcher, la nuit va tomber, pressai-je.

J'aidai Imogen à escalader la falaise, puis la guidai à travers la forêt, le long du sentier qui longeait l'envers de la paroi rocheuse.

Au fur et à mesure de notre progression, je me sentis envahi par un sentiment de peur. La dernière fois que je m'étais rendu là, j'avais bien failli y perdre la vie. Malgré cela, étrangement, je me sentais également surexcité : l'or de Yamashita se trouvait peut-être à Diablo Bay, mais sa piste commençait ici.

Le silence régnait autour de nous, brisé çà et là par des cris d'oiseaux, au loin.

— Suis-moi, c'est par là, dis-je à Imogen.

Nous traversâmes la clairière et nous engouffrâmes dans la végétation avant de trouver ce que nous cherchions : l'entrée de la cachette du Zolt.

— C'est tellement cool ! s'exclama-t-elle en mitraillant l'endroit de photos avec son iPhone. J'en ai presque le souffle coupé !

Nous suivîmes le chemin qui menait à la caverne. Je remarquai la présence d'empreintes de pas encore fraîches.

Fraîches à quel point ? Serions-nous en train de nous précipiter dans un piège ?

L'intérieur de la caverne, si bien organisé la dernière fois, n'était plus qu'un vaste foutoir. Apparemment, quelqu'un avait tout retourné, sûrement pour y chercher quelque chose. Mais quoi ? Les rares meubles que le Zolt avait fabriqués étaient complètement défoncés. Des papiers jonchaient le sol. Des livres gisaient, déchirés.

— Dire qu'il a vécu là si longtemps ! glapit Imogen. Et que toutes ces affaires lui appartenaient !

J'avais envie de lui rétorquer qu'Otto Zolton-Bander n'était qu'un petit crétin. Un petit crétin à la voix haut perchée. Mais, bien sûr, je n'en fis rien.

Je balayai le sol du regard, et le titre d'un livre en piteux état me sauta aux yeux : *Comment piloter un hélicoptère*.

N'importe quelle personne un tant soit peu maligne aurait fait une razzia dans cet endroit, pour mettre le tout en vente sur eBay. Car, depuis sa disparition des écrans radar et sa mort supposée, le mythe du Zolt persistait. Sa page Facebook brassait une quantité de fans toujours plus nombreux, les gens lui postaient des centaines de messages, et des tas de filles semblables à Imogen étaient toujours raides dingues de lui. On pouvait encore se procurer des mugs ou des T-shirts à son effigie, et même télécharger des chansons composées en son honneur.

— On devrait peut-être regagner le bateau, dis-je, en m'apercevant que la lumière du jour commençait à décliner.

— Encore cinq minutes, Dom ! supplia Imogen, occupée à prendre des clichés du moindre recoin de la caverne.

Je m'assis sur une grosse pierre, et fermai les paupières.

Un sentiment de nostalgie me noua la gorge. Capturer le Zolt avait été mon tout premier contrat, mais cela me paraissait très loin, flou, presque irréel. Un peu comme un film que j'aurais visionné des années plus tôt.

Par les créateurs de nombreux autres blockbusters, Capture le Zolt *retrace les aventures palpitantes de deux adolescents : Otto Zolton-Bander et Dominic Silvagni. Avec, dans les rôles principaux, Otto Zolton-Bander et Dominic Silvagni.*

J'aurais donné cher pour mettre la main sur le scénario de ce film, parce que beaucoup trop de détails m'échappaient encore. Comme la fois où j'étais allé voir *Inception* au cinéma, en famille. Miranda avait eu beau passer des heures à m'expliquer de quoi cela retournait, les rouages du film n'avaient pour moi aucun sens.

Au moment de mon premier contrat, je croyais dur comme fer rendre service à la société, en la débarrassant d'un dangereux criminel.

Grossière erreur.

Mais, une fois encore, ces temps-là étaient bien révolus.

Le sens de La Dette est de mettre à l'épreuve tes aptitudes, ton courage, ainsi que ta détermination, me diraient Gus et mon père. Ou mieux, version Chakrabarty : *La Dette est une tâche herculéenne.*

Là aussi, grossière erreur, conclus-je en écoutant Imogen farfouiller au fond de la caverne.

Je me remémorai la sensation libératrice éprouvée à Rome, lorsque je m'étais rendu compte que La Dette était loin d'être une organisation légendaire quasi mystique.

Finalement, elle ne différait pas du reste du monde : ce qui l'intéressait avant tout, c'était l'argent.

Je passai en revue tous les détails du scénario que je connaissais jusque-là.

Le Zolt savait où était caché l'or de Yamashita. Le fait qu'il eût en sa possession un Double Eagle de 1933 suffisait à le prouver.

Donc, en toute logique, le plan de La Dette consistait à le capturer, pour le forcer à révéler cette information.

Mais, et c'est là que le bât blesse, seuls Hound de Villiers et ensuite Cameron Jamison étaient parvenus à mettre la main sur lui pour l'interroger. Et vu qu'ils se trouvaient tous deux toujours à ses trousses, il fallait bien en conclure que le Zolt ne s'était pas décidé à parler.

Quant à La Dette, elle avait détenu le Zolt pendant deux minutes, tout au plus. Ou, devrais-je préciser, deux minutes à l'arrière d'une grosse cylindrée assourdissante. Alors, comment cette organisation pouvait-elle être aussi certaine que l'or de Yamashita gisait bien dans les profondeurs de Diablo Bay ? Car, certaine, elle l'était, puisque mon deuxième contrat, éteindre toutes les lumières de Gold Coast, visait en filigrane à mettre la centrale hors service.

Au fond de moi, j'avais l'impression que toutes les réponses à mes questions se trouvaient là, dans la cachette du Zolt. Mon regard se posa à nouveau sur *Comment piloter un hélicoptère.*

À cet instant, je me rendis compte qu'Imogen se tenait à côté de moi.

— On devrait y aller, non ?

— Oui, ça vaudrait mieux, jugeai-je, surpris que le jour soit tombé si vite.

Je me sentis gagné par la panique. Pourquoi avais-je amené Imogen dans cet endroit ?

Nous rebroussâmes chemin, et regagnâmes la plage au pas de course.

10. JET-SKIS EN VUE !

Au retour, Imogen s'assit à côté de moi, à l'avant du hors-bord.

Derrière nous, le soleil couchant répandait une profusion de couleurs dans le ciel, comme si un enfant un peu trop créatif s'était amusé à jouer avec des tubes de peinture. Tout autour de nous, la mer luisait d'une douce teinte dorée.

— C'est tellement beau, dit Imogen.

La panique que j'avais ressentie plus tôt s'était estompée. Il n'y avait plus rien à craindre, désormais. Les idées folles qui m'avaient traversé l'esprit s'étaient bel et bien envolées, remplacées par un constat beaucoup plus agréable : Imogen et moi, seuls au monde.

De temps à autre, l'un de ses cheveux venait caresser mon bras nu, provoquant une décharge de fourmillements électriques à travers tout mon corps.

— Tu veux conduire ? lui proposai-je.

— Oui, pourquoi pas !

Nous échangeâmes nos places pour qu'elle s'installe derrière le volant.

— Maintiens le cap dans cette direction, lui indiquai-je en désignant la côte, au loin.

— Comment peux-tu savoir vers où il faut aller ?

Bonne question. Comme je me perdais rarement, il fallait supposer que je bénéficiais d'un excellent sens de l'orientation. Qui me venait probablement de mes innombrables heures d'entraînement au demi-fond. Je possédais un GPS interne parfaitement calibré.

— Ça faisait longtemps que je n'avais pas passé un aussi bon moment, me confia Imogen.

— Moi aussi.

L'un de ses cheveux vint à nouveau caresser mon bras. Nouvelle rafale de fourmillements électriques.

— Attention, tu dévies ! la prévins-je, en saisissant le volant pour le réajuster.

Mais, au même instant, Imogen changea sa position sur le volant. Et mes mains se retrouvèrent sur les siennes.

— Désolé, fis-je en les retirant aussitôt.

— Ne sois pas désolé. C'était plutôt agréable.

Je remis mes mains sur les siennes, et nous conduisîmes ensemble.

Les fourmillements dans mon corps s'étaient mués en un flot continu de courant électrique. J'aurais voulu faire ralentir le bateau, pour que ce moment dure des heures. Voire des jours.

— C'est quoi, ce bruit ? s'inquiéta soudain Imogen.

Pour ma part, je n'avais rien entendu, si ce n'est le *boum-boum-boum* des battements de mon cœur. Mais en prêtant l'oreille, je compris à quoi elle faisait allusion.

Un vrombissement aigu, peut-être même deux.

— Là ! s'écria Imogen.

Un premier jet-ski fit son apparition, suivi d'un second. Filant droit sur nous.

— Ce sont peut-être des amis de tes parents ? suggéra-t-elle. On est partis depuis un bon bout de temps, ils se sont peut-être inquiétés.

C'était une possibilité. Pourtant, au fond de moi, je n'y croyais pas.

— Tu permets que je reprenne les commandes ? lui demandai-je.

— Bien sûr. Vas-y.

Je m'emparai du volant et écrasai la pédale d'accélérateur pour semer nos poursuivants.

Sauf qu'ils allaient bien plus vite que nous, et ne tardèrent pas à nous rattraper. Je parvins à les reconnaître lorsqu'ils se placèrent à notre hauteur, de chaque côté du hors-bord : deux silhouettes massives vêtues de combinaisons de plongée.

Les frères Mattner.

Ils nous firent signe de nous arrêter.

Je lançai un coup d'œil à Imogen. Elle n'avait pas l'air particulièrement effrayée, plutôt intriguée.

Il valait mieux s'arrêter pour voir ce qu'ils nous voulaient. Les connaissant, la situation pouvait sérieusement déraper si l'on tentait de fuir. Ils ne se baladaient jamais sans leurs Kalachnikov.

Je coupai donc les moteurs.

Les Mattner rejoignirent la poupe du bateau pour grimper à bord, avant d'attacher leurs jet-skis à notre mât de ski nautique.

— Ça fait un bail qu'on ne s'est pas vus, dis-moi ! me lança le plus grand des deux.

— Elle est pas mal, ta copine, c'est quoi son petit nom ? demanda l'autre.

— Mon petit nom, c'est Imogen. Et le vôtre ?

— Charles. Mais on me surnomme le Kangourou.

Je ne pus m'empêcher de remarquer qu'elle ne l'avait pas détrompé, sur le fait qu'il l'avait prise pour ma copine.

— Alors, qu'est-ce que vous nous voulez ? m'enquis-je.

— Savoir ce que vous foutiez à Gunbolt Bay.

— On jetait un coup d'œil, c'est tout. Imogen est fan du Zolt.

Ce qui était la vérité, toute la vérité, rien que la vérité.

— Et tu crois vraiment que je vais gober ça ? me dit-il.

— Mais qu'est-ce que vous cherchez, à la fin ? intervint Imogen. Vous ne pouvez pas débarquer comme ça, pour nous faire subir un interrogatoire !

Les frères Mattner échangèrent un regard. Visiblement, ils avaient affaire à une novice qui ne savait pas comment les choses se passaient, sur l'île.

Le plus grand – et le moins marsupial – des deux, se saisit alors d'une rame, qu'il me fracassa sur un côté de la tête. J'aurais dû m'y attendre. Je m'effondrai sous l'intensité du choc, en parvenant tout de même à amortir ma chute avec mes bras.

— Dominic ! hurla Imogen.

Le Kangourou tenait une arme, certainement tout droit sortie de l'une des pochettes étanches de sa combinaison.

Et il la braquait sur Imogen.

Je me remis aussitôt sur pied, avant de tâter mon crâne pour constater les dégâts. Je sentis quelque chose de poisseux et chaud. Et surtout très rouge.

— Dom, tout va bien ? s'inquiéta Imogen.

En voulant me rejoindre, elle fit tanguer l'embarcation, et dut s'agripper au mât de ski nautique pour retrouver son équilibre.

— Ça peut aller, la rassurai-je.

— Alors, les morveux, qu'est-ce que vous êtes allés foutre à Gunbolt Bay ? répéta le Kangourou en pointant son arme sur moi. Prendre un truc ?

Qu'est-ce qui ne tournait pas rond dans son petit cerveau atrophié ?

Apparemment, il semblait persuadé que nous nous étions rendus là-bas pour récupérer quelque chose. Mais quoi ? Cela devait forcément être lié à l'or de Yamashita.

— Je voulais récupérer une carte, mais elle n'y était plus, mentis-je.

Il esquissa un sourire. Voilà ce qui lui faisait prendre son pied : des histoires de cartes et de trésors enfouis dans la mer, recelant des richesses bien plus considérables que dans ses rêves les plus fous.

— Vide tes poches, m'ordonna-t-il.

Je m'exécutai. Elles étaient vides.

— Il a dû la cacher quelque part, conclut le Kangourou. Cogne-le encore.

— Non ! s'égosilla Imogen.

Ce qui ne l'empêcha pas de porter son coup, sur l'autre côté de ma tête.

C'était douloureux, mais cette fois il n'y eut pas de sang.

— Puisqu'on vous répète qu'on ne sait rien ! glapit Imogen. Ça va finir par rentrer dans vos têtes de demeurés ?

Mauvaise idée. Très mauvaise idée. Ne jamais rappeler à un gros crétin qu'il n'est qu'un gros crétin.

— Elle n'a pas voulu dire ça, pas vrai, Imogen ? tentai-je, pour rattraper le coup.

Imogen m'adressa un regard de défiance.

Je lui fis non de la tête. *Ne joue pas à ça !*

— C'est bon, je retire ce que j'ai dit, lâcha-t-elle au bout d'un moment.

— Ça vaut mieux pour toi, princesse, aboya Mattner.

À cet instant, le vrombissement d'un moteur se fit entendre. Un bateau approchait dans notre direction.

— Écoutez-moi bien, les morveux, nous dit le Kangourou en agitant son arme, on va tous s'asseoir bien gentiment, et faire comme si on tapait la causette. Pas un mot, pas un geste, sinon c'est la princesse qui en fera les frais. C'est bien compris ?

Nous nous pliâmes à ses instructions, et le bateau ne tarda pas à nous dépasser. Les frères Mattner gardèrent les yeux rivés sur lui jusqu'à ce qu'il se fût suffisamment éloigné.

Je croisai le regard d'Imogen, qui m'adressa un bref signe de tête.

Je compris aussitôt.

Profitant de la confusion, elle avait subrepticement détaché la corde de l'un des deux jet-skis, qui commençait à dériver. Les frères Mattner ne s'étaient encore aperçus de rien.

Un autre signe de tête, cette fois en direction de la mer, derrière moi, me fit comprendre son plan. Elle voulait que l'on passe par-dessus bord en même temps, puis que l'on nage jusqu'au jet-ski détaché pour réussir à nous enfuir. Un plan audacieux, non sans risques. Mais nous n'avions pas d'autre choix.

Je fis un bref hochement de tête pour lui signifier mon accord. Puis je m'emparai discrètement de la clé de contact pour la glisser dans ma poche.

— Bon, je te laisse une minute pour me donner ce que tu as pris là-bas, me menaça le Kangourou. Et cette fois, si tu n'obéis pas, ce n'est pas toi qui en subiras les conséquences.

Il tourna son attention vers Imogen avant de poursuivre :

— Non, c'est mademoiselle le top-modèle qui aura droit à un ravalement de façade. Et, crois-moi, une fois que je me serai occupé d'elle, elle ne sera pas prête de remettre les pieds sur un podium.

Je gardai les yeux rivés sur Imogen. Puisqu'elle avait une arme braquée sur elle, c'était donc à elle de donner le signal.

Dans ma tête, je passai en revue toutes les étapes que j'aurais à suivre : tomber du bateau, nager en profondeur, et ne remonter à la surface qu'au plus près possible du jet-ski.

Nous patientâmes.

Un vol de mouettes passa au-dessus de nous, emplissant l'air de leurs cris assourdissants.

Cela suffit à distraire les frères Mattner un court instant.

Imogen donna le signal.

Je me jetai en arrière de toutes mes forces. Mes fesses frappèrent le bord du bateau, mes jambes se tendirent à l'air, et je me retrouvai dans l'eau. Petit problème : j'avais négligé de prendre une assez grande inspiration.

Je remontai brièvement à la surface, où j'aperçus Imogen plonger à son tour.

La première partie du plan s'était déroulée comme sur des roulettes : nous étions parvenus à nous échapper du bateau. Mais le plus dur restait encore à venir.

En quelques battements de jambes, je gagnai les profondeurs. Mes poumons, surentraînés, étaient chargés d'air au maximum de leur capacité.

Imogen se débrouillait bien en natation, sans être une excellente nageuse. Heureusement pour elle, elle avait moins de chemin que moi à parcourir.

Je la suivis, ne quittant pas des yeux la masse sombre du jet-ski.

Soudain, Imogen se retourna vers moi, les yeux écarquillés, désignant sa gorge du doigt. Elle se trouvait à court d'oxygène, il lui fallait remonter à la surface. J'eus la vision des frères Mattner, en joue, prêts à lui tirer dessus comme du gibier.

J'enroulai alors mon bras autour de son cou pour approcher son visage du mien, puis collai mes lèvres aux siennes pour lui donner un peu de mon air. Je la pris ensuite par la main, pour l'aider à nager plus vite.

Nous nous trouvions tout près du jet-ski, mais il nous fallait faire surface de l'autre côté, afin de rester à couvert.

Les poumons en feu, je commençais moi aussi à être à court d'oxygène.

Quelques battements de plus suffirent à nous faire atteindre notre but. Nous gagnâmes la surface en même temps, haletants, avalant de grandes goulées d'air.

Zing.

Une balle siffla au-dessus de nos têtes.

Comment grimper à bord du jet-ski sans nous faire toucher ?

D'une main, je m'appuyai contre l'engin, essayant d'atteindre le contact.

Zing.

Une autre balle vint s'encastrer dans la carrosserie du jet-ski.

Mes doigts effleurèrent le métal de la clé de contact. Encore quelques centimètres... Toujours en appui contre le jet-ski, je me hissai un peu plus hors de l'eau.

Zing.

Une troisième balle vint frapper la surface.

Mes doigts trouvèrent enfin la clé. Je la tournai, et le moteur se mit à ronfler.

— Agrippe-toi à moi ! ordonnai-je à Imogen.

Dans l'eau, elle passa ses bras autour de ma taille.

— Plus fort !

Elle s'exécuta.

Le moteur tournait au ralenti, ce qui faisait tout de même avancer le jet-ski. Je me hissai à nouveau pour redresser le guidon, afin que l'on puisse avancer dans la direction opposée au hors-bord.

Mais, au même moment, j'entendis démarrer le moteur de l'autre jet-ski.

Ils se lançaient à nos trousses !

— OK, c'est le moment de monter, dis-je à Imogen.

Un jet-ski offrait peu de stabilité pour tirer un coup de feu. Nous avions donc moins de risques de nous faire descendre.

— À trois ! criai-je. Un ! Deux ! Trois !

Je grimpai sur le jet-ski, Imogen derrière moi serrait ma taille de toutes ses forces. J'enclenchai à fond la poignée de l'accélérateur.

Aucune chance qu'ils ne nous rattrapent, maintenant, me dis-je.

Sauf qu'un coup d'œil par-dessus mon épaule me confirma le contraire.

Impossible ! Ces deux colosses étaient bien plus lourds que nous, et à jet-ski comparable...

Quoique...

Je risquai un autre regard en arrière. Ils s'étaient encore rapprochés.

Et il s'avérait en fait que nos deux jet-skis n'étaient absolument pas comparables. Nous conduisions un Polaris 500, tandis qu'ils filaient sur un Polaris 650. Un modèle bien plus puissant, selon toute vraisemblance. Ils allaient forcément nous rattraper. Nous torturer. Nous ravaler la façade.

– Accroche-toi ! lançai-je à Imogen. Je vais faire demi-tour !

Je ralentis, laissant les Mattner réduire la distance entre nous, avant de pousser à fond la poignée de l'accélérateur, tout en tournant le guidon au maximum.

Nos jet-skis se retrouvèrent face à face.

Ils fonçaient droit sur nous, et nous droit sur eux.

Un bon vieux jeu de la poule mouillée.

L'écart se resserrait de plus en plus.

Vingt mètres.

Quinze.

Imogen m'agrippait tellement fort que je sentis mes côtes craquer.

Dix mètres.

Cinq.

Ses ongles s'enfoncèrent dans ma chair.

Face à nous, les frères Mattner souriaient de toutes leurs dents. Ce petit jeu les amusait au plus haut point.

Mon instinct de survie, lui, me criait de braquer pour les éviter.

Deux mètres.

Leurs sourires s'élargirent.

J'ignore lequel de nous céda le premier mais, au lieu de nous rentrer dedans de plein fouet, ce sont les guidons de nos jet-skis qui s'accrochèrent. Nous fûmes tous les quatre projetés dans les airs.

Lorsque je remontai à la surface, je vis Imogen à côté de moi.

— Im, ça va ?

Elle hocha la tête.

— Prends ce jet ! lui dis-je, en désignant du doigt l'un des deux engins qui ne se trouvait qu'à un mètre d'elle.

Je considérai l'autre jet-ski, la position du Mattner le plus proche, et me lançai dans un rapide calcul du théorème de Pythagore. Le Mattner se trouvait à environ cinq mètres du jet-ski, soit beaucoup plus près que moi, mais il n'avait pas encore fait le moindre geste dans sa direction. Peut-être était-il un nageur hors pair, le champion de Reverie Island ? C'était un risque à prendre.

Toutefois, sans point d'appui, il m'était difficile de prendre de l'élan. Je jaugeai la distance, pris une profonde inspiration, plongeai la tête sous l'eau et me mis à nager comme un forcené.

Les conseils de Tristan me revinrent en mémoire. *Allez, mec. Roule tes épaules. Lève les coudes. Pousse l'eau derrière toi.*

De ma vie entière, je n'avais jamais nagé aussi vite. Je flottais littéralement au-dessus des flots.

J'entraperçus la forme blanche du jet-ski qui dansait à la surface. Et une forme noire qui s'en approchait.

Ça promettait d'être serré.

Je maintins la cadence. Rouler les épaules. Lever les coudes. Pousser l'eau derrière soi.

Ma main entra en contact avec la carrosserie métallique.

Et, au même instant, une main effleura ma jambe : le Kangourou m'avait rattrapé.

Je me hissai sur le jet-ski, et son énorme main se referma sur ma cheville.

Je plaçai mes jambes, tâchant de retrouver l'équilibre. Puis je tournai la clé de contact, et enfonçai l'accélérateur.

Le Kangourou ne m'avait toujours pas lâché. Et son frère arrivait pour lui prêter main-forte.

J'aperçus Imogen devant moi, maniant son jet-ski avec dextérité. Je lui fis signe, et lui indiquai le Mattner accroché à ma cheville. Elle comprit aussitôt, et s'élança dans ma direction. Une fois arrivée à ma hauteur, elle mit plein gaz et fonça droit sur mon assaillant.

Il lâcha prise immédiatement, et disparut dans l'eau.

Je pointai du doigt le hors-bord laissé à l'abandon et nous le regagnâmes en quelques minutes. Puis nous abandonnâmes les jet-skis derrière nous.

Les frères Mattner allaient devoir faire un peu de nage pour les récupérer, ce qui nous donnerait amplement le temps de rentrer nous mettre à l'abri.

Nous restâmes muets pendant tout le trajet retour, jusqu'à ce que j'amarre le bateau à la jetée.

— Je suis vraiment désolé, Im, lâchai-je finalement. Est-ce que ça va ?

— Ça va. À part que je n'ai toujours pas compris ce qui vient de nous arriver.

— Je n'en sais pas plus que toi.

Ses yeux fouillèrent les miens, à la recherche de réponses.

— Dis-moi ce qui t'arrive, Dom, je t'en supplie.

— Un jour, je te raconterai tout, Im. Mais pas maintenant. Pas encore. Il faut que tu me fasses confiance.

Imogen resta pensive un moment, qui me sembla durer une éternité, avant de déclarer :

— Dans ce cas, je suppose qu'il va falloir monter un sacré gros bateau aux parents…

Et c'est exactement ce que nous fîmes. Nous leur racontâmes que nous avions été surpris par une grosse vague en atteignant la côte, et que je m'étais fracassé le crâne en tombant tête la première.

Vu sa tête, mon père ne goba absolument pas le bobard. Ma mère non plus, probablement. Mais ils ne dirent rien, et Imogen s'imagina qu'on les avait finalement bien roulés. Ce qu'elle ignorait, cependant, c'est que les Silvagni maîtrisaient parfaitement l'art de faire comme si de rien n'était. Car on ne plaisante jamais avec La Dette.

■■■

Impossible de trouver le sommeil, cette nuit-là. Malgré la fatigue et mon corps endolori, je n'arrivais pas à fermer l'œil.

J'y étais habitué, pourtant, à cette sensation grisante qui perdurait après un grand pic d'adrénaline. Mais toutes sortes de pensées s'entrechoquaient dans ma tête comme des autos tamponneuses.

En un sens, je me sentais coupable d'avoir exposé Imogen à un tel danger. Elle aurait pu se faire tuer. Ou subir un *ravalement de façade*. Pourtant, en même temps, j'étais heureux d'avoir partagé un peu de ma nouvelle vie avec elle. Et je ne pouvais pas m'empêcher de repenser à notre baiser sous-marin.

Même si les frères Mattner étaient loin d'être de redoutables adversaires, nous nous étions montrés plus malins qu'eux. Il y avait de quoi être fiers.

Quant à l'or de Yamashita, j'avais l'impression de le toucher du bout des doigts. Très bientôt, La Dette ne manquerait pas de me confier mon cinquième contrat. Et je pourrais enfin rejoindre E. Lee Marx.

Par moments, les autos tamponneuses dans ma tête faisaient mine de s'arrêter, et je croyais pouvoir enfin tomber dans les bras de Morphée. Puis, tout à coup, une autre auto surgissait de nulle part et relançait tout le manège.

Soudain, on toqua à ma porte.

— Qui est là ? demandai-je.

— C'est moi. Je n'arrive pas à dormir.

Je sautai de mon lit, puis enfilai rapidement un caleçon et un T-shirt avant d'aller ouvrir.

Imogen apparut devant moi, vêtue d'un débardeur et d'un pantalon de pyjama.

— Ça te dit qu'on regarde un film ? proposa-t-elle. Genre un bon gros navet ?

— Excellente idée.

Je zappai sur le service de vidéos à la demande, jusqu'à tomber sur la suggestion idéale : un film de kung-fu intitulé

Un seul bras pour tuer, dont le héros n'avait – surprise, surprise ! – plus qu'un seul bras.

— Parfait, déclara Imogen, avant de se caler confortablement dans le lit, sur le ventre, un coussin sous le menton.

— Commence sans moi, je vais faire des provisions, lui dis-je.

Je fis une razzia dans la cuisine, et revins dans ma chambre les bras chargés de paquets de noix de cajou et de M&M's.

— Il se débrouille comme un chef, ce manchot, m'informa-t-elle. Dès le premier combat, il a collé une raclée à une vingtaine de méchants.

Je m'allongeai à ses côtés, et nous descendîmes les provisions en faisant des commentaires débiles sur le film. Ce qui n'était pas difficile, étant donné que le film entier reposait sur un scénario lui-même absolument débile.

Quand il fut terminé, j'en lançai un encore pire : *Monstres à gogo*.

— C'est vraiment mauvais, jugeai-je après quelques minutes.

Il n'y eut pas de réponse.

En me penchant pour examiner le visage d'Imogen, je vis ses yeux fermés. Elle était profondément endormie. J'essuyai un reste de chocolat sur sa lèvre inférieure, et remontai la couverture sur ses épaules. Puis je finis par m'endormir, à mon tour.

11. L'HISPANIOLA

Lorsque j'ouvris les yeux, Imogen n'était plus là.

Je consultai ma montre.

Neuf heures trente-cinq !

Le bateau pour la plongée en pleine mer partait à dix heures !

Pourquoi mes parents m'avaient-ils laissé faire la grasse matinée ?

Je me précipitai dans la cuisine, où je trouvai tout le monde, y compris Imogen, attablé devant une profusion de croissants et autres viennoiseries, toutes ces choses que les parents se croient obligés d'acheter lorsqu'ils sont en vacances.

— Pourquoi vous ne m'avez pas réveillé ? C'est le dernier jour de mon stage, je dois aller plonger en pleine mer !

Mes parents s'échangèrent un regard.

— Après ta chute d'hier, on s'est dit qu'il valait mieux que tu restes ici pour te reposer, m'expliqua mon père. J'ai déjà prévenu le centre de plongée.

— Alors rappelle-les. Je veux plonger aujourd'hui.

— Mais enfin, Dominic, tu as vu l'état de ton visage ? me réprimanda ma mère.

— J'en ai rien à faire, de mon visage. Je veux plonger aujourd'hui ! martelai-je en fixant mon père.

Il se figea, bouche entrouverte, croissant à mi-chemin entre sa bouche et son assiette, comme s'il ne savait pas quoi en faire.

— Je pourrais peut-être y aller avec lui, pour être sûre que tout se passe bien, plaida Imogen.

Mon père considéra tour à tour ma mère, puis moi, et enfin son croissant, qu'il reposa sur son assiette :

— Très bien, si tu te sens capable d'y aller et que ta monitrice n'y fait aucune objection, alors je t'emmène.

Il jeta un regard à Imogen, avant d'ajouter :

— Et toi aussi, si ta mère n'y voit pas d'inconvénient.

Mrs Havilland prit une gorgée de café.

— C'est d'accord, fit-elle d'un ton étonnamment assuré. Mais tu ne vas pas plonger ou faire quoi que ce soit d'imprudent, promis, ma chérie ? ajouta-t-elle, reprenant son habituel ton angoissé.

— Non, maman. Je l'accompagne, c'est tout.

À cet instant, je me demandai comment Mrs Havilland réagirait en apprenant que, la veille, sa fille unique avait été mise en joue, avant de s'échapper sous l'eau, puis de conduire un jet-ski lancé à pleine vitesse.

— Je ne sais pas si c'est une bonne idée, en fait, hésita Mrs Havilland, qui menaçait de retomber dans les affres de l'incertitude.

— Bon sang, Beth ! rugit mon père.

Alarmée, Mrs Havilland dévisagea mon père puis sembla se recroqueviller sur sa chaise.

Elle avait peur de lui, ou quoi ?

— Laisse-la un peu respirer, ta fille, reprit mon père avec plus de douceur.

Une joute silencieuse sembla s'engager entre eux, et le regard de Mrs Havilland se fit assassin.

— Bien sûr, ma chérie, tu peux y aller, finit-elle par dire à Imogen.

Je m'empressai donc de téléphoner à Maxine.

Évidemment qu'ils ne partiraient pas sans moi, l'élève prodige, la star de ce stage, m'assura-t-elle. Et Imogen était la bienvenue.

Nous sautâmes dans la Mercedes des Jazy et, en deux temps trois mouvements, mon père nous conduisit au centre de plongée.

— On est censés monter à bord de cette chose ? s'étrangla Imogen, en désignant l'embarcation amarrée au ponton.

Je compris ce qui l'inquiétait. L'*Hispaniola*, de son petit nom, ne payait vraiment pas de mine : l'embarcation décrépite semblait hors d'âge, et sa coque en acier était striée de coulées de rouille.

Pas vraiment le genre d'endroit où l'on a envie de mettre les pieds, quand on porte un pantalon en lin blanc, des mocassins en daim, et un carré de soie Hermès…

Cependant, Maxine nous avait déjà aperçus, et nous faisait signe de la rejoindre sur la jetée.

— Tout va bien se passer, dis-je à Imogen pour la tranquilliser.

Elle me sourit et ajusta le foulard autour de son cou :

— Oui, Dom, je n'ai aucun doute là-dessus.

Après s'être souciée de mon état de santé, sur lequel je la rassurai par quelques mensonges bien peaufinés, Maxine nous fit grimper à bord de ce qu'elle nous présenta comme un chalutier reconverti. Nous prîmes la mer. L'*Hispaniola* tanguait, secouée par les flots, se heurtant à la moindre vague. Mais le vieux rafiot tenait bon.

Les deux touristes – pardon, voyageurs – suisses trouvaient l'expérience hilarante, et n'arrêtaient pas de nous faire croire qu'ils allaient dégobiller.

Joy Wheeler, pour sa part, ne riait pas du tout. Son visage devenu verdâtre indiquait que, si quelqu'un devait effectivement dégobiller à bord de l'embarcation, ce serait plutôt elle.

De son côté, Imogen, fascinée par le spectacle qui s'offrait à ses yeux, semblait plongée dans une profonde rêverie, les pointes de son carré Hermès voletant au gré du vent.

Ce n'est qu'au moment de faire les présentations que je m'étais soudain rappelé qu'Imogen et Joy se connaissaient déjà, et avaient correspondu par e-mail. Toutefois, je m'étais retenu de faire une quelconque remarque, par peur de vendre la mèche.

— On sera à l'abri dès que l'on aura passé ce rocher, nous dit Maxine en désignant un affleurement rocheux recouvert de fientes d'oiseaux.

Nous contournâmes ce cap, et la mer, pourtant si agitée, devint instantanément plus calme. Les deux Suisses laissèrent échapper des grognements de déception.

— Où est-ce qu'on se trouve ? demandai-je à Maxine, car cette zone me paraissait étrangement familière.

— Je ne sais pas exactement. On ne vient pas ici, d'habitude, mais le capitaine a pensé que ce serait une bonne idée, vu la force du vent.

— Je peux aller lui poser la question ?

— Bien sûr, vas-y.

Au moment d'embarquer, Maxine nous avait rapidement présentés à lui, et j'avais été frappé par son apparence, qui correspondait en tout point aux clichés circulant habituellement sur les marins. On aurait pu l'imaginer aux commandes de n'importe quelle embarcation, toutes époques confondues : un galion de pirates semant la terreur dans les Caraïbes à la fin du XVIIe siècle, un clipper naviguant vers les comptoirs à épices deux cents ans plus tard, ou encore un porte-avions essuyant des tirs de torpille au plus fort de la Seconde Guerre mondiale.

Le visage buriné, battu par les vents et le sel, ce vieux loup de mer se tenait debout, une main sur la barre, les yeux rivés sur l'échosondeur qui retranscrivait le relief subaquatique. L'écran affichait un échogramme en dents de scie. À cet endroit, les fonds marins devaient donc être très irréguliers.

Je restai muet, afin de ne pas déconcentrer le capitaine.

Lorsque le résultat sur l'écran se fit plus stable, il jeta un regard vers moi :

— Je peux t'aider, mon grand ?

— Oui, j'aimerais savoir si c'est bien devant Gunbolt Bay que l'on vient de passer.

— Exact.

Je me retins de faire une remarque à propos du Zolt.

— C'est là que le petit Otto se planquait, ajouta-t-il.

— Le Zolt ?

Il esquissa un sourire, apparemment amusé par ce surnom :

— C'est ça, le Zolt.

— Vous l'avez connu ? En vrai, je veux dire ?

— Oui, et même bien connu, fit-il en reportant son attention sur l'écran de l'échosondeur. Son père et moi, on a grandi ensemble.

Il remonta légèrement le levier d'accélérateur, avant de poursuivre :

— Le monde était différent, à l'époque. Reverie était notre terrain de jeu. On passait notre temps à faire le tour de l'île à vélo, à pêcher, à chasser. Le paradis sur terre.

— Oui, j'imagine…

— Et puis les hippies ont débarqué et, après eux, les cols blancs. Et voilà, adieu le paradis.

— C'est dommage, lâchai-je, à court d'une réponse plus constructive.

— Et maintenant, regarde à quoi on en est rendus. Bones se retrouve sur la touche, alors que CJ est quasiment devenu l'unique propriétaire foncier de l'île.

— CJ ? Cameron Jamison ?

Il hocha la tête.

— Alors, Bones, c'est le surnom de Mr Zolton ?

— Tout le monde l'a toujours appelé comme ça. Il faut dire que, Dane, ce n'est pas très viril, comme nom.

Je repensai à la carte jaunie que j'avais trouvée dans la cachette du Zolt, lorsque j'y étais allé en compagnie de Tristan au moment de mon premier contrat, et à l'inscription défraîchie qui y figurait au dos : *Dane G Zolton*.

Mon cerveau tournait à plein régime tandis que j'essayais de réunir les pièces de ce puzzle.

— Vous étiez leur associé ? m'enquis-je.

— Au début, oui, acquiesça-t-il avec un sourire amer, mais les choses ont rapidement tourné au vinaigre. Ces deux gus étaient les meilleurs compagnons possibles pour boire des coups, pas pour faire des affaires.

Il s'interrompit brusquement.

— Jetez l'ancre ! beugla-t-il alors à l'attention du membre d'équipage qui se trouvait sur le pont.

Le bateau venait d'arriver à destination et j'allais devoir partir plonger, pourtant, des tas de questions se bousculaient encore dans ma tête. J'en posai une au hasard :

— Tout à l'heure vous avez dit que Bones se retrouvait sur la touche. Alors, vous pensez qu'il est encore en vie ?

Le capitaine afficha soudain un air soupçonneux.

— Comment tu t'appelles, déjà ?

— Dominic Silvagni.

Je savais que ce ne serait pas suffisant. Il fallait que je trouve une excuse qui justifierait toutes ces questions. Mais laquelle ?

— En fait, je m'intéresse beaucoup à l'or de Yamashita, laissai-je échapper. C'est une véritable passion.

Son visage s'assombrit et, pendant un quart de seconde, je crus que c'en était fini de moi, qu'il allait, à la manière de ses aïeux marins, me jeter par-dessus bord, ou même me faire passer sous la quille. Je pouvais déjà imaginer mon corps déchiqueté par le corail.

Mais son visage reprit un aspect normal, et il se contenta de me gratifier d'une grande claque dans le dos :

— Un de plus, c'est pas croyable !

— Un quoi de plus ?

— Sans vouloir te vexer, mon grand, tu n'es qu'un pigeon de plus. Tu penses vraiment que le trésor se cache ici, sous ces eaux ?

— Beaucoup de gens y croient, en tout cas.

— Écoute, Bones avait beau être mon meilleur ami, ce n'était qu'un beau parleur, un charlatan de premier ordre. Il a inventé de toutes pièces ce joli conte de fées, en croyant que ça lui permettrait de faire fortune. Ce qui n'était pas une si mauvaise idée, avec le recul.

— Tout est OK, capitaine ! cria-t-on depuis le pont.

Le capitaine coupa le moteur, puis se tourna vers moi :

— Allez, c'est le moment de te jeter à l'eau !

12. CINATIT

Nous nous retrouvâmes tous les quatre à l'arrière du bateau, les deux Suisses, Joy, et moi, tandis que Maxine nous décrivait précisément le déroulement de ce qui allait être notre toute première plongée en pleine mer.

Imogen, quant à elle, avait rejoint le capitaine dans la timonerie. Lorsque je lui avais demandé si elle ne s'ennuyait pas trop, elle avait paru presque choquée par la question :

— Absolument pas, Dom ! C'est trop génial d'être ici !

Pour finir, Maxine nous expliqua que nous devrions descendre jusqu'au fond, à dix mètres de profondeur.

— Des questions ? demanda-t-elle en conclusion.

Pour une fois, ce ne fut pas moi qui la bombardai de questions : Joy en avait un bon millier en réserve, auxquelles Maxine répondit avec patience. Lorsque Joy fut enfin parfaitement rassurée, nous nous mîmes en place.

Mon baptême de plongée en pleine mer. Jusque-là, j'avais contenu mon excitation, mais je ne pouvais désormais plus la cacher. Mes parents m'avaient fait le plus beau cadeau du monde. Et grâce à cela, lorsque mon cinquième contrat me serait confié, je serais fin prêt à plonger à la recherche de l'or de Yamashita.

Je me glissai dans ma combinaison, puis enfilai le gilet de stabilisation et les palmes.

Je vérifiai chaque point de la check-list de sécurité.

Ceinture de lest, check.

Détendeur, check.

Masque, check.

— Roger et Stefan, vous ferez équipe, leur annonça Maxine.

Les deux Suisses, ravis, se tapèrent dans la main.

— Donc, Dom et Joy, vous vous retrouvez ensemble.

Joy me fixa d'un air méfiant.

Me trouvait-elle trop jeune, et donc pas assez fiable ?

Ma chère Joy, tu devrais pourtant jeter un œil aux résultats des tests que l'on a passés. Tu te rappelles, quand j'avais fini de nager mes deux cents mètres alors que tu n'en étais encore qu'à ta deuxième longueur ?

Maxine détailla à nouveau le déroulement de la plongée. Même si elle ne faisait que son boulot, et qu'elle était une excellente monitrice, cela devenait un peu répétitif, à la longue. Néanmoins, je fus rassuré de savoir qu'elle plongerait avec nous.

— Des questions de dernière minute ?

Sans grande surprise, Joy en avait gardé quelques-unes sous le coude. Maxine y répondit mais, malgré la patience dont elle faisait preuve, on voyait bien qu'elle commençait à en avoir marre.

— Joy, arrête de cogiter autant, lui conseilla-t-elle.

Joy esquissa un demi-sourire, comme pour s'excuser.

— Allez, tout le monde en piste ! s'exclama Maxine.

— Juste une dernière question... risqua Joy. On fait quoi en cas de requins ?

— Écoute, si tu es obsédée à ce point par les requins, il vaut peut-être mieux que tu ne plonges pas.

Joy demeura pensive un moment, et finit par déclarer :

— Non, c'est bon, allons-y.

Les Suisses partirent les premiers, suivis de Joy, puis ce fut mon tour.

Pouvoir respirer sous l'eau m'apparut encore plus magique en pleine mer. À nouveau, je me sentis déborder de gratitude envers mes parents, et surtout mon père, qui avait chapeauté ces petites vacances improvisées. Grâce à lui, tout un nouvel univers marin s'offrait à moi.

J'adressai un pouce levé à Joy, pour lui signifier que tout se passait bien. Elle m'adressa le même en retour. Je pointai alors mon pouce vers le fond. *On descend*.

Jusque-là, aucun problème à signaler. Je nous dirigeais d'une main de maître. Moi ! Dominic Silvagni, quinze ans ! Je me sentais à la fois très fier et un peu anxieux.

Joy amorça sa descente, les bras et les jambes mal coordonnés, comme s'ils cherchaient à avancer dans des directions opposées. Mais bon, elle descendait, c'était tout ce qui comptait.

Je la suivis, prenant garde à maintenir une bonne distance entre elle et moi, pour éviter de me prendre un coup de palme.

Mon profondimètre m'informa que nous venions de franchir la barre des quatre mètres. Plus que six à parcourir.

Mon attention se porta sur le fond marin, ses plaques de sable, ses énormes roches incrustées de corail autour desquelles virevoltaient des milliers de poissons. Je fouillai la zone du regard, avec l'idée folle d'y apercevoir l'or de Yamashita. Ce qui relevait évidemment du plus pur délire, étant donné que le trésor se trouvait enfoui quelque part dans le coin de Diablo Bay.

Tout à coup, Joy se redressa. Au lieu de descendre, elle se mit à nager parallèlement au fond, en direction de l'une des roches. Ses mouvements étaient rapides, parfaitement coordonnés.

Quelle mouche l'avait donc piquée ?

J'essayai d'attirer l'attention de Maxine, mais elle me tournait le dos, occupée par les deux Suisses.

La visibilité devint soudain mauvaise.

Je n'avais plus le choix. Je m'élançai à la suite de Joy, et parvins à sa hauteur au moment où elle atteignit la roche. C'est alors que je découvris ce qui l'avait poussée à dévier sa trajectoire : une gigantesque tortue.

La scène était incroyable. L'animal semblait flotter dans l'eau tout en nous observant, un petit sourire sur son visage. D'accord, je sais qu'il n'y a que dans les dessins animés Disney que l'on peut voir sourire des tortues, mais là, on aurait vraiment juré qu'elle était heureuse de rencontrer des humains.

Joy tourna la tête vers moi et m'adressa un pouce levé très enthousiaste. Même si ce signal était censé vouloir dire *on remonte*, je compris ce qu'il signifiait pour elle.

Je jetai un coup d'œil derrière moi. Maxine et les deux Suisses avaient disparu de mon champ de vision. Je tentai alors de faire comprendre à Joy qu'il fallait rebrousser chemin, mais elle resta plantée là, totalement absorbée par le spectacle de la tortue Disney.

Je tirai sur son bras. Elle se libéra et, d'un geste, me fit clairement signe de dégager. Pas sûr que celui-ci figurait dans notre manuel de plongée, d'ailleurs.

Mais la tortue en profita pour se volatiliser. Une seconde plus tôt, elle flottait joyeusement devant nous et, la seconde d'après, il ne restait déjà plus de son passage qu'une traînée de bulles.

Nous avions dérivé du côté opposé de la roche, un côté beaucoup plus terrifiant, car il donnait directement sur une crevasse extrêmement profonde.

L'écran de l'échosondeur me revint en mémoire, les résultats en dents de scie témoignant de l'irrégularité du fond marin.

Je tirai à nouveau le bras de Joy. *Foutons le camp de là !*

Elle se tourna face à moi, et ses yeux s'écarquillèrent.

Qu'avait-elle aperçu ?

Réponse : une masse grise, dotée d'une mâchoire pleine de dents et d'un aileron. Un requin passait au-dessus de nous.

Il n'était pas très gros, mesurant environ deux mètres, mais cela suffit à mettre en état d'alerte la zone de mon cerveau réservée au traitement des cas de requins, de crocodiles, et de tout autre animal sauvage potentiellement anthropophage.

Foutons le camp de là !

Je sentis un rush d'adrénaline exploser dans mes veines. Mais, Joy, sous le choc, resta figée sur place.

J'attrapai son bras. *Allez, il faut dégager en vitesse.*

Là, tout s'accéléra. Joy s'agrippa à moi et, comme si elle essayait de prendre appui sur mes épaules pour remonter, elle me poussa vers le fond. Ses palmes me heurtèrent le visage, arrachant le détendeur de ma bouche, et mon masque se remplit d'eau.

Je ne voyais plus rien.

Je ne pouvais plus respirer.

Je tentai de la repousser, sans succès.

Alors je dézippai mon gilet de stabilisation, puis détachai ma ceinture de lest, les abandonnant au fond. Heureusement que je m'étais bien entraîné à cette manœuvre, la veille.

Sans plus aucun lestage, mon corps se mit à remonter vers la surface.

Me remémorant les consignes de sécurité de remontée en urgence, je passai en REC : remontée sur expiration contrôlée. Il fallait veiller à ne surtout pas retenir son souffle, mais à expirer lentement au fur et à mesure de l'ascension, afin d'éviter toute surpression pulmonaire.

En quelques secondes, je regagnai la surface. J'aperçus la silhouette du chalutier, au loin.

Joy remonta un court instant plus tard.

— Joy ! Dieu merci, vous allez bien ! m'exclamai-je.

Elle me dévisagea. Poussa un hurlement. Et son masque se remplit de sang.

Je crus qu'elle était en train de mourir, qu'elle n'avait pas pu s'empêcher de désobéir à cette règle d'or que l'on nous avait martelée un bon millier de fois : ne surtout pas retenir sa respiration pendant la remontée, sinon les poumons explosent.

Je lui arrachai son masque du visage, et constatai avec soulagement que le sang provenait de son nez. Maxine nous avait prévenus à ce sujet, il était apparemment assez fréquent de souffrir de saignements de nez après la première plongée.

— Joy, ça va ? m'inquiétai-je.

Elle resta silencieuse un moment, puis finit par lâcher :

— J'ai vraiment merdé.

Je hochai la tête. Oui, elle avait sérieusement merdé. Elle venait d'enfreindre à peu près toutes les règles fondamentales de notre manuel de plongée, et nous avait fait courir le risque de finir noyés ou dévorés par un requin.

— Maxine ne me laissera jamais décrocher la certification, après ça, geignit-elle.

Et elle aura bien raison, me dis-je intérieurement.

Je réalisai alors que, finalement, Maxine n'en saurait rien si je ne lui crachais pas le morceau. Et, dans ce cas, Joy me serait redevable.

— Pas forcément, la détrompai-je.

Une lueur passa dans son regard. À force de baigner dans la politique, nul doute qu'elle avait développé un sacré don pour flairer les combines pas très réglos.

— Tu veux dire qu'on pourrait trouver un arrangement, toi et moi ?

— Exactement.

— Mais qu'est-ce que tu voudrais de moi, en échange ?

J'hésitai à lui en parler si tôt. D'un autre côté, le moment semblait plus que propice, son comportement indigne étant encore bien frais dans son esprit.

— La fille qui est venue avec nous aujourd'hui, vous la connaissez ?

— Imogen ?

— Oui, Imogen Havilland. Je crois savoir qu'elle vous a demandé certains renseignements que vous avez rechigné à lui fournir.

Joy resta bouche bée, et ouvrit des yeux ronds.

— Ne vous montez pas trop la tête, ce n'est qu'une simple coïncidence qu'elle se soit retrouvée là, avec nous. Mais il me faut quand même une réponse concernant notre petit arrangement.

— C'est d'accord, répondit-elle quasi instantanément.

— Vous jurez que vous donnerez à Imogen tous les renseignements qu'elle vous demandera ?

— Oui, je le jure.

— Très bien. Alors attendez-moi ici, j'en ai pour deux minutes.

Je pris une profonde inspiration, avant de disparaître sous les flots.

Les palmes high-tech en silicone graphite que je portais aux pieds m'assuraient une vitesse de propulsion inégalable. Même si j'avais dix longs mètres à parcourir.

À mesure que je descendais, je pris soin de souffler par le nez en le pinçant, afin de rééquilibrer la pression dans mes oreilles.

J'aperçus enfin mon gilet de stabilisation, gisant à côté de ma ceinture de lest. Mes poumons se trouvaient à court d'oxygène. Mon cerveau me criait de remonter. Mais je poursuivis ma descente.

Lorsqu'il fut à portée de main, je m'emparai du détendeur et pris plusieurs longues bouffées d'air. Je réenfilai ensuite la ceinture de lest et le gilet de stabilisation, avant d'amorcer ma remontée, sans me presser.

À la surface, je retrouvai Joy, qui se laissait bercer par les vagues. Heureusement, son saignement de nez s'était calmé.

— Je crois qu'ils nous ont repérés, m'informa-t-elle. Ils viennent vers nous.

Effectivement, le bateau avançait dans notre direction. Cela ne nous laissait qu'une poignée de minutes.

— Bon, voilà ce qu'on va raconter à Maxine, fis-je, avant de mettre au point une version dans laquelle nous aurions suivi la tortue.

— Et le requin, dans tout ça ?

— Pas un mot sur lui.

Inutile de préciser que Maxine ne fut pas spécialement ravie de notre petite escapade.

— Une tortue ?

— Oui, une tortue.

— Je crois que vous feriez mieux de vous entraîner encore un peu dans le bassin, tous les deux, conclut-elle.

Les touristes suisses firent l'effort de se retenir d'exulter, mais ce fut tout comme. Quelle humiliation. Cette foutue Joy, j'aurais dû la laisser crever au fond de l'eau !

— Max, je peux te dire un mot ? fit le capitaine, qui se tenait à la porte de la timonerie.

Maxine le suivit à l'intérieur, avant de faire sa réapparition cinq minutes plus tard :

— Bon. J'ai décidé qu'on allait continuer comme prévu.

— Génial ! m'exclamai-je.

Les deux descentes suivantes se déroulèrent sans le moindre problème. Maxine plongea avec nous, Joy et moi, et ne nous lâcha pas des yeux.

— Félicitations à vous quatre, vous obtenez tous votre certificat, nous annonça-t-elle à la fin de la journée.

Je me tournai vers Joy, qui laissa éclater sa joie. Elle m'adressa un regard reconnaissant, qui m'assura qu'elle honorerait sa part du contrat. Je ne pus m'empêcher de me sentir coupable vis-à-vis de ses futurs partenaires de plongée, au cas où elle retomberait nez à nez avec un requin.

Pendant le trajet retour vers le port, Imogen et moi restâmes côte à côte à l'arrière du bateau. Je me mis à douter : étais-je allé trop loin ? Mrs Havilland avait interdit à sa fille de remuer le passé. Qui étais-je pour remettre en question cette décision ? Elle savait à quel point les membres du cartel de drogue, contre lequel son mari avait lutté, pouvaient être sans pitié. Et puis, Joy Wheeler m'avait révélé que son parti avait jadis compté des Silvagni dans ses rangs. Alors, si Imogen creusait cette piste, que pourrait-elle découvrir ? Se pouvait-il que mon père soit impliqué dans la disparition de son meilleur ami ?

Cependant, je n'eus pas le temps de poursuivre ces questionnements, car Maxine s'approcha de moi et me dit à voix basse :

— Dominic, ça reste entre toi et moi, mais demain matin on part en expédition sur une épave, et je pense que ça pourrait te plaire.

Je risquai un coup d'œil vers les deux Suisses, à qui elle n'avait rien proposé. C'était à mon tour d'exulter :

— Carrément ! Ce serait mortel !

— Alors rendez-vous au point habituel, à sept heures.

Quand Maxine se fut éloignée, Imogen se rapprocha de moi. Ses cheveux caressèrent mon bras, générant plus d'électricité qu'une fission nucléaire dans les réacteurs de la centrale de Diablo Bay, lorsqu'elle était encore en activité.

— J'ai un peu froid, me dit-elle.

— Tu veux rentrer te mettre à l'abri ?

Elle se mit à rire.

— Mauvaise réponse, Dom.

Et elle se lova contre moi.

Je compris aussitôt, et passai mon bras autour de ses épaules.

— C'est comme dans *Titanic*, mais à l'envers, dit-elle, le regard fixé sur le sillage du bateau.

— Cinatit ?

Elle laissa échapper un rire, avant d'acquiescer :

— C'est ça, Cinatit.

J'aurais tout donné pour que ce voyage à bord du *Cinatit* ne prenne jamais fin, mais, déjà, nous arrivions à quai.

J'aperçus mon père, qui nous attendait. Il avait l'air beaucoup moins détendu que ces derniers jours.

— C'était bien ? s'enquit-il tandis que nous nous installions dans la voiture.

— C'était génial ! répondîmes-nous en chœur.

— Et ce sera encore mieux demain ! ajoutai-je. On m'a proposé de…

— J'ai de mauvaises nouvelles, fiston, me coupa mon père.

Fiston ? Il ne m'appelait jamais comme ça. Je m'attendis au pire.

— On retourne à Gold Coast demain à la première heure.

— Quoi ? Mais pourquoi ?

— La famille a voté. Et tous l'ont remporté à la majorité. Je suis désolé, je n'ai rien pu faire.

Les salauds ! Toby, Miranda et ma mère. Je les haïssais du plus profond de mon être. Mais cela ne dura que quelques secondes. Une autre chose importante que La Dette m'avait apprise, c'était de ne pas gaspiller mon énergie sur des causes perdues.

— C'est pas grave, papa. Imogen et moi, on peut rester ici avec sa mère.

— Non, elles repartent ce soir, m'informa-t-il.

— Ah bon ? intervint Imogen.

— Oui, lui confirma mon père.

Je repensai à sa confrontation avec Mrs Havilland, le matin même. Quelle était la teneur de leur relation ?

— Je peux rester ici tout seul, je saurai me débrouiller, risquai-je.

— Hors de question, Dom, on retourne tous à Gold Coast demain matin, répliqua mon père d'un ton sans appel.

— Bon, d'accord, me résignai-je.

Mais, déjà, mon cerveau tournait à plein régime pour trouver un moyen de revenir à Reverie, échafaudant tout un tas de plans plus ou moins faisables pour participer à l'une des expéditions sous-marines de Maxinc.

— Quand est-ce que maman part pour Pékin, déjà ? demandai-je tout à coup.

— Dans deux jours.

— Donc c'est Gus qui va s'occuper de nous ?

— Oui, Gus sera seul maître à bord, dit-il en tournant la tête vers moi pour me lancer un clin d'œil.

Cela fit tilt dans ma tête. Le lendemain, nous repartirions pour Gold Coast. Mais, dès que ma mère serait hors circuit, je pourrais revenir à Reverie Island avec Gus.

C'est alors que nous traversâmes ce que j'appelais Zolton City : un territoire désertique, réduit à l'état de quasi-bidonville, où des maisons en préfabriqué posées sur des parpaings jouxtaient des carcasses de voitures rouillées.

Je jetai un regard vers la banquette arrière de la Mercedes. Imogen s'était endormie, épuisée par notre sortie en mer.

Les paroles de Tristan me revinrent en mémoire, du jour où nous étions passés pour la première fois dans ce coin désolé : *On devrait lâcher une bombe sur ces tordus*.

Une idée jaillit dans mon esprit.

— Papa, tu peux me déposer là ?

Il considéra les alentours, visiblement peu convaincu par ma demande. D'ailleurs, je crus qu'il allait refuser, purement et simplement. Ou me demander ce que je comptais faire dans un trou pareil. Pourtant, à ma grande surprise, il n'en fut rien :

— OK, Dom. Si c'est ce que tu as à faire.

Je répondis d'un hochement de tête. *C'est ce que j'ai à faire*.

— Tu te débrouilleras pour rentrer ?

— Oui. Dis à Imogen que je suis parti courir.

Il me laissa descendre. Je regardai la Mercedes s'éloigner, avant de me diriger vers le camping-car des Zolton-Bander.

Depuis notre excursion de tous les dangers, la veille, à Gunbolt Bay, quelque chose me turlupinait, sans que je n'arrive à mettre le doigt dessus. C'était en rapport avec le Zolt et l'or de Yamashita, mais impossible d'établir clairement un lien entre les deux. Et cela me rendait dingue. Voilà pourquoi j'avais décidé de revenir, en quête de réponses, là où le Zolt avait grandi.

En longeant le vieux centre communautaire en torchis qui tombait en ruines, je repensai à la première fois que j'avais rendu visite aux Zolton-Bander, sur une suggestion de Hound de Villiers. D'ailleurs, à l'époque, je n'avais pas franchement été accueilli à bras ouverts. Et difficile de croire que la situation pourrait s'être améliorée, vu que j'avais arraché à Mrs Bander sa poule aux œufs d'or, son fils Otto. Je ne pouvais même pas compter sur le soutien de Zoe, car nous ne nous étions pas quittés dans les meilleurs termes, après que deux inconnus avaient fait irruption dans la maison de Gus et nous avaient menacés pour que je leur remette mon Double Eagle de 1933. Sans parler des frères Mattner, qui devaient rôder dans les environs...

Étais-je inconscient, au point de venir me perdre dans ce trou à rats, sans défense ni protection, pour la seule raison que mon intuition me disait de le faire ?

Tout à coup, un chien se mit à hurler. Puis un autre.

Appelle Zoe, me dis-je. *Pour la prévenir que tu es là.*

Mais, alors que je glissai la main dans ma poche pour sortir mon iPhone, celui-ci se mit à sonner.

Le nom de Zoe s'afficha sur l'écran.

C'était quoi, ce bordel ?

Je décrochai.

— Ne fais pas un pas de plus ! m'ordonna-t-elle.

— Quoi ? Mais comment sais-tu où je me trouve ?

Je levai les yeux, à la recherche d'une caméra. Bingo. J'en vis une accrochée à un lampadaire.

Un peu paranos, les Zolton-Bander ?

Et, question nettement plus intéressante : *pour quelle raison ?*

Que cachaient-elles ? Ou qui ?

— Attends-moi, reprit Zoe, je serai là dans une minute.

Son ton catégorique, mêlé à la crainte que les frères Mattner ne me tombent dessus, m'incita à ne pas bouger d'un pouce.

Zoe apparut une minute plus tard, fidèle à ses dires.

Je la trouvai beaucoup plus grande que lors de notre dernière rencontre. Elle ne portait plus de tresses, laissant sa chevelure tomber en cascade sur ses épaules, et avait échangé ses vieilles lunettes contre une nouvelle paire, beaucoup plus classe. Son teint semblait hâlé, comme si elle avait passé beaucoup de temps en plein air.

— Wow, quelle métamorphose ! m'exclamai-je.

— Ferme-la, rétorqua-t-elle en jetant un regard anxieux par-dessus son épaule. Suis-moi !

Je n'étais pas en position de protester, alors je m'exécutai.

Nous revînmes sur mes pas jusqu'au centre communautaire, où nous bifurquâmes à droite. Puis nous empruntâmes un chemin serpentant au milieu de plates-bandes qui ne semblaient plus entretenues depuis longtemps. Enfin, nous débouchâmes sur une drôle de construction en bois, de forme cylindrique, avec un toit en dôme. Le genre d'abri typique pour nomade ou hippie.

— C'est quoi, ce truc ? demandai-je.

— Une yourte.

Je ne pus réprimer un éclat de rire.

— Qu'est-ce qu'il y a de si drôle ?

— C'est le mot yourte. On dirait une marque de yaourt allégé.

— Ça s'appelle comme ça, c'est tout. Faut t'en remettre.

Je me rendis compte que Zoe n'avait vraiment aucun sens de l'humour. Zéro. Nada. Avec Salacia, elles formaient une sacrée paire de rabat-joie.

— Assez tergiversé, dit-elle. Entrons.

Elle poussa la porte, qui s'ouvrit en grinçant. Je lui emboîtai le pas.

L'intérieur de la yourte était en piteux état. Le plancher, complètement défoncé, était jonché de crottes de rat. Malgré tout, j'imaginai que cela avait dû, autrefois, être un endroit plutôt sympa.

— C'est l'ancien centre de méditation du village, du temps de la communauté hippie, m'expliqua Zoe.

J'eus aussitôt une image mentale de Mrs Bander vêtue d'un T-shirt aux motifs psychédéliques, une multitude de bracelets en perles aux poignets, s'efforçant de répandre la paix et l'amour dans ce monde.

— Alors, ton stage de plongée se passe bien ? s'enquit Zoe.

Elle me surveillait, ou quoi ?

— Comment es-tu au courant ?

— C'est une petite île, tout se sait. Je peux savoir pourquoi tu es venu faire un stage de plongée ici ?

— C'est mon père qui m'y a inscrit.

Et, à présent, c'était à mon tour de poser les questions :

— Alors comme ça, ton père et Cameron Jamison ont été associés ?

— C'était pas mon père.

Je restai abasourdi. Comment une telle information avait-elle pu m'échapper, après toutes les recherches que j'avais effectuées sur le Zolt ?

— Dane Zolton n'était pas ton père ?

Elle fit non de la tête.

— Mais pourtant, tu t'appelles bien Zoe Zolton-Bander...

— Et alors ? Je peux me faire appeler Beyoncé, si ça me chante.

— Donc Otto est ton demi-frère ?

— Bien vu, Sherlock !

— Mais alors, qui est ton vrai père ?

— Excuse-moi, mais, ça, c'est vraiment pas tes oignons.

Une question me brûlait les lèvres depuis très longtemps, sans que je n'aie jamais osé la poser. Cependant, tous mes scrupules s'étaient envolés, puisque je savais désormais que Zoe n'était pas la fille biologique de Dane Zolton.

— Qu'est-ce qui est arrivé au père d'Otto, alors ? la questionnai-je.

— Il est mort.

— Oui, mais de quelle façon ? J'ai cherché, mais je n'ai rien trouvé.

— Tu es vraiment pire qu'un vautour, toi. Il a disparu, lors d'une sortie en plongée.

— Disparu ? Tu veux dire que son corps n'a jamais été retrouvé ?

Elle hocha la tête.

— Pas le moindre os.

— Os ?

— Oui, os, corps, tu vois ce que je veux dire. Et sinon, c'était comment, l'Italie ?

Mais bordel, comment peut-elle être au courant de mes moindres faits et gestes ?

— C'était cool. Très dépaysant.

Zoe ouvrit et ferma la bouche à plusieurs reprises, comme si elle s'apprêtait à parler, avant de se raviser à chaque fois. Finalement, elle déclara :

— Je suppose que tu es au courant, E. Lee Marx est dans le coin. Il cherche un trésor.

— Oui, je suis au courant.

— Il doit être sur une bonne piste, j'imagine.

À quoi jouait-elle, bordel ?

C'est à cet instant que j'eus enfin le déclic. La réponse que je cherchais. Le lien entre le Zolt et l'or de Yamashita.

Retour sur le fameux scénario du film *Capture le Zolt*.

Notre héros, Dominic Silvagni, se trouve dans la cachette du Zolt. Il tient dans sa main une carte jaunie, sur laquelle figurent le continent ainsi que les zones maritimes. Elle est constellée de marques tracées au feutre. Certaines sont numérotées, d'autres portent des hiéroglyphes inintelligibles.

— Heu, je crois que j'ai trouvé un journal, ou quelque chose comme ça, dit soudain Tristan Jazy, l'un des bad guys du film (joué par Tristan Jazy, bad guy dans la vraie vie).

Dom lève les yeux et constate qu'il feuillette un calepin relié de cuir.

Dom replie la carte et la repose là où il l'a trouvée. Ce faisant, il remarque alors une inscription au dos, une inscription au feutre un peu fanée : Dane G Zolton.

Peu après, des coups de feu fusent, et les deux garçons s'échappent de la caverne façon Indiana Jones. La caverne qui sera, par la suite, fouillée puis mise à sac par… La Dette ?

Je jetai un regard à Zoe, qui remuait les lèvres. Apparemment, elle s'adressait à moi, mais ses paroles ne remontaient pas jusqu'à mon cerveau.

— Désolé, Zoe, j'étais ailleurs. Tu disais quelque chose ?

— Écoute, Dom, tu es un mec plutôt gentil et sympa…

Hum. OK. Merci, Zoe.

— … alors je préfère te prévenir que, sur cette île, il y a des tas de gens qui veulent ta peau.

— Qui, ça ? Donne-moi des noms !

Je me sentais remonté. De quel droit ces gens en voulaient-ils à ma peau ?

— Mon oncle Doug, pour commencer, depuis que tu as réduit sa Holden Morano en miettes à coups de bulldozer.

— Mais c'est toi qui avais appuyé sur l'accélérateur ! protestai-je.

— Peu importe, c'est après toi qu'il en a. Ensuite, tu peux ajouter ma mère à la liste, elle ne te porte vraiment pas dans son cœur.

— Ça tombe bien, moi non plus.

— Et puis, il ne faudrait pas non plus oublier les frères Mattner.

Reverie étant une île à taille réduite, Zoe avait forcément eu vent de notre petite virée à jet-ski de la veille.

— Alors si tu tiens à la vie, Dom, suis mes conseils. Va à tes cours de plongée si ça te fait plaisir, mais rentre bien sagement chez toi après. Et fais-toi oublier.

La transformation physique de Zoe lui avait visiblement donné beaucoup plus d'assurance : voilà qu'elle se permettait de donner des conseils à des garçons plus âgés qu'elle.

— Et si je n'obéis pas ?

Zoe secoua la tête, l'air faussement désolée. Puis elle sortit son téléphone portable, composa un numéro, et activa le haut-parleur.

— Salut, le Kangourou, dit-elle.

— Qu'est-ce que tu veux ? aboya Mattner à l'autre bout de la ligne.

— Tu te rappelles du gamin en hors-bord ?

— Ce petit merdeux de Dominic Silvagni ? Tu sais où il se trouve ?

Zoe coupa aussitôt la communication.

En quelques secondes, elle avait mis les points sur les *i*. Le simple fait d'entendre Mattner prononcer mon nom avait fait courir un frisson le long de ma colonne vertébrale.

— Ça m'est égal, de toute façon, répliquai-je en retrouvant mon sang-froid. On repart demain matin.

— Ah bon ? s'étonna-t-elle, et, pour la première fois depuis le début de cette conversation, j'eus le sentiment de l'avoir prise au dépourvu. Vous n'étiez pas censés rester une semaine ?

— On a changé nos projets.

Et mon intuition me disait de quitter Zolton City tant que je possédais encore toutes mes dents, et que j'avais le dessus au sujet de qui savait quoi.

Je sortis mon iPhone pour faire semblant de regarder l'heure :

— Il est déjà si tard que ça ? Il faut vraiment que je rentre.

Zoe me raccompagna à la porte de la yourte, puis m'indiqua un petit chemin de terre :

— Ça te ramènera tout droit à la route principale.

Je fis quelques pas, avant de me raviser et de faire volte-face.

— Et sinon, ton frère va bien ? demandai-je à Zoe en la regardant droit dans les yeux.

— Mon frère est mort, rétorqua-t-elle en forçant un air éploré. Tu ne regardes pas les infos, ou quoi ?

— Otto n'est pas mort ! C'est toi-même qui me l'as avoué, quand on s'est croisés à l'hôpital !

— À mes yeux, il est mort ! C'est tout ! cria-t-elle avant de s'enfuir en courant.

Non, Otto Zolton-Bander n'était pas mort. J'avais même le pressentiment qu'il se trouvait là, sur cette île, à quelques pas de moi. Je repensai alors à la petite caméra que j'avais aperçue, fixée sur un lampadaire. Peut-être m'avait-il observé à distance !

La nuit tombait déjà lorsque j'atteignis la route principale. Je me sentis soudain très vulnérable, seul en pleine cambrousse. Et si, par inadvertance, je tombais sur l'un des frères Mattner, ou tout autre insulaire qui rêvait de me faire la peau ?

Je sortis mon iPhone pour appeler mon père et lui demander de venir me récupérer. Mais, avant que j'aie eu le temps de composer son numéro, une Ferrari surgit de nulle part et me dépassa dans un grand flash rouge.

Je me mis aussitôt à chercher du regard une cachette potentielle.

Trop tard : la Ferrari avait pilé, avant de faire marche arrière jusqu'à ma hauteur.

Le conducteur baissa la vitre passager, et je le reconnus immédiatement. À peu près l'âge de mon père. Mêmes lunettes de marque. Même Rolex au poignet. Même coiffure impeccable.

Cameron Jamison.

Mon kidnappeur et tortionnaire.

— Dominic ! s'exclama-t-il. Qu'est-ce que tu fais là, au milieu de nulle part ?

Une question légitime. À laquelle je n'avais aucune réponse tangible.

— Allez, monte, je te ramène chez toi.

— Mon père doit venir me chercher, mentis-je.

— Alors appelle-le, qu'il ne fasse pas le trajet pour rien. Crois-moi, il n'est pas bon de traîner seul dans ce genre d'endroit.

Sa proposition me semblait tout à fait honorable, il n'y avait pas vraiment lieu de refuser. Par ailleurs, il disait juste : mieux valait ne pas s'attarder à Zolton City.

J'envoyai un SMS à mon père : *je rentre bientôt*.

Puis je grimpai à bord de la Ferrari, en prenant garde d'en examiner le contenu. Je fus soulagé de n'y apercevoir ni cagoule, ni instruments de torture, seulement le même livre que la dernière fois : *Un secret d'État : l'or de Yamashita*.

Tandis que Cameron Jamison manœuvrait sa Ferrari sur la route en lacet, je ramassai le livre pour en étudier la couverture.

Au même instant, je reçus une réponse de mon père : *super*.

— Mon père vous remercie, mentis-je.

— Il n'y a vraiment pas de quoi, je t'assure.

Je me sentais rassuré. Il m'apparaissait évident qu'il n'allait pas tenter quoi que ce soit, désormais.

— La dernière fois que je suis monté dans votre voiture, vous m'aviez dit que ce bouquin n'était qu'un tissu d'idioties et de contrevérités.

— Oui, et je n'ai pas changé d'avis sur la question, fit-il en grimaçant.

— Pourquoi ça ?

— Parce que les auteurs n'ont vraiment rien compris. Les Américains n'ont jamais mis la main sur le trésor, et encore moins pour financer une pseudo-organisation anticommuniste appelée Black Eagle Trust...

Wow ! Il avait l'air particulièrement bien renseigné sur le sujet, en tout cas.

Lorsque la Ferrari eut négocié le dernier virage de la portion sinueuse et que la route redevint en ligne droite, Mr Jamison écrasa la pédale d'accélérateur. Le compteur de vitesse frôla les deux cents kilomètres heure.

J'ignorais s'il s'agissait là de sa vitesse habituelle, ou s'il conduisait ainsi parce que ma question sur le bouquin l'avait énervé. Ou bien cherchait-il tout simplement à me coller la frousse ?

Dans ce dernier cas, c'était parfaitement réussi. Mais pas question de le lui montrer. Je n'allais pas lui donner cette satisfaction.

— Et comment savez-vous que ce ne sont que des contre-vérités, dans ce bouquin ? l'interrogeai-je, en sachant pertinemment que je m'aventurais sur un terrain glissant.

— Mais parce que le trésor se trouve là ! Juste là ! fit-il en désignant de la main l'océan qui s'étalait à l'horizon.

Voulait-il dire que le trésor se trouvait quelque part dans l'océan, ou plus précisément près des côtes de Reverie Island ?

La Dette faisait-elle fausse route ?

Le Zolt avait-il réussi à tromper sa vigilance pour l'envoyer sur une mauvaise piste ? En falsifiant une carte, par exemple ?

Se pouvait-il qu'un chasseur de trésors aussi chevronné que E. Lee Marx soit en train de fouiller en vain les fonds de Diablo Bay ?

La Ferrari fit halte devant la propriété des Jazy.

— Merci de m'avoir ramené.

— Il n'y a pas de quoi, Dom, ce fut un plaisir, me répondit-il en retrouvant son assurance habituelle.

J'ouvris la portière et m'apprêtai à sortir du véhicule lorsqu'il m'interpella :

— Dom, une dernière chose.

— Oui, Mr Jamison ?

— Je peux te demander un petit service ?

— Bien sûr.

— Ouvre la boîte à gants.

Je m'exécutai, curieux de voir ce que j'allais y trouver.

À l'intérieur, il n'y avait qu'une grande enveloppe de papier kraft.

— Il y a des photos dedans, auxquelles j'aimerais que tu jettes un œil, m'expliqua Mr Jamison.

Le rabat n'était pas scellé. Je fis glisser les photos hors de l'enveloppe. Elles étaient au nombre de trois, toutes en noir et blanc. Il me fallut quelques secondes pour comprendre ce dont il s'agissait.

C'était des photos de corps. Calcinés. Mutilés. Démembrés.

Des adolescents.

Je détournai immédiatement le regard, laissant les photos me tomber des mains.

Mr Jamison se pencha alors vers moi, et me dit, d'une voix gutturale :

— Si tu n'as pas quitté mon île demain au plus tard, voilà ce qui arrivera à ta grande sœur Miranda et à ton petit frère Toby.

L'espace d'un quart de seconde, je crus avoir eu droit à une très mauvaise blague. Mais, en levant les yeux vers lui, je croisai son regard noir et menaçant, et compris qu'il ne plaisantait pas du tout.

Je me précipitai hors de la Ferrari, loin de ces photos de malheur.

Mr Jamison démarra aussitôt.

Je me laissai alors tomber à genoux, incapable de retenir un flot de vomi.

Lundi

13. RETOUR À REVERIE

Gus avait toujours eu l'affreuse habitude de conduire comme un escargot.

Mais, ce jour-là, j'aurais juré qu'il mettait un point d'honneur à rouler encore plus lentement. Ce qui commençait à me taper sur les nerfs :

— Sérieusement, Gus, si tu ralentis encore un peu, je crois bien qu'on entrera dans un nouveau continuum espace-temps.

Et pourtant, je n'avais aucunement hâte de retourner à Reverie Island. Trois jours plus tôt, c'était avec soulagement que j'avais repris l'avion pour Gold Coast, laissant derrière moi Cameron Jamison et ses photos monstrueuses.

— Je te laisse ma place, si tu veux, rétorqua Gus.

Ce ne serait pas une si mauvaise idée, après tout, songeai-je. Je ne me débrouillais pas mal à jet-ski, à moto, en hors-bord, et même en bulldozer. À côté de tout cela, conduire une voiture ne représentait aucune difficulté.

Mais, avant que j'aie pu ouvrir la bouche pour balancer une réplique cinglante, Gus enfonça la pédale d'accélérateur. L'aiguille du compteur de vitesse ne monta que très légèrement.

— Quand est-ce qu'aura lieu l'expédition sous-marine, déjà ? me demanda-t-il.

— Demain.

— On a le temps, alors. Rien ne sert de se presser.

Il marquait un point. Mais ce qu'il ignorait, c'est qu'il ne s'agissait que d'un simple alibi pour retourner sur l'île, et pour détourner les soupçons, si l'on s'avisait de me poser des questions.

Plus vite je remettrais les pieds là-bas, plus vite je pourrais mettre mon nez un peu partout, et trouver des réponses. Car, durant les quelques jours qui venaient de s'écouler, j'avais ressassé beaucoup de détails, et j'étais désormais convaincu que quelque chose ne tournait vraiment pas rond.

D'abord, les cambriolages dans des magasins de plongée.

Ensuite, le comportement plutôt inhabituel de Zoe.

Et, pour finir, la terrible menace de Cameron Jamison.

— Et si on parlait un peu de course à pied, pour passer le temps ? fit Gus.

Je la sentais venir de loin, celle-là. D'ailleurs, c'était probablement la seule et unique raison qui l'avait poussé à accepter de me conduire à Reverie Island : plusieurs heures de trajet pendant lesquelles il pourrait me faire la morale à sa guise.

— J'en ai fini avec la course à pied, tu le sais très bien.

— Dominic ! Tu as battu tous les records de ta catégorie sur le mille cinq cents mètres à Rome !

— Il faut savoir quitter le devant de la scène tant qu'on est au top, plaisantai-je.

Pourtant, en même temps, mon cœur se serra. Le demi-fond avait représenté tellement pour moi. C'était comme avoir perdu son meilleur ami.

— Écoute, Dom, reprit Gus. Je ne serai pas toujours là, tu sais. Et je ne voudrais pas partir sans t'avoir vu courir à nouveau.

Il me sortait la carte de son grand âge et de sa mort prochaine. Pas très originale, mais efficace pour faire culpabiliser tout ado en mal de motivation.

— Qu'est-ce que tu racontes ? grondai-je. Tu soulèves combien de kilos de fonte, en ce moment ? Quatre-vingts ?

— Soixante-quinze, corrigea Gus. Je m'entraîne encore pour les quatre-vingts.

— C'est pareil. Quand on arrive à soulever soixante-quinze kilos, on ne peut pas passer l'arme à gauche. C'est mathématiquement impossible.

Gus laissa échapper un rire tonitruant. Et, pendant quelques secondes, tout semblait être revenu à la normale. Mais il n'allait pas me lâcher sur la question de la course aussi facilement. Il avait d'autres tours dans son sac :

— Ne pas aller au fond de soi, c'est un peu renier son talent, cita-t-il.

— Steve Prefontaine, répliquai-je du tac au tac.

— Un coureur doit courir avec des rêves dans son cœur.

— Emil Zátopek.

Je raffolais de ces questions-réponses, même si je voyais clair dans le petit jeu de Gus.

— Tu vois, tu ne peux pas y échapper, Dom. C'est dans ton sang. Dans ton ADN.

— Je ne cours plus. C'est fini. Je fais de la natation, maintenant.

— D'accord, alors donne-moi une citation de nageur, pour voir.

Là, il m'avait coincé. Mais j'étais décidé à ne pas rendre les armes sans me battre :

— N'étant plus conscient de mes mouvements, je découvrais une nouvelle union avec la nature. J'avais trouvé une nouvelle source de pouvoir et de beauté, une source dont je n'aurais jamais pu rêver l'existence.

— Ah, sir Roger Bannister, ce grand nageur qui a parcouru le *mile* aquatique en moins de quatre minutes, ironisa Gus, hilare.

Il fallait vraiment être un crack incollable en course à pied pour réussir à apprécier ce petit jeu, ce qui était notre cas. Nous continuâmes à nous interroger mutuellement pendant tout le reste du trajet, jusqu'à atteindre enfin le terminal du ferry.

Je considérai alors la possibilité de rester dans la voiture pendant la traversée jusqu'à Reverie Island, histoire de me faire le plus discret possible. Cependant, Gus – ou plus précisément ses sphincters un peu trop lâches – en décidèrent autrement, et nous forcèrent à quitter l'habitacle pour rejoindre le pont.

La mer était agitée. Au loin, on apercevait des voiliers qui filaient sur les flots.

— Tiens, tiens, comme on se retrouve…

Je reconnus immédiatement la voix éraillée qui venait de prononcer ces paroles, et je me mis à prier pour qu'elles ne me soient pas adressées.

Mais ce n'était pas mon jour de chance.

— Dominic, c'est bien ça ? me lança Mrs Bander, l'une des personnes qui voulaient ma peau, d'après les dires de sa fille Zoe.

Elle n'avait pas changé depuis notre dernière rencontre : cheveux blonds peroxydés, lunettes de soleil surdimensionnées, bouche pincée.

— C'est bien moi, acquiesçai-je.

— Et tu es avec...

— Mon grand-père, Gus.

Elle le dévisagea pendant quelques secondes avant de poursuivre :

— Et qu'est-ce qui vous amène à Reverie, tous les deux ?

— Dom vient tout juste d'obtenir son certificat de plongée, il veut profiter de quelques expéditions en pleine mer.

— Tout ce chemin pour faire trempette..., lâcha-t-elle, avant de tourner les talons.

Gus et moi retournâmes dans la voiture pour débarquer sur l'île. Lorsque nous eûmes quitté le ferry, nous empruntâmes la petite route qui menait à Port Reverie. C'est là que je réalisai qu'un véhicule nous suivait : une Subaru WRX aux vitres teintées.

Peut-être que celui-ci roulait en toute innocence. Après tout, il n'y a pas trente-six routes sur une île... Pourtant, après notre petit face-à-face impromptu avec Mrs Bander, cela ne me disait rien qui vaille.

— Gus, sans vouloir te faire peur, je crois bien que nous sommes suivis.

Son regard se posa aussitôt sur le rétroviseur.

— Ça ne sent pas bon, vraiment pas bon, fit-il, sans toutefois modifier sa vitesse.

Nous continuâmes à rouler. Une fois dans le centre-ville, Gus tourna à gauche, puis à droite, et encore à gauche.

La Subaru se trouvait toujours sur nos talons.

Impossible de nous réfugier dans notre motel, et de montrer où nous allions séjourner. Impossible également de semer une telle voiture de sport. Je me figurai déjà que nous serions contraints de rouler toute la nuit, la Subaru à nos trousses.

Devant nous apparut le Reverie Motel. Gus remonta l'allée et se gara sur le parking.

— Mais ce n'est pas ici qu'on..., commençai-je.

— Je sais, me coupa-t-il. Prends ton sac.

Nous sortîmes de la voiture et avançâmes en direction de l'entrée.

Plusieurs personnes faisaient déjà la queue à la réception. Nous attendîmes derrière elles quelques minutes, avant de ressortir.

— Allons trouver notre chambre, lança Gus à haute voix.

Nous longeâmes le bâtiment avant de bifurquer à gauche, pour remonter un petit chemin de gravier.

Si les occupants de la Subaru avaient bien observé notre petit manège depuis le parking, comme je le pensais, nous nous trouvions désormais hors de leur champ de vision.

— Il faut trouver une sortie de ce côté-là, dit Gus.

— Et qu'est-ce qu'on fait de la voiture ?

— Rien pour l'instant. Je viendrai la récupérer quand tout danger aura été écarté.

Le danger ? Visiblement, mon grand-père ne prenait pas la situation à la légère.

Nous parvînmes à sortir en escaladant une grille, ce que Gus fit avec une agilité déconcertante pour un septuagénaire unijambiste.

— Et maintenant, comment trouver notre vrai motel ? demanda Gus.

Je sortis mon iPhone de ma poche. Par chance, il y avait du réseau sur l'île. Je me connectai à Internet, et me rendis sur Google Maps. J'attendis ensuite que le GPS nous ait localisés, avant d'entrer notre destination.

— OK, c'est bon, confirmai-je à Gus. Il faut remonter cette rue, puis tourner à droite, prendre la deuxième sur la gauche, et continuer sur cinquante mètres.

— Quelle merveille, la technologie, fit-il, ébahi.

— Tu peux faire la même chose sur ton téléphone, tu sais. Je te montrerai.

Lorsque nous arrivâmes en vue de notre motel, HarbourView, Gus émit un petit grognement dubitatif.

— C'est là qu'on va séjourner, donc..., lâcha-t-il, histoire de bien enfoncer le clou.

C'était moi qui avais réservé nos chambres sur Internet. Je m'étais laissé séduire par les photos du motel, visiblement trompeuses.

— Je vais récupérer les clés, annonçai-je à Gus, apparemment ravi de ne pas avoir à mettre les pieds à l'intérieur du taudis.

Je longeai la piscine, qui n'avait de piscine que le nom. À première vue, elle me fit plutôt penser à une écuelle pour chien de petite taille. Et encore, un chien qui n'aurait jamais soif.

La réception ne ressemblait en rien à celles des établissements dans lesquels j'avais séjourné avec mes parents.

Les lieux, défraîchis et d'apparence miteuse, exhalaient une odeur désagréable. Un règlement était placardé au mur. Pas de visiteurs après vingt-deux heures. Ne pas éviscérer de poissons dans le lavabo de la salle de bains. Ne pas apporter de verres près de la piscine. La liste était longue.

Assis au bureau d'accueil, le réceptionniste avait les yeux rivés sur l'écran de son ordinateur. Il paraissait avoir l'âge de Gus et, comme lui, portait un maillot de corps sans manches, laissant apercevoir des bras noueux. Mais les siens, contrairement à ceux de mon grand-père, étaient recouverts de vieux tatouages délavés.

Il ne m'avait pas vu entrer, alors je m'éclaircis la gorge pour lui signifier ma présence.

— Oui, je peux t'aider ? me demanda-t-il en esquissant un sourire forcé.

Il n'avait aucun trait physique en commun avec Norman Bates, le réceptionniste du motel dans le film *Psychose*, et pourtant il me ficha tout autant la trouille. C'était bien le genre de type à s'introduire en douce dans votre chambre pour vous poignarder sous la douche.

— J'ai réservé deux chambres en ligne, au nom de Silvagni, lui indiquai-je.

Il pianota sur son clavier, puis scruta l'écran, avant de poser sur moi un regard blasé :

— Il faut qu'un adulte me présente une pièce d'identité. Un permis de conduire, par exemple.

— Dans ce cas, je vais aller chercher mon grand-père.

Lorsque je fus de retour, accompagné de Gus, l'expression du réceptionniste changea radicalement :

— Frankie ! s'exclama-t-il.

Frankie ? Il devait y avoir erreur…

Mais Gus lui répondit aussitôt :

— Bob ! Ça fait un bail !

— À qui le dis-tu ! La dernière fois qu'on s'est vus, tu étais…

— Oui, ça remonte sacrément loin, le coupa Gus. Mais je crois que ce n'est ni le moment ni le lieu d'évoquer nos souvenirs.

Il se tenait en retrait par rapport à moi, je ne pouvais donc pas voir clairement ses gestes. Toutefois, j'étais quasiment sûr qu'il m'avait désigné du doigt, comme pour dire, *pas devant le gamin*.

— Dacodac, on ira se remémorer le bon vieux temps autour d'une bière, lui dit Bob, en lui adressant un clin d'œil complice.

Après que Gus eut récupéré les clés, et que Bob nous eut précisé quelques points supplémentaires du règlement, nous nous rendîmes dans nos chambres respectives et attenantes.

La réaction de Gus ne fut pas aussi mauvaise que je l'avais imaginée :

— Bon, ça va, j'ai connu pire.

— Pas moi, avouai-je.

— Rendez-vous dans une demi-heure pour aller manger un morceau, me dit-il avant de me laisser seul dans ma chambre.

J'en profitai pour inspecter les lieux plus attentivement. La moquette, sans âge, partait en lambeaux. Les draps du lit, constellés de taches suspectes, avaient des allures de carte géographique. La télévision, probablement aussi vieille que Gus, devait sûrement fonctionner à la vapeur ou au charbon. Dans la salle de bains, le pommeau de douche pendouillait misérablement, comme une fleur accablée par le soleil. Et lorsque je jetai un coup d'œil dans la cuvette des toilettes, j'y vis une énorme merde.

Non, ce n'est pas vrai, me dis-je.

Je regardai à nouveau. Elle n'avait pas bougé.

Je retournai dans la chambre, m'emparai du combiné du téléphone, et composai le 0.

Pas de réponse.

Je recommençai.

Cette fois, Bob décrocha :

— Oui, c'est pour quoi ?

— Il y a quelque chose dans les toilettes, expliquai-je.

— De l'eau, peut-être ?

— Oui, de l'eau. Et un énorme machin marron.

— Et que veux-tu que je fasse ? Appeler les pompiers ? Les toilettes sont équipées de chasses d'eau, non ? Alors tu n'as qu'à appuyer sur le foutu bouton ! cracha-t-il avant de raccrocher.

Je considérai les diverses options qui s'offraient à moi.

Ne pas me laisser marcher sur les pieds et, comme le faisait si bien ma mère, exiger de parler au directeur de l'établissement ? Cependant, j'avais l'horrible pressentiment que Bob occupait également cette fonction.

Menacer de le pourrir, lui et son motel merdique, sur TripAdvisor ? Là encore, j'eus le pressentiment que Bob n'en avait strictement rien à carrer des avis postés sur un site web.

Trouver un autre motel, muni de toilettes propres, mais qui serait alors plus éloigné du port ? Non, c'était trop risqué, songeai-je en repensant à la Subaru.

Ou bien, et c'est ce que je fis, appuyer tout simplement sur le foutu bouton de la chasse d'eau.

■■■

Lorsque je retrouvai Gus un peu plus tard, je lui racontai la petite surprise que j'avais trouvée dans ma chambre.

— J'imagine que tu es plus habitué à trouver un chocolat sur l'oreiller ! fit-il, hilare.

Notre discussion tourna rapidement autour du repas du soir.

— Ce n'est peut-être pas une bonne idée d'aller manger dehors, soulignai-je.

— Non, en effet.

Je m'attendais à ce qu'il me pose une question évidente, du genre : *c'était qui, ces tarés avec leur Subaru ?*

Mais il se contenta de suggérer :

— On pourrait se commander une pizza.

Pour être honnête, la perspective de manger quoique ce fût dans cet endroit immonde me collait la gerbe.

— On est passés devant un petit resto japonais tout à l'heure, me rappelai-je. Ce n'est pas très loin.

Gus accepta ma proposition avec enthousiasme, et nous nous rendîmes dans ce restaurant. Lorsque la serveuse vint prendre nos commandes, Gus lui adressa quelques mots en japonais.

— Désolée, lui dit-elle, je suis coréenne.

— Tu parles japonais ? m'étonnai-je, après qu'elle fut partie.

Gus haussa les épaules :

— Un peu seulement.

— Tu étais où pendant tout ce temps ? Quand tu étais censé être mort ?

Il eut un nouveau haussement d'épaules, mais ne répondit rien.

— En prison ? tentai-je.

— Non, pas en prison.

S'il disait vrai, et il semblait sincère, c'en était fini de la belle théorie de Miranda, qui s'imaginait que notre grand-père cachait un passé de criminel.

— À l'étranger ? insistai-je.

— Pendant quelques années, oui.

— Pourquoi tu fais tant de mystères, sérieusement ? Après tout, tu ne seras plus là très longtemps..., le taquinai-je en esquissant un demi-sourire.

— Hé, fais attention à ce que tu dis ! J'arrive encore à soulever soixante-dix kilos.

— Tu ne m'as pas dit soixante-quinze, tout à l'heure ?

— Cinq kilos de rien du tout, ça restera notre petit secret, entre toi et moi.

— Pourquoi es-tu revenu en Australie, alors ?

— Ton père est venu me chercher, et il m'a fait une proposition que je ne pouvais pas refuser, me dit-il en retrouvant tout son sérieux.

— Laquelle ?

— Voir grandir mes petits-enfants.

La serveuse nous apporta nos soupes de miso. Gus prit son bol des deux mains et le porta à sa bouche.

— On a le droit de faire ça, quand on mange japonais ? m'étonnai-je.

— Absolument, confirma-t-il. Et c'est même un signe de politesse d'aspirer sa soupe bruyamment.

Génial !

Je portai le bol à mes lèvres et aspirai le bouillon à grands coups de *slurp*.

Gus fit de même.

C'était un véritable concerto buccal.

— Sais-tu ce qu'est une tâche herculéenne ? me demanda-t-il une fois nos bols vides.

— Tu parles comme le professeur Chakrabarty.

— Qui ça ?

— Un prof de Coast Grammar un peu barge, qui enseigne les lettres classiques, expliquai-je. Attends, laisse-moi réfléchir. Une tâche herculéenne, c'est une tâche difficile, qui demande beaucoup d'efforts.

— Tout juste. Et une tâche sisyphéenne ?

Ça, c'était Mr McFarlane, mon professeur de littérature, qui nous en avait parlé.

— C'est une tâche qui n'en finit jamais, qui ne mène à rien. Comme essayer de remplir d'eau un seau troué.

— Dix sur dix, Dom.

La serveuse nous apporta nos sushis. Du bout de sa baguette, Gus mélangea le wasabi à la sauce soja. J'y trempai un sushi, avant de le plonger dans ma bouche.

— C'est bon, fis-je, la langue et le nez en feu.

Gus m'imita.

— Oui, pas mauvais, jugea-t-il, avant de reprendre le fil de notre conversation. Les textes classiques font mention d'un troisième type de tâche. Sais-tu duquel il s'agit ?

— Non, admis-je, en me sentant un peu trahi par mes professeurs.

Pourquoi ni Mr Chakrabarty, ni Mr McFarlane n'en avaient-ils jamais fait mention ?

— Tu as déjà entendu parler de Prométhée ?

— Son nom ne m'est pas inconnu, mais je ne sais pas qui c'est.

— Dans la mythologie grecque, Prométhée faisait partie des Titans, des divinités géantes très anciennes. Il fut accusé d'avoir volé le feu sacré de l'Olympe pour le donner aux hommes. En guise de châtiment, on l'enchaîna à un rocher, pour qu'un aigle vienne lui dévorer le foie chaque jour.

Mes yeux se posèrent sur le sushi, arrêté à mi-parcours entre l'assiette et ma bouche.

— Mais son foie repoussait toujours, poursuivit Gus, le condamnant donc à une souffrance éternelle.

— Ils ne plaisantaient pas, les Grecs. Mais quel est le rapport avec les tâches ?

— C'est justement le troisième type que j'évoquais tout à l'heure. Une tâche prométhéenne requiert de la bravoure, de la créativité, de l'originalité.

Tentait-il de me faire comprendre, à demi-mot, que je ne devais pas attendre les ordres de La Dette pour me lancer à la recherche de l'or de Yamashita ?

— Où est-ce que tu veux en venir, en fait ? l'interrogeai-je.

Il se pencha vers moi, baissant le ton :

— Sais-tu pourquoi j'ai perdu ma jambe, Dom ? C'est parce que, à l'époque, je n'ai pas su comprendre que je devais faire de chaque tâche, qu'elle soit herculéenne ou sisyphéenne, une tâche prométhéenne.

Ce qui voulait à la fois tout dire et son contraire…

— Si je comprends bien, tu es en train de me dire que je dois laisser un aigle me bouffer le foie ?

— Exactement.

Nous commandâmes deux portions de sushis supplémentaires, et cette obscure conversation en resta là.

— Au fait, tu peux me montrer comment fonctionne ce machin GPS avec les cartes, sur mon téléphone ? me demanda-t-il, changeant de sujet.

Ce qu'il y avait de bien chez Gus, c'est que, malgré son âge et sa jambe de moins, il ne reculait jamais devant le moindre obstacle. Du coup, quelques dizaines de minutes plus tard, il maniait déjà Google Maps comme un pro.

Mais, alors qu'il s'apprêtait à remettre son téléphone dans sa poche, une idée me traversa l'esprit.

— Je peux te l'emprunter une petite seconde ? lui demandai-je.

— Bien sûr, vas-y.

Je plaçai les deux portables côte à côte, et lançai sur chacun l'appli Google. Dans les deux barres de recherche, je tapai *e lee marx*, puis cliquai sur les touches *entrée* en même temps.

J'obtins alors deux pages de résultats très différentes.

Sur le téléphone de Gus, la première occurrence, très récente, avait pour intitulé *E. Lee Marx en Australie ?*, tandis que le mien affichait toujours les mêmes vieilles infos datant de plusieurs mois.

J'étais estomaqué.

Quelqu'un avait forcément reconfiguré Google sur mon portable.

Mais qui ?

Et surtout, pourquoi ?

■ ■ ■

Ce soir-là, je retournai dans ma chambre, après avoir souhaité bonne nuit à mon grand-père.

Si Gus peut dormir absolument n'importe où, alors moi aussi, me dis-je.

Grossière erreur.

De ma vie, je n'avais connu que des matelas haut de gamme et des draps en percale de qualité supérieure. Impossible d'imaginer trouver le sommeil sur une espèce de galette affaissée dont les ressorts me rentraient dans le dos, ni dans des draps sur lesquels on pouvait deviner la forme des cinq continents déjà découverts, ainsi que celle de deux autres, encore inconnus.

Je tentai alors de tromper mon ennui en regardant la télévision, mais il y avait de la neige sur toutes les chaînes.

Je ne pouvais pas m'empêcher de repenser à l'énorme merde que j'avais vue nager dans les toilettes. Et si elle refaisait son apparition ? Si, tel un saumon sauvage, elle se mettait à remonter le courant jusqu'au lieu où elle avait vu le jour ?

Rien que d'y penser, je me sentais physiquement mal. Il fallait que je sorte de là, que j'aille prendre l'air.

Est-ce que je prends le risque d'aller me promener ? me demandai-je, en jetant un coup d'œil à la fenêtre. Dehors, le ciel était d'encre. Pas de lune, ni d'étoiles. *Oui, je prends le risque*, décidai-je. L'obscurité m'offrirait une couverture idéale.

Je déambulai donc jusqu'au front de mer.

Sur le ponton, éclairé par un lampadaire, je ne vis qu'un pêcheur, occupé à ranger ses outils dans sa boîte de pêche. Je restai tapi dans l'ombre jusqu'à ce qu'il fût parti.

Tout à coup, un van de Reverie Security pila dans un grand crissement de pneus. La portière s'ouvrit violemment, un homme en sortit et marcha jusqu'au bout du ponton pour scruter l'horizon. Au bout d'un moment, il fit demi-tour, retourna dans son van et démarra.

Je me retrouvai seul. Mon cœur battait la chamade. Je me concentrai sur les bruits : le fracas des vagues qui venaient se briser contre le ponton ; le grésillement des pylônes électriques. Une odeur de marée me chatouillait les narines. L'endroit n'était pas terrifiant, sans être rassurant pour autant.

J'allais rebrousser chemin en direction du motel et du saumon qui m'attendait potentiellement dans les toilettes, lorsque je distinguai soudain quelque chose au loin.

Une lueur vacillante. Qui s'allumait, puis s'éteignait. S'allumait. S'éteignait.

Au bout de quelques minutes, elle resta allumée, et sa luminosité se fit plus intense.

Je compris qu'il s'agissait d'un bateau en approche, et me repliai alors derrière une pile de palettes de bois, entassées pêle-mêle. J'observai l'embarcation glisser sur les flots jusqu'au ponton. La lampe était accrochée au-dessus de la cabine. Ce devait être un bateau de pêche, un chalutier, sans doute.

Je ne vis personne en descendre, cependant.

Désormais, il n'y avait plus un bruit. La jetée m'apparut plus sinistre que jamais.

Puis le ronflement d'un moteur vint rompre le silence. C'était encore le van de Reverie Security. La même personne en sortit, cette fois en compagnie d'un autre homme.

Ce dernier avançait en boitant, traînant avec lui un grand sac de plongée.

Il monta à bord du bateau, qui reprit aussitôt la mer.

J'attendis que l'homme au van ait quitté les lieux et que la voie soit à nouveau libre pour décamper, et retourner au motel.

En passant devant la réception, j'entendis des voix en provenance du bureau. Je risquai alors un coup d'œil dans l'entrebâillement de la porte, et vis Gus et Bob, attablés autour de deux verres.

— Ah, c'était le bon vieux temps, quand même ! s'exclama Bob.

Pourtant, Gus ne semblait pas partager son enthousiasme :

— Allez, on a passé un bon moment, mais il est plus que temps que j'aille me pieuter.

— Déjà ? Mais il nous reste encore une demi-bouteille !

— Bonne nuit, Bob.

Je rejoignis ma chambre en trombe, avant qu'ils n'aient eu le temps de s'apercevoir de ma présence.

14. PROCÉDURE D'URGENCE

Depuis que La Dette était entrée dans ma vie, j'enchaînais cauchemar sur cauchemar. J'avais déjà rêvé qu'on m'amputait les membres, ne laissant que des moignons sanguinolents agités de convulsions. Ou qu'on me carbonisait les parties intimes. Mais tout cela n'était rien en comparaison de mon rêve, cette nuit-là.

Je m'étais vu enchaîné à un rocher, le foie en guise de festin pour un aigle immense qui me lacérait les chairs à coups de serres, le bec dégoulinant de sang.

Qu'est-ce qui avait pris à Gus de me raconter ce mythe ignoble ?

Je me réveillai en sueur. Quelqu'un essayait de défoncer ma porte.

Enfin, c'est ce que je crus au premier abord. Mais, une seconde plus tard, j'entendis la voix de Gus :

— Dom, ouvre, c'est moi.

Avant de sortir du lit, je passai fébrilement une main sur mon torse. Avec soulagement, je constatai que mon foie se trouvait bien à sa place.

Je me précipitai alors pour ouvrir à Gus, et la porte me resta quasiment entre les mains. Décidément, ce motel tombait en ruines.

— Debout là-dedans ! s'exclama Gus.

— Quelle heure est-il ?

— Presque neuf heures.

Finalement, je n'avais pas eu trop de mal à m'endormir sur mon lit pourri. J'avais même fait la grasse matinée.

— Le bateau part à neuf heures trente, l'informai-je.

Pour être honnête, j'avais sérieusement considéré l'option de laisser tomber cette expédition, pour consacrer le temps qui y était imparti à chercher des réponses aux questions que je me posais. Mais la plongée restait mon alibi. La raison pour laquelle j'étais censé être de retour à Reverie Island. Et, dans ma courte carrière de criminel, j'avais déjà eu le temps d'apprendre l'importance d'avoir un alibi en béton.

Avec Gus, nous nous rendîmes donc jusqu'à la jetée. La foule et la valse des bateaux qui entraient et sortaient du port donnaient à l'endroit une tout autre allure que la veille au soir.

Je repérai l'*Hispaniola*, amarrée à sa place habituelle, et, même si j'avais peine à croire que cela fût possible, le rafiot me parut encore plus délabré que la dernière fois que j'y avais mis les pieds.

Maxine m'accueillit avec effusion, comme si j'étais un cousin éloigné qu'elle n'avait pas revu depuis des années.

— Mon élève prodige ! s'exclama-t-elle.

Cela me mit aussitôt assez mal à l'aise, d'autant plus que l'autre plongeur qui se joignait à nous pour cette expédition avait l'air d'un véritable pro, que j'aurais parfaitement imaginé en une d'un magazine de plongée.

Gus me dit au revoir depuis le ponton. Il comptait passer sa journée à lire.

Nous nous mîmes en route.

Brett, l'autre plongeur, commença à parler à Maxine de tous les lieux exceptionnels qu'il avait eu la chance d'explorer : le Grand Trou Bleu au large du Belize, la cénote Dos Ojos au Mexique, le récif Aliwal Shoal en Afrique du Sud… C'était plutôt intimidant.

Puis il me posa quelques questions, notamment depuis combien de temps je pratiquais la plongée sous-marine. Lorsque je lui répondis que je venais d'obtenir mon certificat une semaine plus tôt, il jeta un regard inquisiteur à Maxine.

— C'est un élève prodige ! lui assura-t-elle.

— Si tu le dis…

Il n'avait pas l'air franchement ravi de partir en expédition avec un ado aussi peu expérimenté.

Au bout d'un moment, je trouvai refuge dans la timonerie, pour discuter avec le capitaine.

— Ah, le gamin aux questions, lâcha-t-il en me reconnaissant.

Voilà, je me retrouvais catalogué. Comment faire pour ne pas le harceler comme la dernière fois, tout en lui posant quand même toutes les questions qui me brûlaient les lèvres ?

— On va autre part aujourd'hui, dis-je, en prenant garde à ce que l'intonation finale ressemble à une affirmation plutôt qu'à une question.

— Oui, la bande voulait explorer un coin plus intéressant. L'épave du *Meryl*, un vieux cargo.

— Ça a l'air passionnant !

Le capitaine me retraça l'historique du navire. En 1954, il naviguait entre Jakarta et les Philippines lorsqu'une tragédie s'abattit sur lui, décimant tout l'équipage. On ne sut jamais pourquoi. Le cargo dériva alors au gré des courants, jusqu'à finir par sombrer au large de Reverie Island.

— Mais comment ça se fait, qu'il ait dérivé jusqu'ici ? m'enquis-je.

— Excellente question. J'ai fait mes petites recherches.

Il déplia une carte marine qu'il étala sur la table.

— Nous sommes là, m'informa-t-il en désignant un point au nord-ouest de Reverie Island. Et le courant est-australien circule juste ici, jusqu'à la mer de Tasman, fit-il en le traçant du bout du pouce. C'est un courant chaud très puissant. Tu en as déjà entendu parler ?

Je confessai ma grande ignorance.

— D'après les chercheurs, ce courant est alimenté par le gyre subtropical du Pacifique Sud, un gigantesque tourbillon d'eau provoqué par la force de Coriolis.

J'eus une vision du *Meryl*, vide, à la dérive, sans plus personne à la barre. Un navire-fantôme.

— Ce que je ne comprends pas, poursuivit le capitaine, c'est comment le cargo a pu autant dériver vers l'est. Là-dessus, je sèche complètement.

■ ■ ■

Une demi-heure plus tard, nous jetions l'ancre. Maxine nous annonça qu'elle ne plongerait pas ce jour-là, Brett et moi serions donc seuls à descendre.

Tandis que je finissais de me préparer, elle me passa un ordinateur de plongée autour du poignet, en prenant soin de l'attacher fermement.

— Je ne plonge jamais sans l'un de ces machins, me dit-elle.

Je la remerciai d'un sourire, auquel elle ne répondit pas. Elle semblait chiffonnée. Inquiète, presque. Peut-être repensait-elle à l'incident de ma plongée avec Joy. Pourtant, elle répétait à qui voulait l'entendre que j'étais son élève prodige…

Dès que je me retrouvai sous l'eau, je compris que j'allais en apprendre bien plus sur la plongée qu'en l'espace de mille stages, tout simplement en observant Brett. Il se mouvait avec l'aisance et la fluidité d'une véritable créature marine. Pas comme moi, qui bénéficiais pourtant du dernier cri en matière de technologie.

L'épave ne se trouvait qu'à douze mètres de profondeur, et n'avait rien de sinistre ou d'effrayant, comme je le redoutais. Des bancs de poissons aux reflets chatoyants traversaient de part en part la carcasse du navire, envahie par les algues et incrustée de corail.

J'étais subjugué.

Brett m'indiquait tout ce qui méritait le coup d'œil : une murène, l'air mauvais, filant se cacher dans un trou, ou encore une raie manta glissant majestueusement près de nous.

Consciencieux, je surveillais régulièrement mon niveau d'air : cent bars. J'avais encore de quoi tenir.

Mais, tout à coup, alors que je contemplais un poisson, je me mis à suffoquer.

Je vérifiai à nouveau le manomètre : l'aiguille indiquait quatre-vingt-dix bars. La bouteille était encore à moitié remplie, et pourtant je n'avais plus d'air.

Ne panique pas, me répétai-je en cherchant Brett du regard.

Il n'était nulle part.

Rappelle-toi la procédure d'urgence.

Il fallait que j'exécute une nouvelle remontée en expiration contrôlée. Je me mis à battre des jambes pour accélérer l'ascension, en prenant garde à bien expirer tout du long. Les propos de Maxine me revinrent en mémoire : *on ne peut pas tomber à court d'oxygène car, au fur et à mesure de la remontée, les poumons se dilatent.*

J'atteignis enfin la surface.

Et je ne me sentais pas peu fier, car c'était la seconde fois que j'assurais parfaitement une remontée en urgence.

Toutefois, la situation me parut très étrange. D'autant plus que le bateau avait disparu. De même que mon partenaire de plongée.

J'aperçus soudain du mouvement. Un Zodiac filait droit dans ma direction. Ce n'était peut-être pas l'*Hispaniola*, mais cela ferait tout aussi bien l'affaire.

— Par ici ! m'égosillai-je, en agitant le bras aussi haut que possible pour lui faire signe.

Je n'aurais pas dû me donner tant de peine, le Zodiac m'avait déjà repéré. Il s'arrêta près de moi, puis deux bras épais me tirèrent brutalement par-dessus bord.

— De l'eau, j'ai besoin de boire de l'eau ! implorai-je avant de baisser mon masque pour le laisser pendre autour de mon cou.

On me tendit une bouteille, que je bus d'une traite.

Je frottai mes yeux imprégnés de sel. Ma vision redevint nette. Et je le regrettai aussitôt.

Deux hommes se trouvaient à bord du bateau : celui aux gros bras, qui m'avait tiré hors de l'eau, et un autre, de même gabarit, qui se tenait aux commandes. Tous deux portaient des cagoules recouvrant intégralement leur visage, à l'exception de la bouche et des yeux. J'eus beau me creuser la cervelle, je ne trouvai aucun scénario plausible dans lequel tomber sur deux types encagoulés pouvait bien finir.

Aucun.

Cela s'annonçait très, très mal.

D'autant plus que le bateau filait droit vers le grand large, à l'opposé des côtes de Reverie Island.

— Hé ! Où est-ce que vous m'emmenez ? protestai-je.

Mais, visiblement, aucun des deux ne se sentit d'humeur à me répondre.

Étaient-ils commandités par La Dette ? Cette pensée me tétanisa et me rendit fébrile à la fois.

Un raisonnement logique m'avait déjà poussé à une conclusion simple et évidente : La Dette ne s'intéressait qu'au fric. Et avoir ces deux types sous les yeux, en guise de preuve, ne faisait donc que renforcer mes convictions : les membres de la 'Ndrangheta n'avaient rien de surnaturel, ce n'étaient que de simples hommes faits de chair et de sang, tout comme moi.

Je repensai à la fois où deux petites frappes avaient tenté de m'extorquer mon iPhone, dans un bus. À grand renfort de bluff, j'avais réussi à les faire déguerpir en leur collant une bonne frousse. Mais il n'était pas question de risquer à nouveau un tel coup de poker.

Car, à part sauter par-dessus bord, aucune échappatoire ne s'offrait à moi.

Puisque je me faisais kidnapper, autant me mettre à l'aise : j'envoyai valser mes palmes, qui me faisaient affreusement mal aux pieds. Et j'attendis.

En tournant la tête, je vis l'île se fondre peu à peu dans l'horizon.

Puis ne plus être qu'une petite tache, au loin.

Avant de s'évanouir complètement.

Mes deux ravisseurs restèrent immobiles et impassibles, tout du long.

Au bout d'un moment, le Zodiac ralentit, et le type cagoulé qui m'avait tiré de l'eau s'approcha de moi. Il m'empoigna, puis attacha quelque chose dans mon dos, avant de me balancer par-dessus bord.

Cela se passa tellement vite, sans crier gare, que je ne compris pas tout de suite ce qui m'arrivait, même lorsque je me retrouvai sous la surface.

Ce n'est que lorsque je commençai à couler que mon cerveau passa enfin à l'action.

J'avais plusieurs problèmes à gérer.

Tout d'abord, l'air : je n'en avais apparemment plus dans ma bouteille, et je tombais rapidement vers le fond.

J'allais me noyer.

Mais pourquoi n'avais-je pas d'air alors que mon manomètre indiquait qu'il m'en restait suffisamment ?

Je passai une main dans mon dos pour tâter la valve. Elle était fermée !

Il n'y avait qu'une explication possible : Brett, mon partenaire de plongée, avait coupé l'arrivée d'air de ma bouteille, sans que je ne m'en rende compte !

Je la rouvris, puis purgeai mon détendeur avant de le mettre dans ma bouche. J'aspirai, et l'air emplit à nouveau mes poumons.

Premier problème résolu. Au suivant.

Mon masque pendait encore autour de mon cou. Je le positionnai sur mon visage avant de faire passer la sangle autour de ma tête. Puis, la tête en arrière, j'exerçai une pression sur le haut du masque tout en soufflant par le nez, pour en chasser l'eau.

Je pus voir à nouveau. Deuxième problème résolu.

Troisième problème : je tombais inexorablement vers le fond. Un fond apparemment très profond.

Je savais qu'il était très dangereux de remonter trop vite, car cela provoque des accidents de décompression. Mais qu'en était-il pour une descente trop rapide ? Maxine n'avait pas abordé ce point pendant le stage.

Un regard vers le bas suffit à me faire comprendre pourquoi je coulais à pic. Le type cagoulé avait attaché une corde à mon gilet de stabilisation, reliée à un objet très lourd.

Une ancre, probablement.

Facile, il me suffisait de détacher la corde.

Je passai la main dans mon dos et sur ma nuque, sans parvenir à trouver à quoi elle était attachée.

Je coulais toujours, de plus en plus profondément.

Il fallait que je me débarrasse de mon gilet sans tarder. Je déclipsai les sangles, puis arrachai la bande Velcro de la ceinture. Je fis glisser mon bras gauche hors du harnais, et j'en profitai pour jeter un bref coup d'œil à mon profondimètre : cinquante mètres. C'était trop profond pour tenter une remontée d'urgence sur expiration contrôlée.

Je fis glisser mon épaule droite hors du harnais, je ne tenais donc plus le gilet que de la main gauche. Au même instant, emporté par le poids, le détendeur me sortit de la bouche.

Et merde, j'allais le perdre !

Je passai le bras à travers le harnais du gilet pour le coincer au creux de mon coude, avant de récupérer le détendeur pour le remettre à sa place.

En inspectant l'arrière du gilet de stabilisation, je pus enfin voir où mon ravisseur avait attaché la corde : juste sous la valve de ma bouteille d'air. J'essayai tant bien que mal de la défaire d'une seule main, mais le nœud était trop serré.

Pourtant, je ne pouvais pas abandonner, au risque de me faire entraîner jusqu'au fond. Je relâchai donc légèrement mon bras droit pour pouvoir attraper la corde et ainsi atténuer la pression qu'exerçait l'ancre. Puis, de ma main gauche, je m'attaquai au nœud. Peu à peu, il se fit plus lâche, jusqu'à ce que je sois complètement libéré. La corde et l'ancre s'enfoncèrent alors dans les profondeurs, sans moi.

Je réenfilai mon gilet de stabilisation, me préparant pour la remontée. Je me trouvais désormais à soixante-dix mètres sous la surface. Une des règles d'or que nous avait enseignées Maxine me revint en mémoire : la vitesse de remontée ne devait pas dépasser dix mètres par minute.

Les yeux rivés sur le profondimètre et ma montre, j'entamai donc lentement mon ascension. Lorsque je ne fus plus qu'à cinq mètres de la surface, je fis une pause de cinq minutes avant de retrouver enfin l'air libre. Je ne pus m'empêcher de lever les bras en signe de victoire.

J'avais réussi !

Cependant, l'euphorie de l'instant retomba aussitôt : je me retrouvais au beau milieu de l'océan. Pas un bateau, pas une île. Rien. Juste les flots, à perte de vue.

Les deux types encagoulés avaient signé mon arrêt de mort.

Ils ne s'étaient même pas donné la peine de se salir les mains en me tirant dessus, en m'égorgeant, ou même en m'éventrant. Non. Ils avaient préféré me laisser mourir par mes propres moyens. En me noyant. En me faisant dévorer par un requin. Ou bien en attrapant une insolation.

Mais alors que la situation désespérée commençait à me faire délirer, j'aperçus quelque chose à l'horizon.

Un flash gris.

S'agissait-il de l'*Hispaniola* qui retournait à Reverie Island ? Le soleil semblait lui aussi prendre cette direction. Dans ce cas, il fallait donc que je me dirige face à lui, vers l'ouest.

Mais à quelle distance se trouvait l'île ?

Je savais que l'épave du *Meryl* se situait à une dizaine de kilomètres des côtes. Quant à la petite virée en Zodiac avec mes kidnappeurs, elle avait duré une bonne vingtaine de minutes, et notre vitesse avait avoisiné les vingt kilomètres à l'heure.

En tout, cela devait faire seize ou dix-sept kilomètres. Peut-être un peu plus.

Si la carte mentale que j'avais en tête était correcte, je me trouvais donc beaucoup plus près du continent que de l'île. Sans compter que le vent et les vagues allaient également dans ce sens. Mais, si je me trompais, si mon GPS interne avait failli, alors je risquais de nager vers l'infinité de l'océan, sans pouvoir jamais regagner la terre ferme.

Il me fallait prendre une décision, et vite.

Nager en direction de Reverie Island, face au soleil ? Ou bien nager vers le continent, côté sud ?

Autant je me sentais sûr de moi quant à la première option, autant la deuxième me paraissait plus incertaine, car elle me forçait à ne compter que sur ma mémoire.

C'est alors qu'une troisième option me vint à l'esprit. S'il s'agissait bien d'un coup de La Dette, me laisserait-elle vraiment me noyer bêtement ?

Sérieusement ?

La réponse me parut évidente : non. Il valait donc mieux que je ne bouge pas, que je flotte sur place pour économiser au maximum mon énergie, en attendant que La Dette ait fini de s'amuser et revienne me récupérer.

Mais peut-être me trompais-je du tout au tout. Peut-être mes ravisseurs n'avaient-ils aucun lien avec elle. D'ailleurs, La Dette ne s'intéressait qu'au fric, et je ne voyais pas du tout ce qu'un cirque pareil aurait pu lui rapporter.

Bon. Ce n'était donc pas La Dette.

Et personne ne reviendrait me chercher.

Quelques goélands, qui volaient par là, piquèrent dans ma direction et m'adressèrent une flopée assourdissante de braillements, avant de s'éloigner à nouveau. J'eus une soudaine vision d'horreur, en les imaginant venir me picorer les yeux lorsque je flotterais, mort, à la surface.

Je ne pouvais pas rester là. Il fallait que je bouge.

Reverie Island, ou le continent ?

J'optai pour le continent. Au moins, j'aurais le vent et les vagues de mon côté.

En premier lieu, je me débarrassai du matériel superflu : je détachai ma bouteille d'air, et la laissai sombrer avec le détendeur. Puis je réajustai mon masque. Enfin, je soufflai juste assez d'air dans le gilet de stabilisation pour qu'il m'aide à flotter à la surface, sans pour autant me gêner dans mes mouvements.

Mon cerveau calcula qu'il me faudrait parcourir environ cinq kilomètres. Un chiffre qui me sembla totalement fou, voire carrément impossible.

Je décidai donc de décomposer cette distance en dix paliers de cinq cents mètres, plus courts, plus abordables, donc beaucoup moins décourageants.

Cinq cents mètres, ce n'était pas énorme. L'équivalent de dix longueurs d'une piscine olympique. Soit vingt-cinq longueurs de la piscine familiale, dans laquelle je m'étais pas mal entraîné, quelque temps plus tôt.

Restait un problème : comment mesurer cinq cents mètres dans l'océan ?

De mémoire, cela me prenait une douzaine de dégagements de bras pour parcourir une longueur de vingt-cinq mètres. Je m'en souvenais, car Tristan me répétait toujours que je devais réussir à la parcourir en moins de dix dégagements de bras, si je voulais être véritablement compétitif.

Donc, cinq cents mètres équivalaient, très approximativement, à trois cents dégagements de bras.

Mon plan était simple : je nagerais sans m'arrêter en comptant trois cents mouvements de bras complets, avant de faire une petite pause pour me reposer et réévaluer ma position. Dix fois de suite. Et, si tout se passait bien, j'atteindrais la terre ferme au bout du compte.

C'était un plan excellent, logique et réfléchi. Je me sentais presque enthousiaste !

Tu peux le faire les doigts dans le nez, Dom. Ce n'est même pas un vrai challenge, vu tes capacités physiques.

Puis je me mis à nager pour de vrai.

Et, là, ce fut le drame.

Pour commencer, je n'étais pas exactement frais et dispos. J'avais déjà plusieurs heures de plongée dans les jambes et les bras, et tout mon corps me faisait mal. En plus de cela, je n'avais rien avalé depuis le petit déjeuner. Et encore, il n'avait consisté que d'un café et d'une tranche de pain.

Mais j'avais un plan. Un excellent plan. Et, j'allais devoir m'y tenir si je voulais rester en vie.

Un dégagement de bras. Deux. Trois.

D'ordinaire, en crawl, j'alternais les respirations de chaque côté. Là, sachant que je devais absolument garder le soleil sur ma gauche afin de pouvoir me repérer, je choisis de ne prendre mes respirations que du côté gauche.

Deux cent quatre-vingt-dix-neuf. Trois cents.

Repos.

Et d'une. Plus que neuf.

■ ■ ■

Deux cent quatre-vingt-dix-neuf. Trois cents.

Je m'arrêtai, et fis la planche.

Encore trois séries à parcourir.

Je devais ignorer la soif, et mes lèvres craquelées.

Ignorer la faim, même si des visions de nourriture défilaient dans ma tête en cinémascope. Des hamburgers fumants. Des pizzas débordant de fromage.

Ignorer la douleur qui irradiait dans tout mon corps. Les bras. Les coudes. Les épaules. Et d'autres endroits, que je n'aurais pas soupçonnés. Le cou. Les chevilles. La douleur me bouffait jusqu'aux os.

Pourtant, je devais l'ignorer, et me concentrer sur la série suivante.

Allez, Dom ! Trois cents dégagements de bras de rien du tout.

Plus que deux séries.

J'entrevoyais le bout du tunnel.

Plus qu'une série.

Deux cent quatre-vingt-dix-huit.

Deux cent quatre-vingt-dix-neuf.

Trois cents.

Fini ! J'avais tenu bon !

Je me mis à nager sur place pour jeter un regard alentour. Le continent était censé se trouver devant moi. Mais je ne voyais rien que l'océan. L'océan, à perte de vue.

Non, ce n'était pas possible ! J'avais tout planifié !

Le continent devait être là !

Je fouillai l'horizon du regard. Le néant.

Je m'étais trompé. Mon plan, pourtant si excellent, avait échoué.

J'allais mourir noyé.

Je ne pouvais pas continuer à nager. Je n'en avais plus la force.

J'allais laisser l'océan m'emporter. Je me mis sur le dos, et me laissai porter par les vagues, contemplant l'immensité du ciel.

Au fond, il y avait pire, comme façon de mourir. Tout était si paisible.

Mourir dans l'océan. Au milieu des flots.

Je me laissai ballotter par les vagues...

Et c'est là que je remarquai plusieurs détails troublants : d'abord, l'odeur ambiante, qui n'était pas la même que plus tôt. Puis la couleur de l'eau, beaucoup moins foncée. Et enfin, les oiseaux dans le ciel, bien plus nombreux.

Je m'étais forcément rapproché du continent !

Peut-être mon plan n'avait-il pas complètement failli, après tout. Peut-être ne nécessitait-il en fait qu'un simple réajustement. Disons, onze paliers de cinq cents mètres, au lieu de dix.

Sous mes bras, je ressentais une douleur insupportable. La peau me brûlait, à cause des frottements de mon gilet de stabilisation. Il était temps de m'en défaire. Une décision inconsciente, si je comptais pouvoir survivre une nuit dans l'eau. La seule à prendre, cependant, si je voulais réussir à nager encore cinq cents mètres.

Je détachai donc le gilet, et le laissai partir à la dérive.

Le soulagement fut immédiat. Et, beaucoup plus léger, je parcourus les cent premiers mètres à toute vitesse. Mais je me heurtai alors au mur de la douleur. Mon corps me rappela à quel point il était endolori et épuisé.

Je me concentrai donc sur mes mouvements. *Allez, mec. Roule tes épaules. Lève les coudes. Pousse l'eau derrière toi.*

Plus que cinq dégagements de bras.

Quatre. Trois. Deux.

Je m'immobilisai. Terre, en vue !

Je continuai à nager jusqu'à ce que mes pieds rencontrent le sable, avant de me traîner péniblement hors de l'eau, sur la plage déserte.

J'avais réussi. Je m'en étais sorti vivant !

C'est là que je fis face à un tout autre problème. Car il y avait terre, et terre. Et cette partie de la côte n'était absolument pas habitée. Toutefois, je restai optimiste : même s'il n'y avait pas âme qui vive dans cet endroit, cela valait toujours mieux que d'être coincé au beau milieu de l'océan.

Au moins, sur la terre ferme, je pourrais m'allonger et me reposer. Peut-être trouver un point d'eau, ou même de la nourriture. Et, au fond de moi, j'étais resté un coureur, une créature terrestre faite pour fouler le sol.

Je remontai la plage en titubant, les jambes en coton. Une fois en haut, on ne distinguait qu'un bush dense qui s'étalait jusqu'à l'horizon. Aucun signe de vie.

Non, je n'y crois pas ! C'est vraiment trop injuste !

Pourtant, au même instant, j'aperçus de la fumée, qui s'élevait juste au-dessus des arbres. *Là où il y a de la fumée, il y a du feu. Et là où il y a du feu, il y a forcément des gens…*

D'un pas chancelant, je me précipitai dans sa direction.

Au bout de quelques centaines de mètres à travers le sable, je vis un petit chemin qui serpentait à travers les broussailles. Il débouchait sur une clairière.

Là, en plein milieu, crépitait un grand feu.

Plusieurs personnes se tenaient tout autour. Je les connaissais, sans arriver à mettre un nom sur leurs visages.

Soudain, tout le monde se mit à applaudir.

À cause de la fatigue et de la douleur, je mis un certain temps à réaliser que c'était moi qu'on applaudissait.

— Beau boulot, Dom ! me félicita une fille qui portait des lunettes.

— Quelle nage, champion ! me lança un garçon, très grand, et à la voix bizarrement haut perchée.

Il se tourna alors vers un homme plus âgé, au visage buriné, et déclara :

— Tu vois ! Je t'avais bien dit qu'il serait à la hauteur !

C'en était trop pour moi. Mes jambes se dérobèrent, et je perdis connaissance.

15. MORT DE MES OS !

Lorsque je repris conscience, je me sentis, l'espace d'une seconde, parfaitement reposé. L'esprit aussi clair et limpide que les eaux dans lesquelles nous avions plongé pour explorer le *Meryl*.

Je me trouvais sous une tente, dans un sac de couchage. On m'avait retiré ma combinaison de plongée, je ne portais plus que mon short de bain. À côté de moi, j'aperçus le sac à dos que j'avais emporté à bord de l'*Hispaniola*.

La lumière du soleil traversait le tissu de la tente, je baignais dans une douce chaleur.

Je venais de vivre un véritable cauchemar aquatique. Mais j'étais en vie.

En vie !

Tout à coup, toutes les pensées qui s'étaient retrouvées refoulées au fond de ma tête ressurgirent, pêle-mêle, et se mirent à s'entrechoquer telles des autos tamponneuses.

Comment se faisait-il que des gens m'aient accueilli dans la clairière ?

Avais-je vraiment reconnu le Zolt parmi eux ?

Et qui était l'homme plus âgé, au visage buriné ?

Je quittai le sac de couchage et me mis péniblement debout. Mon corps me faisait payer le fait d'avoir été si maltraité. J'avais les bras et les épaules complètement raides. En essayant de les remuer, je me rendis compte que la peau de mes aisselles était à vif, rouge et suintante comme de la viande à hamburger. D'autres sources de douleur se firent bientôt ressentir : ma nuque avait été grillée par le soleil, et la gorge me brûlait à cause de la grande quantité d'eau de mer que j'avais avalée.

Gus ! Il ignorait ce qui m'était arrivé ! réalisai-je tout à coup.

Je me précipitai hors de la tente.

Quelle heure était-il ?

— Ah, Dominic, tu es réveillé, fit une voix féminine.

Je pivotai dans sa direction.

Zoe. J'avais vu juste !

— Je dois prévenir mon grand-père que je vais bien, lui dis-je.

— Ce n'est pas la peine, fit-elle d'un ton étonnamment calme et réconfortant pour une ado aussi jeune. Il est déjà au courant.

— Quoi ? Non, c'est impossible. Je dois lui parler.

Zoe sortit son téléphone et ouvrit le journal d'appels pour rappeler l'interlocuteur le plus récent, avant de me tendre l'appareil.

— Allô, Gus ?

— Dom ! Ils m'ont dit que tu allais bien ! explosa-t-il, d'une voix paniquée qui ne lui ressemblait pas. C'est vrai ? Tu me jures que ça va ?

Non, ça ne va pas. Mon soi-disant partenaire de plongée a coupé mon arrivée d'air. On m'a kidnappé et jeté à l'eau. J'ai coulé à pic jusqu'au fond de l'océan. J'ai dû nager plus de cinq kilomètres…

Comment pourrais-je aller bien, après ça ?

Je pris une profonde inspiration avant de répondre :

— Oui, tout va bien.

— OK. Alors fais ce que tu as à faire, me dit-il en retrouvant son timbre de voix habituel.

Et, sur ces mots, il mit fin à la communication.

Cela me mit hors de moi. Qu'il aille se faire voir, avec sa saloperie d'aigle dévoreur de foie ! Ce que j'avais à faire, c'était surtout de foutre le camp, et au plus vite.

Mais Zoe m'invita à la suivre dans une autre tente, plus grande, et ouverte sur deux côtés. À l'intérieur, je vis une première table, recouverte de cartes marines. Puis une seconde, sur laquelle était installé un équipement électronique de compétition.

Et, assis devant lui, se trouvait le Zolt.

Depuis que je le connaissais, il ne m'avait causé que des ennuis. Pourtant, en un sens, j'étais heureux de le retrouver là, vivant. Même si je n'avais jamais gobé la pseudothéorie de sa mort.

Il se leva de sa chaise, le sourire jusqu'aux oreilles.

Je ne l'avais pas vu depuis environ six mois, et je fus surpris par sa transformation physique. Il n'était pas plus grand – heureusement, vu sa taille déjà phénoménale – mais il avait pris du muscle, et son visage semblait moins juvénile. Il émanait de lui un charisme que je n'avais jamais remarqué auparavant.

— Tu as vraiment géré, Dom ! s'exclama-t-il.

Géré ? Qu'entendait-il par là ?

— Viens, je voudrais te présenter quelqu'un, ajouta-t-il.

Je ne l'avais pas remarqué en entrant, mais l'homme plus âgé au visage buriné et marqué de cicatrices se trouvait assis dans un fauteuil, une carte marine dépliée sur les genoux.

Lorsqu'il leva les yeux vers moi, il me parut vaguement familier.

— Voici mon père, Dane Zolton, annonça Otto.

Voilà pourquoi j'avais l'impression de le reconnaître. Je me remémorai la version de lui beaucoup plus jeune et fringante qui posait aux côtés de Cameron Jamison sur l'article de presse épinglé au mur du centre de plongée.

— On m'appelle Bones, dit-il, d'une voix aussi ravagée que l'état de son visage.

— Je croyais que vous étiez mort, Bones.

— C'est ce que tout le monde croit. Et laisse-moi te dire que ça a ses petits avantages, notamment parce que les morts n'ont pas d'impôts à payer. Mais, comme tu peux le voir, je suis bel et bien vivant. Et, toi, tu t'en es vraiment bien sorti, aujourd'hui. Les gamins m'avaient bien dit que tu étais à la hauteur, mais je voulais en juger de mes propres yeux. C'est chose faite.

Tout prenait sens : ils venaient de me faire passer une sorte de test, une épreuve de qualification complètement dingue, qui aurait pu me coûter la vie.

— J'aurais pu mourir ! m'insurgeai-je. À cause de vous !

— Mais non, intervint Zoe, on couvrait tes arrières.

— Tu mens ! Je me suis retrouvé tout seul, en plein milieu de l'océan.

Elle prit alors un ordinateur portable des mains de son demi-frère, et me montra l'écran. Je vis une carte, sur laquelle clignotait un point rouge.

— Remue ton bras gauche, m'ordonna-t-elle.

Je m'exécutai, et le point rouge oscilla légèrement. L'ordinateur de plongée ! Il contenait sûrement un mouchard ! Voilà pourquoi Maxine avait pris soin de me le fixer aussi solidement au poignet. Elle était forcément dans le coup, elle aussi...

Grâce à ce gadget, les Zolton avaient pu suivre ma progression vers la côte, ce qui expliquait leur présence non loin de l'endroit où je m'étais échoué sur la plage.

Zoe disait donc vrai : ils avaient assuré mes arrières. En un sens.

— Quand même, j'aurais pu me noyer ! insistai-je.

— Allons, fit Bones, en posant une main sur mon épaule. Un garçon de ta trempe ? Je ne pense pas que ce serait arrivé.

Il me flattait, me caressait dans le sens du poil, pour mieux endormir ma méfiance. Ma colère retomba aussitôt, car je pris soudain conscience d'un détail de la plus haute importance : s'ils m'avaient mis à l'épreuve, c'était pour juger si oui ou non j'avais les capacités requises pour me joindre à eux, dans la chasse à l'or de Yamashita !

Soudain, tout le reste me parut insignifiant.

Quant à La Dette, elle pouvait aller se faire voir, elle aussi. Je n'avais pas besoin d'elle, ni d'attendre un ordre de mission, pour me lancer dans la course au trésor.

— Tu as bien mérité quelques explications, Dom, me dit Bones, l'homme porté disparu et considéré mort depuis dix ans.

— Oui, ce ne serait pas superflu, renchérit Otto, son fils, prétendu mort depuis six mois.

— D'accord, mais on mange d'abord, insista Zoe, qui, à ma connaissance, n'était encore jamais passée pour morte.

La lumière du jour commençait à décliner tandis que j'effectuai un petit tour du Camp Yamashita, comme ils l'avaient baptisé. Les Zolton avaient la planque dans le sang, je devais bien le reconnaître. D'abord Gunbolt Bay. Puis cette nouvelle cachette.

— J'ai découvert cet endroit à l'époque où j'étais pêcheur d'ormeaux, m'expliqua Bones.

J'avais encore du mal à me faire à l'idée que le père du Zolt était vivant.

Nous nous installâmes sur des chaises pliantes pour manger une sorte de ragoût de fruits de mer. Je trouvai ce plat délicieux.

— Il n'y a aucun accès par voie terrestre, car le bush est impénétrable, poursuivit-il. Et comme on se trouve dans le creux de la baie, on ne peut pas nous apercevoir depuis la mer. Il y a un point d'eau potable à proximité. Et la mer tout autour regorge de poissons et autres crustacés. On a toujours de quoi manger.

Malgré ces conditions plus que favorables, il leur fallait sûrement s'approvisionner en ville, de temps en temps. Je rangeai ce détail dans un coin de ma tête, pour un éventuel usage futur.

— Donc, c'est ici que vous vous planquez, depuis toutes ces années ? l'interrogeai-je.

— Non, heureusement ! protesta-t-il, scandalisé par ma question. Je n'y viens que de temps en temps.

— Mais pourquoi avez-vous disparu, en fait ?

Il n'eut pas le temps de me répondre, car le bruit d'un moteur interrompit notre conversation.

Je reconnus immédiatement le Zodiac qui s'immobilisa sur la plage : c'était celui qui avait servi à mon enlèvement. À bord, se trouvaient Maxine, Brett, et un individu aux bras musclés, sûrement l'un des deux types encagoulés.

Maxine et Brett me saluèrent, grands sourires aux lèvres, comme s'ils n'étaient pas surpris le moins du monde de me voir assis là, en train de déguster un ragoût de poisson.

— Ah, revoilà mon élève prodige ! s'écria Maxine.

— Alors, Dom, tu n'as pas eu trop peur de la murène qu'on a vue ce matin ? Une belle bête, hein ? Et de sacrés crocs !

Oui, c'était juste avant que tu ne coupes mon arrivée d'air, connard !

Je lançai un regard assassin au troisième arrivant – *sympa, le coup de l'ancre !* – auquel il se contenta de répondre par un sourire on ne peut plus chaleureux.

Ils s'attablèrent tous trois avec nous et se servirent chacun une assiette de ragoût.

J'avais l'impression d'être entré dans la quatrième dimension, de nager en plein délire. Ils étaient tous de mèche. Et ils m'avaient bien berné !

Mais cela n'avait plus la moindre importance, désormais. Tout ce qui comptait, c'était notre but commun : trouver l'or de Yamashita.

— Le capitaine n'est pas avec vous ? demanda Bones à Maxine.

— Tu le connais, impossible de le détacher de son *Hispaniola* d'amour.

— Et Dogger ?

— Il avait une partie de cartes à finir avec le capitaine, d'après ce que j'ai compris.

Tiens, tiens. Ils se servaient donc du Zodiac pour assurer les trajets entre le camp et le bateau. Ainsi, ils n'avaient pas besoin de rentrer au port tous les soirs, et pouvaient échapper aux regards indiscrets. Je me figurai que Dogger devait être le second type encagoulé.

— J'étais en train de raconter à Dominic comment j'ai découvert ce coin, quand j'étais encore pêcheur d'ormeaux, reprit Bones. Ah, c'était le bon vieux temps ! Les affaires marchaient bien, au départ. Les Japonais pouvaient débourser jusqu'à deux cents dollars le kilo. Et puis, il y a eu cette sale histoire d'alerte au mercure... Après ça, je ne vendais plus rien. J'ai dû arrêter de plonger, et prendre un petit boulot dans un aéroport, pour gagner ma croûte. Et pourtant, ça me démangeait, de retourner dans l'eau...

Je me sentais transporté, bercé par le bruit des vagues qui venaient lécher le sable, savourant le goût des fruits de mer sur mes lèvres... Comme si l'océan lui-même racontait l'histoire de Bones.

Je jetai un regard à Zoe et Otto, qui semblaient s'ennuyer ferme. Ils avaient dû avoir droit à ce récit un bon paquet de fois.

— Yo ho ho ! et une bouteille de rhum ! s'égosilla Bones, tout à coup.

Pendant une seconde, je l'imaginai sous les traits d'un pirate, perroquet sur l'épaule.

— Tout môme, déjà, je raffolais des histoires de chasse au trésor. J'ai dû lire *L'Île au trésor* une bonne centaine de fois ! Alors, évidemment, j'en savais long sur la légende de Yamashita… Même si, pour ma part, je ne pensais pas que l'or soit caché si près des côtes.

Il s'interrompit pour se triturer les gencives avec un cure-dents, et cracha sur le sable avant de reprendre le fil :

— Et puis, un soir, au journal télévisé, on parlait du massacre de Jonestown, où tous les membres d'une secte se sont donné la mort dans un suicide collectif. C'est là que j'ai eu une sorte de révélation. Ce n'était pas parce que je ne croyais pas que le trésor puisse se trouver près de l'île que personne d'autre ne devait y croire. Ce n'est qu'une affaire de foi, après tout. Les gens qui ont la foi ont une détermination à toute épreuve. Et plus on remet en question leur foi, plus leur détermination se renforce…

Il s'arrêta à nouveau pour se curer encore un peu les dents.

— Alors j'ai commencé à en parler autour de moi, à lâcher quelques sous-entendus par-ci par-là. Un soir, dans un bar, j'ai évoqué l'hypothèse que l'or soit enfoui dans les environs de Reverie Island. Et, mort de mes os ! une semaine plus tard, quelqu'un me raconte exactement la même histoire. La rumeur s'était répandue comme une traînée de poudre.

Mort de mes os ? Bones se prenait-il réellement pour Long John Silver, héros de *L'Île au trésor*, le perroquet en moins ?

Il se tut et jeta un regard à la ronde, nous dévisageant l'un après l'autre.

— Une petite bière, Bones ? lui proposa Otto.

— Et que ça saute ! Ton vieux père n'est pas un chameau !

Otto alla chercher une bouteille, qu'il lui lança.

Vu la façon dont Bones fit sauter la capsule avec les dents, avant de boire une grande rasade et d'émettre un petit claquement de lèvres satisfait, c'était loin d'être la première bière qu'il s'envoyait de sa vie.

— Alors, poursuivit-il, je me suis dit, pourquoi ne pas monter une petite entreprise ? Me faire passer pour un expert, prêt à aider les gens à trouver le trésor.

La tournure que prenait ce récit ne me plaisait pas du tout. Bones admettait-il que l'or de Yamashita n'était qu'un simple canular ? Dans ce cas, que faisions-nous tous là, réunis autour de lui ? Et pourquoi aurait-il pris la peine de me mettre à l'épreuve ?

— Les affaires roulaient bien, continua-t-il. Ça ne me rapportait pas des millions, mais c'était mieux que de devoir trouver un vrai travail.

Il prit une autre gorgée de bière.

— Et ensuite ? Qu'est-ce qui s'est passé ? le pressai-je, commençant à m'impatienter.

— Ce qui s'est passé ? fit-il avant de finir sa bouteille et de la jeter par terre. Tu veux dire, qu'est-ce qui a fait couler mon petit business ?

Il se tut. Le suspense était à son comble.

— Eh bien, j'ai tout simplement trouvé l'or de Yamashita.

Sa réponse me scia. J'avais du mal à y croire.

— Vous avez mis la main sur le trésor ? Pour de vrai ?

— C'était lors d'une expédition avec des clients, deux petits péteux de Sydney, qui croyaient tout savoir mieux que tout le monde. Et, effectivement, ils en connaissaient un rayon sur les courants marins. À l'époque, j'avais pour habitude d'emmener mes clients au nord de l'île, car le coin ne présentait aucun risque et les fonds marins étaient magnifiques, sans être trop profonds. Donc, même s'ils ne mettaient pas la main sur le trésor, ils repartaient avec de beaux souvenirs plein la tête. Mais ces petits gars de Sydney, ils ont insisté pour explorer une fosse. Moi, je n'étais pas très chaud pour ça. J'ai plongé toute ma vie, et je connais mes limites. Au-delà de soixante mètres de profondeur, je commence à être un peu à cran. Alors, pendant la semaine qu'on a passée ensemble, je suis resté sur le bateau et les ai laissés plonger tout seuls. Et puis, un matin, ils remontent après leur petite expédition, et je vois que quelque chose a changé. Je le vois dans leurs yeux. Mais rien à faire, ils ne se décident pas à cracher le morceau. C'est quand ils m'ont annoncé qu'ils voulaient remonter l'ancre et retourner au port que j'ai compris qu'ils avaient trouvé quelque chose...

Incapable de me contenir, je l'interrompis :

— Mais pourquoi ne vous ont-ils rien dit ?

Ma question fit rire Bones.

— Par cupidité, évidemment. Je faisais toujours signer à mes clients un contrat prévoyant que l'on ferait moitié-moitié en cas de découverte du trésor. Mais, pour ces deux-là, ce n'était pas assez. Ils voulaient le gâteau en entier. Alors ils se sont dit qu'ils garderaient le secret, pour revenir en douce avec leur propre bateau, et empocher le pactole.

Otto se leva pour aller chercher une autre bière à son père.

— Et après ? Que leur est-il arrivé ?

— Une fin tragique. Un accident sur le chemin de retour vers Sydney. Leur voiture est partie en flammes, il n'en restait plus rien.

Le ton détaché avec lequel Bones raconta cette tragédie me glaça le sang. Avait-il une part de responsabilité dans cet accident ? Non, cela n'avait aucun sens. Il n'aurait pas pris le risque de faire disparaître les seules personnes qui avaient réussi à localiser précisément le trésor...

— Mais bon, je savais approximativement où se trouvait l'or, dans un rayon de vingt kilomètres. Alors, je me suis dit que, si je cherchais, je finirais par mettre la main dessus. Je me suis mis à plonger tous les jours, dès que la météo le permettait. J'ai passé des heures et des heures dans ces eaux. Je ne pensais plus qu'à ça, nuit et jour. Une véritable obsession.

En prononçant ces derniers mots, il jeta un regard à son fils. Le trésor avait pris le pas sur sa vie de famille.

— J'ai fini par m'installer ici, c'était plus pratique. Je ne retournais à Reverie que de temps en temps, pour faire le plein et me réapprovisionner. J'ai également arrêté de prendre des clients. Ils ne me servaient plus à rien, puisque je savais déjà où chercher le trésor. Mais, au bout de toutes ces années, j'en suis venu à me demander si ces deux gars de Sydney avaient vraiment trouvé l'or de Yamashita...

Bones vida d'un trait sa bouteille et la jeta sur le sable, à côté de la première.

— Ce qu'il faut bien comprendre, c'est que ce trésor affecte les gens, il les fait changer. Et on ne s'en remet jamais.

— Que voulez-vous dire ?

— Je suis tombé malade. À l'époque, on ne maîtrisait pas encore bien les paliers de décompression. Moi, je n'y faisais même pas attention, je remontais d'une traite. Après quelque temps, j'ai commencé à ressentir des douleurs aux oreilles, et dans la poitrine. Et puis ça s'est aggravé, au point que je ne supportais plus de plonger en profondeur. Tous les médecins me répétaient que la plongée me tuerait. Mais je ne les ai pas écoutés. Comme disait Long John, les médecins sont tous des charlatans ! J'ai continué à plonger. Et j'ai trouvé l'or. Enfin, en partie seulement.

— Le Double Eagle ?

Bones adressa un sourire en coin à Otto et Zoe, avant de répondre :

— Vous m'aviez dit qu'il en avait dans le crâne, mais je ne pensais pas que c'était à ce point !

Je crois bien que le rouge me monta aux joues.

— C'était un jour où j'explorais le récif. Je n'étais pas très en forme. Un mal de crâne affreux, à m'en cogner la tête contre les murs. Et c'est là que je l'ai aperçue. Une pièce, prisonnière du corail. Alors j'ai continué à fouiller, pour en trouver d'autres. Sauf que je suis resté trop longtemps au fond, et que j'ai fini par perdre connaissance. L'espace d'une ou deux secondes, seulement. Mais ça a suffi à me condamner. J'ai réussi à remonter à la surface et à regagner le bateau, je ne sais pas trop comment. Après ça, j'ai passé six semaines à l'hôpital. Et on m'a annoncé que je ne pourrais plus jamais plonger.

— Mais vous aviez quand même mis la main sur le Double Eagle ! Pourquoi ne pas avoir engagé quelqu'un pour vous aider à chercher le reste ?

— Par cupidité, dit-il, le plus posément du monde. Je ne voulais partager le trésor avec personne. D'ailleurs je ne pouvais faire confiance à personne. Enfin, si, mais il n'était pas encore assez grand, ajouta-t-il en glissant un regard vers son fils.

Le récit, que je trouvais jusque-là plutôt tiré par les cheveux, commençait vraiment à prendre une tournure crédible.

— Alors, vous avez dû attendre qu'Otto soit en âge de vous aider ?

Bones acquiesça.

— Et c'est pour ça que vous avez mis en scène votre propre mort ?

— Ça, je ne l'avais pas prémédité. Une nuit, mon canot pneumatique s'est détaché et a dérivé. Forcément, quand il a été retrouvé vide, tout le monde s'est figuré que j'avais clamsé. Finalement, cette disparition m'arrangeait plutôt bien. Ça m'a permis de prendre du recul par rapport à cette histoire de trésor.

— Pourquoi avoir attendu si longtemps avant de reprendre les recherches ?

— Disons que j'ai eu mes propres soucis à gérer, comme tout un chacun. Mais, depuis, beaucoup d'eau a coulé sous les ponts. Et j'ai compris que je ne pourrais jamais trouver l'or tout seul. À présent, on forme une équipe du tonnerre ! Et c'est en partie grâce à toi, Dom.

Cette petite flatterie me fit rougir d'aise. Pourtant, je fus soudain pris d'un doute. Que pouvais-je leur apporter, concrètement ? J'ignorais où se trouvait le trésor, sans compter que je n'avais rien d'un plongeur expérimenté. Certes, j'étais un ado plutôt débrouillard, mais cela s'arrêtait là.

C'est alors qu'une phrase de Zoe me revint en mémoire : *Des trucs louches se passent à chaque fois que tu es dans les parages.*

Était-ce la seule raison pour laquelle ils m'avaient accepté dans leur groupe ?

La discussion tourna ensuite autour de la recherche du trésor, et tout le monde y alla de son petit avis. Au début, je tentai de prendre un maximum de notes mentales, histoire de rattraper mon retard sur eux. Puis, les heures passant et l'amoncellement de bouteilles vides grossissant à vue d'œil, mes paupières se firent de plus en plus lourdes, et il me devint difficile de suivre le fil de la discussion. Toutefois, malgré mon état de demi-somnolence, je saisis un détail d'importance : l'équipe ne suivrait aucun plan de recherche précis.

De mon côté, je ne réalisais pas encore bien que je faisais désormais partie de l'aventure. Dire que, quelques heures plus tôt, je plongeai en pleine mer pour la quatrième fois seulement…

Puis Bones nous informa que nous nous lèverions à quatre heures du matin.

Je ne tenais plus, mes paupières se fermaient toutes seules, il fallait que j'aille me coucher. Heureusement pour moi, Brett suggéra alors qu'il était temps d'aller dormir, ce que le reste de l'équipe approuva aussitôt.

Nous nous levâmes. Seul Bones ne bougea pas. Il ouvrit une autre bière.

— Je crois bien qu'il ne ferme jamais l'œil, ce vieux boucanier, me glissa Brett tandis que nous rejoignions notre tente.

Je me glissai dans mon sac de couchage, prêt à sombrer dans un profond sommeil.

Tout à coup, en repensant à l'appel que Zoe avait passé à Gus, je voulus jeter un œil à mon propre téléphone. Je fouillai dans mon sac, et en sortis mon iPhone. Il était éteint.

J'essayai de l'allumer. Rien. La batterie devait être à plat. Pourtant, en quittant le motel le matin même, j'avais pris soin de vérifier qu'elle était parfaitement chargée.

Je ne voyais qu'une explication possible : quelqu'un l'avait déchargée délibérément. Même si je ne savais pas comment une telle chose fût possible.

Pour l'heure, je n'étais plus en mesure de réfléchir.

Mon cerveau me réclamait du repos.

16. EN EAUX TROUBLES

J'ouvris les yeux. Brett me secouait gentiment. Je fus aveuglé par la lumière de sa lampe frontale.

— La quête reprend ! fit-il en empruntant un ton héroï-comique.

Je tentai de bouger mes membres.

— Aïe ! Mes bras…, gémis-je.

Et la liste de mes complaintes corporelles ne s'arrêtait pas là. *Je souffre*, se plaignit ma gorge. *Nous aussi*, firent mes jambes. *Et nous encore plus !* renchérirent mes aisselles, écorchées vives.

Je décidai alors de fermer le rideau du service des réclamations. *Il va falloir faire avec, mon petit corps, parce que aujourd'hui, on part à la chasse au trésor !*

— Tiens, ça te sera très utile, me dit Brett en me tendant une autre lampe frontale.

Je la passai aussitôt sur ma tête, avant de quitter mon sac de couchage pour enfiler mes vêtements.

— Est-ce qu'il y a d'autres personnes dans l'équipe ? demandai-je par curiosité.

— Avant toi, il y avait un type du nom de Gunn. Bones l'a viré, ou alors c'est lui qui est parti, je n'en sais trop rien. Il y en a eu quelques autres, avant lui.

— Et Bones n'a pas peur qu'ils crachent le morceau, au sujet du trésor ?

— Je doute sérieusement qu'ils y croient eux-mêmes, pour commencer. Ils viennent plutôt pour s'amuser. Et puis, ne sous-estimons pas notre cher Bones. On ne dirait pas, comme ça, mais il a un côté sombre. Très sombre. Attends un peu qu'il te raconte certaines anecdotes à faire froid dans le dos...

Je repensai alors à l'accident de voiture dans lequel les deux gars de Sydney avaient trouvé la mort, prétendument après avoir localisé le trésor.

— Et à quoi ressemble-t-il, ce Gunn ? m'enquis-je.

— Gunny ? C'est un type plutôt banal. Son seul signe particulier, c'est qu'il a un demi-pied en moins, à cause d'une rencontre avec un requin qui a mal tourné, dans les Bahamas. Depuis, il se traîne un peu en marchant... Mais, quand il nage, c'est un vrai poisson.

Nous prîmes la direction de la plage, où le Zodiac se trouvait déjà à l'eau. Nous grimpâmes à bord, Maxine et Bones d'un côté, Brett et moi de l'autre, Otto aux commandes.

De son côté, Zoe resta au camp en compagnie de l'ancien type cagoulé, pour gérer la communication.

— Éteignez vos lampes, il faut économiser les batteries, ordonna Maxine en prenant son ton de prof de plongée.

J'en vins à me demander, pour la énième fois déjà, comment une fille aussi sympa que Maxine s'était retrouvée à fricoter avec des gens pareils.

Quoique, pour être honnête, je connusse la réponse. Je la ressentais au plus profond de moi. Car, de mon côté, tous les doutes de la veille s'étaient envolés, remplacés par ce sentiment exceptionnel de mission commune : la recherche du trésor, que nous allions peut-être découvrir le jour même !

Nous quittâmes la baie, et la protection qu'elle nous offrait, pour nous diriger vers le grand large. Le Zodiac se retrouva ballotté par les flots. Le vent me giflait les joues.

— La mer est très agitée, aujourd'hui, s'alarma Maxine, d'une voix angoissée.

— Ça va aller, pas d'inquiétude à avoir, ma jolie, fit Bones.

Maxine resta muette, mais je vis sa mâchoire se contracter.

Face à nous, le soleil commençait à se lever, zébrant l'horizon de larges traînées rouges et roses. Désormais, je pouvais distinguer les vagues, au loin, et je compris pourquoi Maxine s'inquiétait tant. Elles étaient énormes, chargées d'écume.

Si tel était l'état de la mer à l'aube, je n'imaginais que trop bien que cela n'irait pas en s'arrangeant...

Lorsque nous amarrâmes le Zodiac à l'*Hispaniola*, une odeur de bacon flottait dans les airs. À table, le petit déjeuner nous attendait : œufs brouillés et saucisses, en plus du bacon. Il y avait même du café. Nous dévorâmes en silence.

À la fin du repas, Maxine demanda :

— Capitaine, que prévoit le dernier bulletin météo ?

Le capitaine échangea un regard avec Bones avant de répondre :

— Ça risque bien de secouer un petit peu, mais rien de très méchant.

Dogger leva l'ancre, et le chalutier prit la mer.

Les flots, bien plus agités que ne l'avait laissé entendre le capitaine, me firent rapidement regretter de m'être autant empiffré au petit déjeuner. Surtout d'avoir avalé autant de bacon bien gras…

Je décidai donc de rejoindre Otto dans la timonerie, et le trouvai penché sur une carte marine.

Pour des yeux inexpérimentés tels que les miens, ces cartes n'avaient aucun sens. On aurait dit que des enfants s'étaient amusés à gribouiller sur le papier. Elles étaient couvertes de hiéroglyphes inintelligibles. Immédiatement, je me remémorai la carte trouvée dans l'ancienne cachette d'Otto, celle qui portait au dos l'inscription *Dane G Zolton*.

— Tu comprends quelque chose à tout ce charabia, toi ? lui demandai-je.

— Plus ou moins. Je crois que c'est là qu'on devrait centrer les recherches aujourd'hui, m'annonça-t-il en posant le doigt sur un point de la carte.

— Tu crois ? Tu veux dire que c'est le résultat que t'a donné l'algorithme de recherche ? fis-je, en citant l'un des nombreux bouquins que j'avais lus sur la question.

— L'algorithme de recherche ? répéta-t-il d'un air dégoûté, comme si cela lui laissait un mauvais goût en bouche. Non, j'ai une bonne intuition sur cet endroit, c'est tout. Et Bones est d'accord.

Une intuition ?

Brett nous rejoignit alors autour de la table à cartes. Sa présence me rassurait : j'avais déjà plongé à ses côtés, et pu constater qu'il s'agissait d'un véritable pro.

— Vous utilisez quoi comme appareil de détection ? demandai-je à Otto.

— Du matériel de pointe. Deux Pulse 4.

Je poussai un soupir de soulagement. Car, sans être expérimenté, je commençais tout de même à penser que leur équipement laissait sérieusement à désirer.

— Otto, tu peux venir une minute ? appela Bones à travers la porte qui donnait sur la poupe du bateau.

Nous nous retrouvâmes seuls, Brett et moi.

— J'ai bien entendu ? Il a parlé de matériel de pointe ? fit-il.

Je hochai la tête.

— S'il y a bien une chose que je peux te dire, c'est que les Pulse 4 en sont loin. Ils ne l'étaient même pas au moment de leur lancement, d'ailleurs. Ils ont toujours souffert de problèmes de faux résultats impossibles à corriger. Les diverses mises à jour du logiciel n'y ont jamais rien changé.

Je repensai alors au Cerberus, ou plutôt à sa version améliorée : soi-disant, la nouvelle référence absolue en matière de télédétecteurs sous-marins. C'était probablement ce dont E. Lee Marx se servait, pour fouiller les eaux de Diablo Bay.

Sauf que, là-bas, les seuls objets métalliques qu'il arriverait à détecter seraient de vieux hameçons, des ancres rouillées, et des cannettes de bière.

— C'est bon, on jette l'ancre ! annonça le capitaine, bien que ce ne fût adressé à personne en particulier.

D'ailleurs, personne ne bougea d'un pouce.

Je n'y connaissais absolument rien en jetage d'ancre, si ce n'est qu'on coule à pic lorsqu'on se retrouve attaché à l'une d'elles. C'était donc pour moi l'occasion d'apprendre.

Je sortis sur le pont, qui tanguait un peu trop dangereusement à mon goût, puis, en m'agrippant au bastingage, j'avançai vers la proue du bateau. Là, j'actionnai le levier du guindeau, et la chaîne de l'ancre se mit à se dérouler dans un grand bruit métallique. Cela me sembla durer une éternité avant que l'ancre ne touche enfin le fond. Je remis alors le levier dans sa position de départ, avant de retourner dans la timonerie.

— Bon boulot ! me félicita le capitaine.

— Capitaine, on a besoin de vous ! cria Bones depuis le pont.

Le capitaine lâcha une volée de jurons avant de sortir d'un pas lourd, me laissant seul dans la timonerie. L'occasion était trop belle.

Je me précipitai vers l'échosondeur, mais restai les bras ballants face à l'écran, sur lequel je ne savais pas quoi chercher.

Sans mon iPhone pour m'aider, je me sentis soudain très démuni.

Mon regard se posa alors sur un autre instrument : un GPS de navigation marine.

Parfait !

Nos latitudes et longitudes précises figuraient sur l'écran, en caractères bleus fluorescents.

Je trouvai un stylo sur la table, puis déchirai un coin de carte pour y griffonner ces coordonnées. Je fourrai ensuite le papier dans ma poche avant de rejoindre les autres, sur le pont arrière.

— OK, allons-y ! lança Bones, en charge des opérations.

Otto portait déjà sa combinaison de plongée, et Brett avait commencé à enfiler la sienne. Seule Maxine restait assise, immobile.

— Maxine ? l'interpella Bones.

— Je ne plongerai pas dans cette purée de pois, se justifia-t-elle. Il n'y aura aucune visibilité.

Bones marmonna dans sa barbe quelque chose qui ressemblait à *ah, ces gonzesses...* Il se tourna alors vers les autres plongeurs :

— Dogger ?

— J'en suis !

— Brett ?

— C'est bon pour moi, allons explorer ce coin !

Mais, au même instant, une grosse vague frappa la coque de plein fouet. Le rafiot se souleva, et Brett se retrouva les quatre fers en l'air. Il se remit rapidement sur pied, indemne.

C'est alors que Bones se tourna vers moi :

— Et toi, Dom ? Tu n'as pas l'air d'avoir froid aux yeux.

J'échangeai un regard avec Maxine. Ses yeux crièrent : *Non, n'y va pas !*

Je jetai un coup d'œil vers Brett. Il resta impassible.

— Dom va faire équipe avec moi, intervint Otto. On va reformer l'orchestre.

Je saisis immédiatement la référence à *The Blues Brothers*, ce film culte des années 1980, que j'avais dû visionner une bonne dizaine de fois.

Et je compris également ce que les paroles d'Otto voulaient dire en filigrane. Il se rappelait la fois où nous avions volé un petit avion de tourisme à Reverie Island, que nous avions ensuite piloté jusqu'à Gold Coast avant de le faire atterrir dans la réserve naturelle d'Ibbotson. Quelques heures de vol, vraiment très intenses !

Apparemment, Otto partageait mon ressenti. Il était Jake. Moi, Elwood. Et nous avions un orchestre à reformer.

Nous n'étions pas en mission pour le Seigneur, comme dans le film, mais nous avions un trésor à trouver. Même si les conditions météo ne jouaient pas en notre faveur.

J'enfilais ma combinaison lorsque Maxine s'approcha pour me parler :

— Un jour, tu seras un excellent plongeur, Dom. Mais, pour l'instant, tu n'as que quatre plongées au compteur, et en eaux peu profondes. Alors, suis mon conseil : n'y va pas.

— N'oublions pas mon record, grimaçai-je. Soixante-dix mètres de profondeur, lesté par une ancre.

— L'idée ne venait pas de moi, je te le jure. Et je te le répète encore une fois : n'y va pas.

Au fond de moi, je savais pertinemment qu'elle avait raison. Mais je n'étais obnubilé que par une seule chose : reformer l'orchestre.

— C'est décidé, je plonge, décrétai-je d'un ton catégorique.

Maxine poussa un soupir.

— Dans ce cas, prends ça avec toi, dit-elle en me tendant un couteau de plongée dans son étui. Et écoute-moi bien, je vais te donner les limites de temps à ne pas dépasser selon la profondeur.

J'attachai la sangle de l'étui autour de ma cuisse, tout en l'écoutant attentivement. Je lui demandai même de répéter.

— Toutes les données se trouvent sur ton ordinateur de plongée, m'assura-t-elle en désignant du doigt l'appareil fixé autour de mon poignet. Et je viendrai te chercher avec le Zodiac dès que tu seras remonté.

Nous fûmes prêts à plonger.

À présent qu'il était ancré, le bateau tanguait encore plus fort et de façon tout à fait imprévisible, ce qui rendait très difficile la simple traversée du pont.

Au prix de quelques efforts, cependant, j'atteignis la poupe.

Brett partit le premier, suivi par Otto, chacun muni d'un détecteur de métal Pulse 4. Puis ce fut mon tour.

— C'est parti, me dis-je avant de sauter.

Dès que je me retrouvai sous l'eau, je sus que Maxine avait raison : je manquais clairement d'expérience, c'était une très mauvaise idée de plonger. L'orchestre pouvait bien attendre. Nous pourrions sûrement le reformer une autre fois…

L'eau trouble m'empêchait d'avoir une parfaite visibilité et, même sous la surface, il me fallait lutter contre le courant pour conserver ma stabilité. Je parvins tout de même à distinguer Brett, qui nous donna le signal de descente.

Quant à Otto, je compris rapidement qu'il n'était pas très porté sur les signes de communication. Il avait dû suivre à peu près autant de stages de plongée que de stages de pilotage d'avion : c'est-à-dire, pas un seul.

Malgré ce détail, il m'apparut être un plongeur aussi expérimenté que Brett : il se mouvait aisément, par des gestes parfaitement coordonnés.

Je leur emboîtai le pas, tâchant de garder un œil rivé sur Brett, et l'autre sur Otto. Nous amorçâmes notre descente vers le fond. À travers la purée de pois.

La visibilité se fit de plus en plus mauvaise. Je dus quasiment coller mon profondimètre à mon masque pour réussir à lire le résultat.

Nous venions de franchir les trente mètres.

Je ne me sentais plus autant ballotté par le courant, et l'apparente quiétude de l'eau me parut plutôt inquiétante.

Je poursuivis ma descente.

Quarante mètres.

À ce stade, je commençai à flipper sérieusement, rien qu'en pensant à toute l'eau sous laquelle je me trouvais. Des tonnes d'eau qui faisaient pression sur moi.

Du calme, Dom.

Non, Maxine avait parfaitement raison : j'étais beaucoup trop jeune, pas assez expérimenté pour plonger dans ces conditions. J'avais cru pouvoir y arriver, mais je me heurtais à la dure réalité.

Et puis, soudain, nous nous retrouvâmes au fond. Du moins, ce que je parvins à en percevoir.

Mon plan, qui consistait à garder mes deux partenaires de plongée dans mon champ de vision, tomba à l'eau – si je puis dire – car Otto et Brett partirent dans deux directions opposées.

Je décidai de suivre Otto. Pourtant, il ne me donna pas du tout l'impression de vouloir reformer l'orchestre. En fait, il ne se souciait même pas de savoir où je me trouvais. Il avançait dans son coin.

La veille, pendant le récit de Bones, je m'étais demandé pourquoi il n'avait jamais trouvé le trésor. Après tout, il savait dans quelle zone il fallait chercher. Alors, cela n'aurait pas dû être si difficile, avais-je pensé... Mais je me trompais. Fouiller ces fonds marins, les passer au peigne fin, relevait d'une tâche titanesque.

À mes yeux, il était donc nécessaire de procéder méthodiquement, et rationnellement. Un avis qu'Otto ne semblait pas partager, néanmoins.

Le fond était entièrement recouvert d'une épaisse couche de sédiments, d'où surgissaient çà et là des colonies de corail et quelques roches recouvertes d'algues. Otto ne se concentrait que sur les premières, nageant de l'une à l'autre pour y passer son détecteur de métaux. Il ignorait complètement les zones intermédiaires, alors que le trésor pouvait très bien se trouver enfoui sous les sédiments.

Suivant les conseils de Maxine, je m'efforçai de surveiller le temps passé sous l'eau, sur mon ordinateur de plongée. Lorsque j'atteignis presque la limite fixée pour cette profondeur, je fis signe à Otto : *il faut remonter.*

Il me présenta alors sa main, tous doigts levés : *encore cinq minutes.*

Je désignai du doigt mon ordinateur de plongée.

Cette fois, le signe qu'il m'adressa avec son majeur n'aurait jamais pu figurer dans un manuel de plongée.

Très bien, il pouvait rester en bas si ça lui chantait. Moi, j'allais remonter. Mais alors que j'amorçai l'ascension, un détail attira mon attention. À première vue, ce n'était qu'un récif de corail qui sortait du sable, et pourtant, il y avait quelque chose de bizarre.

Je pouvais bien rester au fond une minute de plus. Je décidai donc d'aller inspecter la chose de plus près. En m'approchant, je ressentis un fort courant, contre lequel je dus lutter.

Allez, juste une minute, me dis-je, en jetant un coup d'œil à ma montre.

Au bout de quelques efforts, j'atteignis le récif, et m'y accrochai afin de ne pas être emporté par le courant.

J'avais vu juste !

Je reconnus la forme d'un moteur. Un vieux moteur, presque entièrement dévoré par le corail. Ce n'était pas la trouvaille du siècle, mais je me sentais plutôt fier de ma vision perçante.

C'est alors que j'aperçus autre chose, enfoui dans le sable, dont on ne distinguait que la pointe. Une ancre, peut-être ? Ou bien un objet plus précieux ?

De ma main libre, je me risquai à le tâter. L'arête était lisse.

Si seulement il y avait moins de sable…

Une idée me vint alors en tête : j'avais entendu parler d'un instrument utilisé en archéologie sous-marine, qui consistait à propulser un fort courant d'eau en direction du fond, afin de disperser les sédiments.

Peut-être pouvais-je reproduire cette technique à l'aide d'une palme ?

J'en retirai une puis, la tenant à deux mains, je l'abattis vers le fond d'un mouvement sec. Ce fut efficace : le sable se dissipa, laissant apparaître l'objet. Une ancre. Je me sentis affreusement déçu.

C'est alors que mon regard se posa sur autre chose.

Une chose incrustée dans la roche.

Non, impossible.

J'approchai mon visage au maximum. Et pourtant, si. Une pièce. De la même dimension que le Double Eagle.

Je passai aussitôt de la déception à l'euphorie, puissance mille.

Bienvenue dans le monde des chasseurs de trésors, Dom !

Je cherchai Otto du regard, sans le trouver. Au même instant, une pensée émergea du fin fond de mon néocortex : *Il n'a pas besoin de le savoir.*

Oui, il valait mieux garder ça pour moi, pour l'instant.

Qu'il aille se faire voir. Je ne reformerai pas ce putain d'orchestre.

Un coup d'œil à mon ordinateur de plongée : il ne me restait plus que trente secondes.

Je sortis mon couteau de son étui, et me mis à attaquer le corail qui retenait la pièce prisonnière. Ce qui était beaucoup plus difficile qu'il n'y paraissait.

Nouveau coup d'œil à l'ordinateur : il était temps de remonter. Autour de moi, l'eau se fit encore plus trouble. Je n'avais presque plus aucune visibilité.

Je continuai pourtant à m'acharner sur le corail, portant coup sur coup avec toute la vigueur d'un psychopathe meurtrier. Le morceau sur lequel la pièce était incrustée finit par céder. Je le rangeai immédiatement dans la poche de ma combinaison.

Je ne voyais plus rien, désormais. Il fallait que je remonte le plus vite possible. Mais, en voulant réenfiler ma palme, celle-ci m'échappa des mains.

Ne panique pas, m'ordonnai-je. *Tu n'en as pas besoin, de cette palme. Maintenant, remonte.*

Problème : où était le haut ? Où était le bas ? Impossible de m'orienter dans une eau si trouble...

Mes bulles d'air ! Je n'avais qu'à suivre la direction qu'elles empruntaient.

Je quittai les profondeurs, et retrouvai rapidement une eau plus limpide. Mais, sous la surface, le courant s'était intensifié, et m'entraînait dans son sillage à une vitesse impressionnante.

Garde ton calme, Dom.

Je vérifiai mon ordinateur de plongée. À cette profondeur, j'étais censé attendre cinq minutes, mais le courant me poussait si fort que je craignais d'être emporté trop loin du bateau.

Pourtant, Maxine avait été formelle, lors du stage de plongée : si l'on remontait sans passer par un palier de décompression, on risquait, au mieux, une bonne migraine et une faiblesse musculaire, au pire, une paralysie, des problèmes respiratoires, une perte de connaissance, voire la mort.

J'arrêtai donc de nager, et laissai le courant me propulser aussi vite qu'une attraction à sensations fortes.

Au bout des cinq minutes, je pus enfin faire surface. L'*Hispaniola* n'était plus qu'un point à l'horizon. Heureusement, Maxine, fidèle à sa promesse, filait déjà dans ma direction, à bord du Zodiac.

— Tu as bien pensé à effectuer ton palier de principe ? me demanda-t-elle dès que je me fus hissé dans l'embarcation.

— Oui, évidemment.

L'élève prodige ne pouvait pas décevoir sa prof.

— Pourquoi n'as-tu qu'une seule palme ?

— J'ai perdu l'autre.

Elle haussa un sourcil, sans faire de commentaire.

— Et où est Otto ?

— Toujours en bas. Il n'a pas voulu remonter avec moi.

— Quel abruti, celui-là ! Brett est revenu il y a déjà cinq minutes. Allez, je te ramène au bateau.

De retour à bord de l'*Hispaniola*, je craignais que quelqu'un ne remarque la bosse au niveau de la poche de ma combinaison, là où se trouvait le morceau de corail sur lequel était incrustée la pièce. Je m'empressai donc de le cacher dans mon sac de plongée.

— Tu es remonté sans ton partenaire ? s'enquit Bones, d'un ton mi-moqueur, mi-accusateur.

— Otto prend un grand risque, s'il ne remonte pas dans la minute, fit Maxine.

— Mais non ! Toujours ces règles à la con ! réagit Bones, pas inquiet le moins du monde.

Ce qui était plutôt ironique, venant de quelqu'un qui souffrait de problèmes de santé liés à la plongée.

— Je peux descendre le chercher, insista Maxine.

— Tu n'aurais aucune chance de le trouver, dit Brett. Le courant a déjà dû l'emporter loin.

— Hé ! Il se passe quoi, ici ? Quelqu'un est mort ? fit une voix derrière nous.

Aucun de nous n'avait remarqué qu'Otto venait de remonter par l'échelle, à l'arrière du bateau.

Bones afficha aussitôt un petit sourire en coin. *Je l'avais bien dit.*

Maxine fulminait.

Brett, comme à son habitude, resta neutre.

Les vagues, déchaînées, se brisaient contre la coque, faisant dangereusement tanguer le bateau. Le capitaine apparut soudain à la porte de la timonerie :

— Il faut partir sans traîner.

Bones acquiesça, à contrecœur.

— Levez l'ancre ! cria le capitaine.

Une fois encore, l'ordre ne s'adressait à personne en particulier, et nul ne leva le petit doigt, alors je pris l'initiative de me rendre sur la proue du bateau. À cet endroit, les secousses étaient encore plus brutales, et je dus lutter pour ne pas me faire renverser.

Je n'avais pas la moindre idée de la marche à suivre pour remonter l'ancre, et je n'osais pas demander de l'aide. En fouillant du regard autour de moi, j'aperçus soudain un boîtier de commande : *génial, le guindeau est électrique !*

J'y enroulai la chaîne, avant d'appuyer sur l'interrupteur. Le guindeau se mit en mouvement. Tout ce que j'avais à faire, c'était veiller à ce que la chaîne s'enroule correctement, sans se chevaucher, tout en m'efforçant de garder l'équilibre, malgré les à-coups du bateau, dignes du plus brutal des rodéos. Lorsque l'ancre apparut enfin, je la fixai à l'emplacement prévu. Nous étions prêts à partir.

Le trajet retour fut mouvementé. Le bateau se retrouvait avalé dans les creux des vagues, remontait sur la vague suivante, puis redescendait ensuite à une vitesse folle. C'était pire que des montagnes russes.

Tandis que les autres étaient partis s'abriter dans les cabines, j'avais choisi de m'installer avec le capitaine dans la timonerie. Je l'observais, à la fois curieux et fasciné, diriger l'*Hispaniola* à travers le roulis. C'était un moyen d'éviter de m'alarmer du danger de la situation dans laquelle nous nous trouvions.

Quand il parlait de son bateau, le capitaine disait *elle*, la *dame*, ou encore la *bonne femme*. Clairement, il en était fou. *Elle tangue toujours à bâbord quand les vagues viennent de ce côté-là. Ah, la bonne femme ne sera pas mécontente de jeter l'ancre et de pouvoir reposer ses vieux os !*

Lorsque je lui demandai s'il était marié, il me donna exactement la réponse que je m'étais imaginée :

— Évidemment que je suis marié. À cette vieille coquille de noix !

Au bout d'un moment, il pointa du doigt une zone sur le sonar :

— On va la faire mouiller là, dans cette baie. Elle ne sera pas complètement protégée, mais ce sera déjà mieux que rien.

— Donc le camp se trouve par là ? demandai-je, en désignant un autre point de la carte.

— C'est bien ça. Tu as un excellent sens de l'orientation.

— Et, pour aller à Reverie Island, il faut bien contourner ce cap ?

— Oui, c'est à une quinzaine de milles marins.

Cette fois, lorsque nous arrivâmes sur place et que le capitaine donna l'ordre de jeter l'ancre, je savais exactement ce que je devais faire.

Puis, une fois l'*Hispaniola* ancrée, nous montâmes tous à bord du Zodiac afin de rallier le Camp Yamashita. Aux commandes, Otto négociait avec dextérité les secousses provoquées par le ressac, et de grands rideaux d'embruns jaillissaient dans les airs.

Nous atteignîmes la plage, trempés jusqu'aux os, mais tous en un seul morceau.

J'aidai ensuite Otto, Brett et Maxine à tirer le Zodiac sur le sable, bien plus en amont que le niveau de la marée haute. Toutefois, afin de ne prendre aucun risque, Otto se donna la peine de l'attacher à un arbre.

Je remarquai, fou de joie, qu'il avait laissé la clé sur le contact.

Car j'avais pris une décision majeure : fuir cet endroit.

Et le Zolt venait de me faciliter la tâche au plus haut point.

17. SIGNE DU ZODIAC

Au dîner, ce soir-là, la conversation ne tourna qu'autour d'un seul et unique sujet : le trésor. Je dus me mordre la langue pour me retenir de crier : *Hé ! Vous ne devinerez jamais ce que j'ai trouvé !* En un sens, je me sentais un peu coupable de leur cacher la vérité. D'autant que celle-ci aurait pu faire de moi la star du Camp Yamashita. Mais je devais m'en tenir à ce que j'avais décidé.

Après un lever à l'aube suivi d'une aussi rude journée, pratiquement tout le monde regagna sa tente sans tarder.

Nous nous retrouvâmes à trois, Bones, Otto et moi, assis sur des chaises pliantes autour des dernières braises du feu.

Bones avait déjà descendu cinq bouteilles de bière. Non pas que je tinsse le compte. Mais je m'étais dit que, plus il boirait, plus vite il serait complètement bourré et finirait par rejoindre son lit. Pourtant, plus le temps passait, plus je craignais que Bones ne soit vraiment insomniaque, et n'arrive à rester debout toute la nuit.

— Bon, je vais aller me pieuter, moi aussi, annonça Otto tandis que Bones décapsulait sa sixième bière.

— OK, alors fais de beaux rêves, fiston, lui dit Bones.

Avant d'ajouter, à ma grande horreur :

— Attends une seconde. Où est-ce que tu as mis la clé du Zodiac ?

— Heu, je l'ai laissée dessus.

— Dessus ! tonna Bones. Bordel ! Combien de fois je t'ai répété qu'il ne fallait pas faire ça ?

— Ça va, ce n'est pas comme si quelqu'un allait nous le piquer…

— Je m'en fous. Il ne faut jamais laisser la clé sur le contact. Va la chercher !

Otto sembla hésiter. Et on ne pouvait pas le lui reprocher : ce n'est pas parce que Bones était son père qu'il pouvait se permettre de lui parler comme à un chien. Pourtant, il finit par s'exécuter et rapporta la clé, qu'il jeta à son père. Ce dernier la glissa dans la poche de son bermuda crasseux. Puis Otto rejoignit sa tente.

— Une autre bière ? proposai-je à Bones.

— C'est pas de refus. Il fait soif !

J'allai donc lui chercher une septième bouteille.

— Je t'ai raconté la fois où j'ai monté un bar à Angeles City, aux Philippines, avec un pote ?

— Non, mais j'adorerais entendre ça ! répondis-je d'un ton qui se voulait débordant d'enthousiasme.

Mon plan consistait à le faire parler le plus longtemps possible. Car, plus il me raconterait d'histoires, plus il boirait, ce qui augmenterait mes chances de réussir à mettre la main sur cette clé.

Son ami s'appelait Ferret et, ensemble, ils avaient monté le Dingo's Bar. En fait, il n'y avait pas vraiment d'histoire à raconter. Ils ne faisaient que picoler toute la journée et se taper toutes les filles qui leur passaient sous le nez.

C'était carrément gênant. Pourtant, je gardai le sourire et continuai à m'esclaffer comme si de rien n'était, m'exclamant, à la moindre de ses anecdotes, *wow !* ou *c'est pas vrai !* ou encore *c'est complètement dingue !*

Bones descendit trois autres bières.

Lorsqu'il eut fini son récit, j'aurais tout donné pour aller prendre une longue douche bien chaude avant de filer au lit. Même si je savais qu'il n'y avait ni douche, ni lit sur le camp. Alors je me contentai de serrer les dents, et me fendis d'un :

— Wow, c'était vraiment très intéressant ! Vous avez d'autres histoires du genre en stock ? Je peux aller vous chercher une bière ?

— Oui, volontiers. Et je vais te raconter la fois où Ferret et moi avons réussi à faire passer en Indonésie une planche de surf pleine de hash.

Je m'attendais à une aventure palpitante, et, d'ailleurs, l'histoire commença plutôt bien... Avant de dégénérer en une version un peu moins cohérente de l'anecdote précédente, sur fond de picole et de filles. Ce qui donna tout de même à Bones le temps de descendre trois autres bouteilles.

— Une autre, une autre ! le pressai-je.

— Toi, t'es un vrai couche-tard, gamin, me dit-il d'une voix pâteuse, qui me confirma que l'alcool faisait enfin effet sur lui. Je pense qu'elle va te plaire, celle-là, c'est la fois où Ferret et moi on a fait sauter la banque du casino de Macao.

— Une petite bière, d'abord ?

— Allez, envoie !

Cette fois, je ne compris pas un mot de son récit inintelligible. J'avais devant moi un homme complètement torché.

— Pas mal ! Une autre bière, Bones ?

Il me fixa, sans comprendre.

— Mort de mes os, articula-t-il avec difficulté, avant de s'effondrer sur le sable.

— Bones ?

Il ne cilla pas.

— Bones ? répétai-je, plus fort.

Rien.

Je m'agenouillai près de lui sur le sable, et glissai la main dans sa poche. Du bout du doigt, je sentis la clé.

— Ferret..., marmonna Bones.

Il valait mieux ne pas imaginer quel genre de rêve il était en train de faire.

Je passai alors le doigt à travers le porte-clés pour le tirer doucement, très doucement, jusqu'à ce qu'il fût entièrement sorti de la poche.

Je récupérai ensuite mon sac, dans lequel je pris la lampe frontale pour la mettre sur ma tête, avant de me diriger vers le Zodiac. J'étais sur un petit nuage : jusque-là, tout se passait comme prévu.

Une fois sur place, je jetai mon sac à l'arrière du bateau, et mis la clé sur le contact.

Impeccable.

Je vérifiai le niveau d'essence. La jauge indiquait que le premier réservoir se trouvait à moitié vide, mais il y en avait un second, qui, lui, était plein.

Parfait.

Tout ce qu'il me restait à faire, c'était de traîner le Zodiac jusqu'à l'eau. Je remarquai que l'étendue de sable à parcourir était beaucoup plus importante qu'auparavant. La mer avait dû se retirer, depuis.

Je défis la corde attachée à l'arbre et la jetai dans l'embarcation, avant de saisir la poupe à pleines mains pour la tirer. Le Zodiac ne bougea pas d'un centimètre.

Cela n'avait pourtant pas été si difficile, quand nous avions dû le traîner sur la plage. Quoique j'oubliasse un détail : nous étions quatre pour le faire, sans compter qu'Otto, Brett et Maxine avaient plus de force qu'il n'y paraissait.

Je décidai de changer de tactique, et me servis de la corde pour faire pivoter le Zodiac sur lui-même, jusqu'à ce que la proue soit face à la mer.

Ce serait plus facile dans ce sens-là, me dis-je.

Sauf que, pas du tout. J'étais incapable de m'en sortir tout seul.

Cela avait été trop beau. Beaucoup trop beau.

Dom, tu n'es qu'un crétin. Un sombre idiot.

C'est alors qu'une idée jaillit dans mon esprit. Je me souvenais avoir vu à la télé un homme qui arrivait à tirer un bateau sur une plage, en le faisant rouler sur deux gros boudins en mousse pour réduire la friction du sable. Au fur et à mesure que le bateau avançait, il s'arrêtait et récupérait le boudin arrière pour le placer à l'avant.

Problème : où trouver deux boudins en mousse similaires ?

Le Camp Yamashita ne semblait pas vraiment bien équipé dans ce domaine. Toutefois, il regorgeait de petits objets solides de forme cylindrique : des bouteilles de bière vides.

Je retournai auprès de Bones, qui gisait toujours étalé sur le sable, et, m'efforçant de faire le moins de bruit possible, je remplis un seau de cadavres de bouteilles.

De retour sur la plage, je disposai les bouteilles horizontalement, à l'avant du Zodiac, pour former une sorte de chemin sur lequel j'allais le faire rouler. Puis je me plaçai à l'avant du bateau et enroulai fermement la corde autour de mes deux mains, avant de tirer de toutes mes forces.

Victoire ! Le Zodiac avança !

Lentement mais sûrement, je le fis rouler sur les bouteilles, m'arrêtant à chaque instant pour récupérer celles qui étaient rejetées à l'arrière et les remettre à l'avant.

Au bout d'une heure, le Zodiac fut enfin à flot, et moi à son bord.

Je fis tourner la clé dans le contact et le moteur démarra.

Les conditions de navigation étaient idéales : la mer, si déchaînée pendant la journée, s'était bien calmée, et la lune aux trois quarts pleine et les étoiles assuraient un faible éclairage.

Me basant sur la carte que j'avais en tête, je mis le cap vers Reverie Island, tâchant de maintenir le Zodiac à une cinquantaine de mètres de la côte plongée dans l'obscurité.

Malgré le succès de mon évasion, je me sentais particulièrement nerveux.

Et si les autres s'étaient déjà lancés à mes trousses ?

S'ils m'attendaient quelque part, au détour de l'île ?

Et si ? Et si ? Et si ?

Plus je me posais de questions, plus j'angoissais. Mon cœur battait à tout rompre, j'avais les mains moites.

Je décidai donc de couper le moteur. Il émit quelques cliquètements, avant que je ne me retrouve plongé dans le silence absolu. Tout était calme. Autour de moi, il n'y avait plus que la mer, la lune, et les étoiles.

Mon angoisse finit par s'évanouir, laissant aussitôt place à un sentiment grisant d'euphorie.

Je laissai le Zodiac dériver pendant quinze ou vingt minutes avant de redémarrer le moteur pour poursuivre ma route.

Une heure plus tard, j'amarrai au ponton, désert, avant de prendre le chemin du motel Harbour View. Je n'en revenais pas que mon plan se fût déroulé comme sur des roulettes.

Pour une fois, personne ne m'avait poursuivi, ni tiré dessus. Et j'avais eu droit à une petite balade sympa en Zodiac.

Si seulement il pouvait toujours en être de même avec La Dette...

C'est alors que, en m'engageant dans la rue qui conduisait au motel, j'aperçus la Subaru WRX garée face à l'entrée. Et merde ! Je les avais presque oubliés, ceux-là. Pourvu qu'ils ne m'aient pas vu.

Je rebroussai chemin, et me faufilai dans l'enceinte du motel par l'autre côté, en escaladant la grille.

Un coup d'œil à ma montre m'informa qu'il était à peine quatre heures du matin. Je frappai doucement à la porte de Gus. Il ouvrit aussitôt et, dès qu'il me vit, me serra contre lui.

– Dom, c'est toi ! Tu vas bien !

Lorsqu'il relâcha son étreinte, je remarquai qu'il était tout habillé. Et qu'il avait fait ses bagages.

— Tu t'en vas ? le questionnai-je.

Il hocha la tête :

— Oui, je prends le premier ferry.

— Et tu allais me laisser tout seul ici ? fis-je, estomaqué.

— Je croyais que tu étais entre de bonnes mains.

— Ce n'est pas la question. Pourquoi tu pars ?

— Je dois rentrer à la maison, c'est tout.

Je savais qu'il serait impossible de lui tirer les vers du nez. Gus était du genre têtu, pire qu'une mule.

Finalement, ce départ précipité m'arrangeait plutôt bien, vu que je devais moi aussi regagner Gold Coast au plus vite. Ce n'était pas la peine de lui chercher des poux pour rien.

— Tu sais qu'on a de la compagnie ? lâchai-je. J'ai aperçu la Subaru, dehors.

— Oui, ils me surveillent depuis deux jours. Ils t'ont vu rentrer ?

— Je ne crois pas.

Gus se gratta le menton, puis réajusta sa prothèse. Il prit ensuite du papier et un stylo, et griffonna un petit mot qu'il laissa sur le lit.

— Allons-y, me dit-il.

Chargés de nos sacs, nous nous dirigeâmes vers le parking. Mais, alors que je m'apprêtais à ouvrir la portière arrière de la voiture de Gus, il me pressa :

— Ne t'arrête pas, et ne regarde pas derrière toi.

Nous continuâmes à marcher jusqu'à atteindre un utilitaire Toyota. Le véhicule du motel. Gus jeta un regard à la ronde avant de sortir une clé de sa poche, dont il se servit pour ouvrir la portière conducteur. Il se glissa ensuite derrière le volant, et m'ouvrit la portière passager. Le temps que je m'installe, il avait déjà bidouillé quelques fils, et le moteur se mit à ronfler.

Wow. Il surpasse le Zolt, là.

— Baisse-toi, m'ordonna-t-il.

Je m'exécutai, m'enfonçant au maximum sur mon siège. Gus fit marche arrière, sortit du parking, et s'élança sur la route.

— C'est bon, la voie est libre, m'annonça-t-il quelques minutes plus tard.

Je risquai un coup d'œil vers l'arrière. Pas de Subaru en vue.

— Cette caisse, elle est à Bob ? m'enquis-je.

— Oui. Je lui expliquerai. C'est un bon gars, il comprendra.

Tandis que nous embarquions à bord du ferry, je me rendis compte que je portais toujours au poignet l'ordinateur de plongée équipé d'un mouchard !

J'attendis que nous eûmes quitté le port pour sortir de la Toyota, et me diriger vers les toilettes. Là, je soulevai le couvercle de la chasse d'eau pour y jeter l'appareil.

De retour à la voiture, j'affichais un petit sourire en coin. Gus me demanda aussitôt :

— Qu'est-ce qui te fait rire ?

— Oh, rien de très intéressant, fis-je, en songeant à toute la bande du Camp Yamashita réunie devant l'écran de l'ordinateur pour essayer de me pister.

Ils allaient mettre un bon moment à comprendre pourquoi le petit point rouge du mouchard effectuait des allers-retours incessants entre l'île et le continent.

18. LE CHAOS ENGENDRE LE CHAOS

Pendant tout le trajet retour vers Gold Coast, Gus appuya sur le champignon, ce qui ne lui ressemblait vraiment pas. Cependant, je n'y prêtai que peu d'attention car, de mon côté, je n'avais qu'une idée en tête : trouver un moyen de contacter La Dette pour leur montrer la pièce, et les prévenir qu'ils faisaient fausse route en fouillant les fonds de Diablo Bay.

Problème : c'était toujours La Dette qui me contactait pour me donner des ordres. Jamais l'inverse.

Peut-être mon père pouvait-il m'aider, sur ce coup-là ? Je tentai de le joindre sur son portable.

Pas de réponse.

Je recommençai. Une fois. Deux fois.

Toujours rien.

C'était la journée internationale de non-décrochage de téléphone, ou quoi ?

Impossible d'appeler ma mère, qui n'était pas encore rentrée de Pékin. Je décidai donc de passer un coup de fil à Miranda, qui, elle, décrocha.

— Salut, Dom ! Alors, c'était comment cette expédition ?

— Très sympa. Dis-moi, tu sais où est papa ?

— Il doit être au bureau, en train de bosser.

Je réessayai de le joindre sur son portable. En vain.

Lorsque nous arrivâmes enfin à Halcyon Grove, Gus s'arrêta sur le trottoir, près de la grille principale.

— Tu ne rentres pas ? m'étonnai-je.

— Non, je dois aller quelque part.

— Tu reviens bientôt ?

— Oui, je n'en ai pas pour longtemps, insista-t-il, décidé à jouer les mystérieux.

À peine étais-je sorti du véhicule et avais-je refermé la portière qu'il démarra en trombe.

De retour chez moi, je me trouvai confronté à deux solutions : attendre que mon père daigne décrocher son portable, ou qu'il rentre du travail.

Sauf que la patience était bien l'une des seules qualités que je n'avais pas développées depuis que La Dette était entrée dans ma vie.

J'optai donc pour une troisième solution : passer le voir à son bureau.

J'appelai un taxi pour m'y rendre et, en attendant qu'il arrive, je repensai à la dernière fois que j'étais allé là-bas. J'avais le vague souvenir d'une secrétaire et d'un grand bureau, mais c'était très flou dans mon esprit. D'ailleurs, je me demandai s'il s'agissait d'un véritable souvenir, ou si je n'avais pas plutôt créé cette vision de toutes pièces dans ma tête. Après tout, une secrétaire et un grand bureau, ce n'est pas très original.

La question la plus importante restait de savoir pourquoi je n'avais quasiment jamais mis les pieds sur le lieu de travail de mon père. Parce qu'il ne m'y avait pas invité ? Ou parce que j'avais refusé d'y aller, sous prétexte que ce serait la chose la plus barbante au monde ? Les deux réponses semblaient aussi probables l'une que l'autre.

— Au Voss Building, s'il vous plaît, fis-je au chauffeur, une fois à bord du taxi.

Il émit un petit grognement avant de démarrer.

Pendant le trajet, je tentai une dernière fois d'appeler mon père. Toujours pas de réponse.

Arrivé à destination, je réglai la course, puis entrai dans l'immeuble. Un panneau d'information indiquait qui occupait chaque étage. Je lus *Entreprise Silvagni, 18e*.

Je montai dans l'ascenseur et appuyai sur le bouton correspondant. Il refusa de s'allumer.

Pourquoi cela tombait-il toujours sur moi ? Rien ne pouvait donc être simple ?

C'est alors qu'une femme entra dans l'ascenseur et flasha son badge. J'en profitai aussitôt pour réappuyer sur le bouton, qui ne s'alluma toujours pas.

La femme pressa le *17*.

Pas grave, me dis-je. *Je descendrai au dix-septième étage, et je me débrouillerai ensuite pour monter.*

L'ascenseur fila à toute vitesse. Mon estomac eut du mal à s'accrocher.

Enfin, les portes s'ouvrirent et la femme sortit. Je lui emboîtai le pas. Comme elle me jeta un regard soupçonneux, je décidai de partir du côté opposé. Ainsi, elle ne pouvait rien me reprocher.

Je me mis à arpenter les couloirs, où défilaient bureau après bureau, et finis par trouver ce que je cherchais : une sortie de secours.

Cette issue de secours est protégée par une alarme, m'informa une pancarte fixée au-dessus de la porte.

Comment la désactiver ? Je l'ignorais. Ou plutôt, je n'avais pas le temps, ni les compétences nécessaires pour me pencher sur la question.

Alors je procédai de la manière la plus simple – et la plus débile – qui soit : j'ouvris la porte d'un coup sec, et laissai l'alarme hurler de tout son cœur.

Sauf qu'une autre se mit à résonner. Puis une troisième.

Une véritable symphonie d'alarmes stridentes.

Je montai l'escalier quatre à quatre jusqu'à l'étage supérieur puis poussai la porte. D'autres alarmes se joignirent à la symphonie.

Au moins, je ne risquais plus rien. Si quelqu'un me tombait dessus, mon père ou sa secrétaire régleraient le problème.

Heu.

Mon père ?

Sa secrétaire ?

Le silence et l'obscurité régnaient au dix-huitième étage. Il n'y avait pas un chat.

Je courus de pièce en pièce. J'en trouvai certaines meublées, dont une comprenant un bureau aux tiroirs vides, recouvert d'une couche de poussière, sur lequel trônait une vieille boîte d'allumettes. Mais, en grande majorité, elles étaient complètement vides. Apparemment, l'endroit avait été déserté depuis des années. Les toiles d'araignée pullulaient dans tous les coins.

Mon père, ce businessman. Ce magnat des affaires. Cet imposteur.

Des bruits de pas se firent entendre d'un bout à l'autre de l'étage. J'allais me faire coincer.

Deux possibilités s'offraient à moi : expliquer ce que je fichais là, auquel cas j'aurais probablement affaire à des policiers, qui devraient parler à mon père pour qu'il confirme ma version des faits. Et ça, seulement s'ils parvenaient à l'avoir au bout du fil. Ce qui prendrait une bonne heure, peut-être deux. Deux heures que je ne pouvais pas me permettre de sacrifier car, si Salacia m'avait dit vrai, alors E. Lee Marx pouvait quitter l'Australie d'un instant à l'autre. Je risquais donc de le rater.

Ou, la seconde solution, et en fait l'unique option qu'il me restait : me tirer de là au plus vite.

J'entendis des portes s'ouvrir. Des voix. Des bruits de pas.

Comment fuir ?

Réfléchis, Dom !

La réponse m'apparut comme une évidence, un éclair aussi vif qu'un néon : *semer le chaos*.

J'étais déjà plutôt bien parti, avec la symphonie d'alarmes. Mais je devais frapper encore plus fort.

Je retournai dans le bureau où j'avais aperçu une boîte d'allumettes, et m'en emparai. Je saisis la corbeille à papiers, et y fourrai quelques feuilles froissées en boule. Puis je partis à la recherche d'un détecteur de fumée car, même si les bureaux étaient à l'abandon, je supposai que les propriétaires des locaux se trouvaient dans l'obligation d'assurer le bon maintien des équipements de sécurité.

Enfin, je craquai une allumette que je jetai dans la corbeille, avant de placer le tout sous le détecteur de fumée.

Celui-ci se déclencha aussitôt, et une nouvelle alarme assourdissante vint se joindre aux autres.

Pourtant, ce n'était pas suffisant !

Il fallait encore plus de chaos, encore plus de boucan !

Je trouvai une radio en état de fonctionnement. Parfait ! Je poussai le son à plein volume.

La porte s'ouvrit. Je me jetai sous le bureau, et vis des pieds passer en courant tout près de moi.

Le chaos engendrait le chaos.

Fonce, Dom !

Je sortis de ma cachette et remontai le couloir en courant jusqu'aux ascenseurs. J'appuyai sur le bouton, et miracle ! il s'alluma.

Ding !

L'ascenseur s'arrêta. Les portes s'ouvrirent. Je me précipitai à l'intérieur, où se trouvaient déjà deux types.

— Qu'est-ce qui se passe, là-dedans ? demanda l'un d'eux.

— C'est le chaos, répondis-je.

Ils échangèrent un regard.

Lorsque nous atteignîmes le rez-de-chaussée, je filai sans demander mon reste. Dans la rue, je croisai deux camions de pompiers, toutes sirènes hurlantes.

Cette petite mésaventure n'avait fait que renforcer ma détermination. Qui d'autre, dans mon entourage, pouvait être en lien avec La Dette ?

Seb ?

Mais comment le contacter ? Il avait changé de numéro, sans me donner le nouveau.

Je me retrouvai à court d'idées.

Quoique…

Je me remémorai la nuit que j'avais passée dans la forêt du Prêcheur, la fois où Brandon avait failli mourir noyé. C'était le prêcheur en personne qui m'avait réveillé. Ou plutôt, son haleine chargée à en décoller le papier peint.

Il faut aussi que tu rendes témoignage à Rome! m'avait-il braillé dans l'oreille.

Comment avait-il été au courant de mon départ imminent pour Rome ? Je ne voyais qu'une seule explication plausible : il n'était pas étranger à La Dette.

L'idée me sembla démente et hautement improbable. Se pouvait-il vraiment que ce vieil illuminé, qui arpentait la forêt de long en large en déblatérant des inepties à caractère religieux, fût lié à une organisation aussi obscure que La Dette ?

Je n'avais aucune autre piste tangible, cependant.

Je ralliai la forêt du Prêcheur en une vingtaine de minutes à peine, grâce à un bus et un peu de marche rapide.

Je contournai le lac, où un père et son fils faisaient naviguer des bateaux télécommandés, et me dirigeai vers le campement du prêcheur.

Dans le ciel, de gros nuages noirs s'amoncelaient. L'orage menaçait. Au loin, du côté de la mer, on entendait gronder le tonnerre.

Je débouchai sur la clairière où se trouvait le campement du prêcheur, mais je ne vis personne. Le feu était éteint. Je remuai le bois du bout du pied. Pas une braise.

Où était-il, bordel ?

Les paroles de PJ me revinrent alors en mémoire : en cas de mauvais temps, le prêcheur se réfugiait dans le conduit d'évacuation des eaux pluviales.

Je pris aussitôt cette direction.

Au même instant, l'orage éclata violemment, et il se mit à tomber des cordes. Je me retrouvai instantanément trempé. Peut-être pas jusqu'aux os – l'expression m'avait toujours paru un peu trop exagérée – mais au moins jusqu'à la peau.

Devant moi, à travers les arbres, je vis apparaître l'entrée du conduit d'évacuation. Je pressai le pas. Mes pieds glissaient et dérapaient sur le sol, qui n'était déjà plus qu'une mer de boue.

Les cordes s'étaient transformées en véritables trombes d'eau. Un équipement de plongée n'aurait pas été de trop pour traverser ce déluge.

Dès que je me fus mis à l'abri dans le conduit, je poussai un soupir de soulagement. Mais il me fallut un bon moment – enfin, quelques secondes qui me semblèrent durer une éternité – pour digérer la scène qui se présentait sous mes yeux. Et encore, mon cerveau avait vraiment du mal à y croire.

PJ et Brandon se trouvaient là, ce qui ne m'étonna pas vraiment, vu qu'ils avaient l'habitude de dormir dans le conduit d'évacuation.

Le prêcheur était bien là, lui aussi, ce que j'avais espéré par-dessus tout. Sauf que je comptais le trouver debout, et conscient. Pas allongé sur le béton, les yeux clos, sous une vieille couverture en lambeaux.

Mais, ce que mon cerveau ne voulait pas, ne pouvait pas admettre, c'était la présence de Gus.

Qu'est-ce que mon grand-père foutait là, agenouillé à côté du prêcheur ?

Pourquoi lui épongeait-il le front avec un linge blanc, qu'il plongeait régulièrement dans un bol d'eau ?

— Gus ! m'écriai-je.

Il leva les yeux vers moi, et je n'y lus aucune surprise.

— Dominic, fit-il en me tendant le bol, peux-tu aller chercher de l'eau ?

— Où ça ?

Brandon laissa échapper un rire moqueur, et il me fallut quelques secondes pour me rendre compte de la stupidité de ma question : dehors, l'eau tombait à verse.

Je ressortis du tunnel et tins le bol sous la pluie. Il fut rempli en un rien de temps.

Je le rapportai à Gus, dont les seules paroles furent :

— Comment m'as-tu retrouvé ?

— Je ne te cherchais pas du tout, en fait.

Il afficha un air incrédule, mais resta muet.

Bienvenue dans mon monde, Gus, ce monde où l'on ne comprend rien de rien à ce qui se passe.

Il continua d'éponger le front du prêcheur.

— Il est malade ? m'enquis-je auprès de PJ.

Elle fit oui de la tête.

— Il a déjà un pied dans la tombe, renchérit Brandon.

— On l'a trouvé comme ça, près du feu, expliqua PJ. J'ai voulu appeler une ambulance, mais il a refusé. Et il m'a demandé d'appeler quelqu'un en particulier.

Ce quelqu'un, c'était Gus.

À cet instant, le prêcheur remua sous la couverture, se redressa en prenant appui sur ses coudes et finit par ouvrir les yeux. Malgré son état, son regard était toujours aussi profond. Il nous dévisagea tour à tour, et je remarquai qu'il s'arrêta plus longuement sur moi.

— La Dette ! lui lançai-je alors. Il faut que je lui parle !

Ce fut au tour de Brandon et PJ d'ouvrir des yeux ronds.

— Dom, pas maintenant ! aboya Gus. Tu vois bien que ce n'est pas le moment !

— Mais c'est toi qui m'as conseillé de ne pas lâcher le morceau, avec cette histoire du type qui se fait bouffer le foie ! répliquai-je.

— Dégueu ! s'exclama Brandon, un grand sourire aux lèvres.

Gus me tourna le dos et reporta son attention sur le malade.

Je me retrouvais dans une impasse. Je m'assis à même le sol, et pris quelques profondes inspirations pour me calmer.

Là, je pris conscience du caractère délirant de la situation. Après tout, je n'avais même pas encore reçu l'ordre de mon cinquième contrat. La Dette ne m'avait rien demandé. Je ne risquais donc pas de perdre une jambe dans cette affaire. En fait, je m'étais carrément rendu malade pour rien, à courir d'un endroit à l'autre pour essayer de la contacter. Alors, tant pis si l'équipe de Bones avait réussi à localiser le trésor et si celle de E. Lee Marx s'était trompée du tout au tout en choisissant d'explorer les fonds de Diablo Bay. Ce n'était pas mon problème. Ni ma faute. Je n'y étais pour rien.

Le prêcheur laissa échapper un râle. Je me demandai combien de temps il lui restait à vivre.

— Encore de l'eau ? proposai-je à Gus.

Il hocha la tête avant de me tendre le bol. Je partis le remplir sous la pluie.

C'est là que je réalisai brusquement que j'avais vraiment été le pire des crétins, à me donner tant de mal pour contacter La Dette. Alors que le moyen le plus évident se trouvait sous mon nez.

Je sortis mon iPhone et sélectionnai le numéro de Miranda dans mon répertoire. Heureusement pour moi, elle décrocha aussitôt :

— Dom ! Tu as vu ce déluge ?

— Oui, je me suis même retrouvé dessous. Dis, aurais-tu le numéro de Seb, par hasard ?

Silence au bout de la ligne. J'aurais dû me douter que je risquais de toucher un point sensible.

— Qu'est-ce qui te fait croire que je l'ai, son numéro ? fit-elle.

— Eh bien, en général, quand deux personnes échangent leurs salives, elles échangent également leurs numéros de téléphone. C'est la moindre des politesses.

Miranda éclata de rire :

— Ce n'est pas comme si on avait eu le temps d'aller aussi loin, avant que la mère supérieure ne soit venue fourrer son gros nez entre lui et moi. Mais bon, ça reste plutôt drôle.

— Merci, merci.

— Tu as engagé quelqu'un pour écrire tes blagues ? Je trouve que ton sens de l'humour s'est sérieusement amélioré, ces derniers temps.

L'effet de l'énergie du désespoir, probablement.

— Tu sais où il habite, sinon ? Seb, je veux dire.

Nouveau silence. Décidément, ce n'était pas gagné.

— C'est un mec plutôt mystérieux, tu sais. Il ne m'a jamais invitée chez lui, je n'ai jamais rencontré sa famille. Et même quand il m'appelait, son numéro ne s'affichait jamais.

Elle demeura pensive un moment, avant d'ajouter :

— Mais bon, il est canon, quand même !

— Et quand est-ce que tu vas le revoir ? Tu sais bien, pour une nouvelle petite séance d'échange de salive, m'empressai-je d'ajouter, car j'avais désormais une réputation de mec drôle à entretenir.

— Pas avant un moment. Tu as déjà oublié que maman y a mis son veto ? Mais, si ça t'intéresse, il vient demain matin à huit heures pour nettoyer la piscine.

— Merci pour l'info, dis-je avant de raccrocher.

Le lendemain matin, il serait déjà trop tard. Cependant, ma sœur m'avait orienté sur une bonne piste. Restait à savoir comment m'y lancer.

Quand on y pense, tous les héros d'action ont des modes de transport plutôt classes.

Superman peut voler.

Batman se déplace en Batmobile.

James Bond n'a que l'embarras du choix, entre ses voitures, ses bateaux et ses hélicoptères.

Moi, tout ce que j'avais à disposition, c'était un vieux chauffeur de taxi brésilien et grincheux...

— Gus ? l'interpellai-je alors pour attirer son attention. Est-ce que tu as besoin que j'aille te chercher quoi que ce soit ?

Oui, c'était une piètre excuse. Heureusement pour moi, Gus acquiesça, et me demanda de passer chez lui récupérer une enveloppe.

— OK, je peux aller te chercher ça, lui dis-je. Est-ce qu'il y a des clés de voiture dans la poche de son manteau ? ajoutai-je en désignant le prêcheur.

— Des clés de voiture ? répéta Gus, sans comprendre.

Les clés d'un corbillard, en fait.

— Moi je sais où elles se trouvent, intervint PJ.

— Génial. Où ça ?

— Attends, Dom, tu te sentirais vraiment capable de conduire un tel engin ?

— J'ai conduit un bulldozer, une fois.

— Trop cool ! C'était pour impressionner une fille, je parie ?

Ha ha. Très drôle.

— Non, je ne cherche pas à impressionner les filles, vois-tu.

PJ me fixa bizarrement, avant de m'enjoindre à la suivre.

Nous sortîmes du conduit d'évacuation. Dehors, la pluie tombait toujours à torrent et, le temps de rejoindre le corbillard, nous nous retrouvâmes tous deux trempés jusqu'aux... os. Il n'y avait vraiment pas d'autre façon de le dire.

PJ s'agenouilla près de l'un des pneus arrière, et passa sa main en dessous. Elle en sortit une clé.

— Alors, où est-ce que tu m'emmènes ? fit-elle en ouvrant la portière pour s'installer au volant.

— Chez moi.

— Super ! J'ai toujours voulu voir où tu habites.

Pendant le trajet, PJ me raconta ce qu'elle savait du prêcheur. Ce qui ne prit pas longtemps, vu qu'elle en savait à peu près autant que moi à son sujet.

— En tout cas, il va vraiment me manquer, conclut-elle avec tristesse.

Je me rappelai ce qu'elle m'avait dit, quelques mois plus tôt : *Ceux qui vivent dans la rue se tiennent les coudes.*

Comme ce n'était pas très discret d'entrer dans Halcyon Grove à bord d'un corbillard, surtout avec une ado de seize ans au volant, j'indiquai à PJ de se garer dans Byron Street.

— Tu veux m'attendre ici, dans la voiture ? lui demandai-je en sortant du véhicule.

— Hors de question ! protesta-t-elle en retirant la clé du contact. Je veux voir comment vivent les gens pétés de thunes.

— Alors tu vas devoir présenter une pièce d'identité pour rentrer, l'informai-je.

PJ plongea la main dans sa poche, et en sortit une liasse de fausses cartes d'identité.

— Choisis-en une, celle que tu veux, dit-elle en imitant le ton d'un prestidigitateur.

Il avait enfin cessé de pleuvoir, et le domaine exhalait une odeur de terre mouillée. Nous franchîmes le portail sans problème, avant de nous diriger au pas de course vers la maison de Gus.

— Dominic ! entendis-je au-dessus de moi.

Je levai les yeux et vis Imogen à sa fenêtre. Ses longs cheveux détachés lui donnaient des airs de Raiponce, ou de tout autre princesse tout droit sortie d'un conte de fées.

— Salut, Im ! répondis-je, sans trop savoir comment lui présenter PJ.

Heureusement pour moi, celle-ci s'en chargea toute seule :

— Salut ! Je m'appelle PJ.

Imogen lui adressa un sourire avant de me lancer :

— Dom, il faut vraiment que je te parle !

— Ça ne tombe pas très bien, là, j'ai une course à faire pour Gus.

Une brise fit voler ses cheveux.

— Je viens d'obtenir plein d'infos concernant mon père, expliqua-t-elle.

— Sérieux ? C'est génial, ça !

PJ me jeta un regard en coin.

— Oui, c'est grâce à cette femme, Joy Wheeler, poursuivit Imogen. Elle est subitement devenue ma meilleure amie, et m'a envoyé tout un tas de documents.

— Est-ce que ça peut attendre ? fis-je, en regrettant aussitôt mes paroles. Je n'en ai que pour quelques heures, promis. J'ai hâte de voir ça !

Au fond de moi, je culpabilisais de faire faux bond à Imogen dans un moment si important. J'avais l'impression de la trahir. Mais je ne pouvais pas faire autrement.

— Elle est vraiment magnifique, ton amie. Je crois que je n'ai jamais vu une fille aussi belle, me dit PJ alors que nous approchions de la maison.

J'acquiesçai, sans rien dire.

— Qu'est-ce qui est arrivé à son père ?

— C'était un homme politique. Il a disparu et personne ne sait ce qui est advenu de lui.

— Havilland ?

Je la dévisageai, estomaqué.

— Tu le connais ?

— J'ai déjà entendu son nom, c'est tout, fit-elle en haussant les épaules.

Nous atteignîmes la maison de Gus.

Je suivis les instructions qu'il m'avait données : ouvrir le quatrième tiroir de son bureau pour y récupérer une enveloppe kraft.

Une fois cette mission accomplie, nous nous rendîmes chez moi.

— Alors c'est dans ce genre de baraques que vivent les riches..., lâcha PJ dès que nous eûmes mis le pied à l'intérieur.

Elle ne fit pas d'autre commentaire, cependant.

Détail d'importance à savoir sur ma mère : il s'agissait d'une vraie maniaque de l'organisation. Une place pour chaque chose, et chaque chose à sa place. Voilà quel était son délire.

Aussi, dès que j'ouvris le classeur à tiroirs où elle avait l'habitude de ranger ses documents, je savais que je trouverais une facture de Komang Entretien Piscine, sur laquelle figurerait un numéro de téléphone que je pourrais appeler, et où je demanderais que l'on me donne les coordonnées de leur employé dénommé Sebastian Baresi.

Je cherchai à la lettre *K* pour Komang.

Rien.

J'essayai à la lettre *E* pour entretien.

Non plus.

P pour piscine.

Toujours pas.

Il n'y avait aucune facture de cette entreprise.

Je sortis mon iPhone, et cherchai *Komang Entretien Piscine* sur Google.

Aucune occurrence. L'entreprise n'existait pas !

Dans ma frénésie, j'allai même jusqu'à m'emparer du vieil annuaire déchiré qui trônait sur l'étagère. Pas la moindre trace de Komang.

D'abord, les bureaux à l'abandon de mon père. Maintenant, cette entreprise fantôme... Gold Coast n'était-elle qu'une ville en carton-pâte, où tout était faux jusque dans le moindre détail ?

C'est alors qu'une idée germa dans mon esprit.

— Hé ! Où est-ce que tu vas ? me cria PJ alors que je me précipitai à l'extérieur de la maison.

Pendant une demi-seconde, j'avais complètement oublié qu'elle se trouvait là, avec moi.

— Je dois aller parler à l'agent de sécurité, lui dis-je.

— Attends, je viens avec toi.

Nous gagnâmes ensemble le poste de sécurité situé à l'entrée du domaine.

— Samsoni, vous notez bien le numéro de plaque d'immatriculation de tous les véhicules qui entrent ici, pas vrai ? lui demandai-je.

— Exact.

— Même lorsqu'il s'agit de livreurs ou d'agents d'entretien ?

— Oui, le règlement s'applique à tout le monde.

— Est-ce que je pourrais consulter ce registre ?

— Je suis désolé, Mr Silvagni, mais je ne suis pas censé le montrer à quiconque.

Que faire ? Il me fallait vraiment jeter un œil à ce registre, mais je ne voulais surtout pas causer d'ennuis à Samsoni. Toutefois, je n'eus pas le temps de me poser davantage de questions, car PJ s'empara d'un objet posé sur le bureau, avant de détaler comme un lapin.

Samsoni s'élança aussitôt à ses trousses.

J'en profitai pour me glisser derrière le bureau et ouvrir le registre. Je parcourus rapidement les pages jusqu'à tomber sur *Komang Entretien Piscine*. Avec mon iPhone, je photographiai le numéro de plaque correspondant, avant de remettre le registre exactement comme je l'avais trouvé. Puis je m'empressai de regagner ma place.

Samsoni revint à son poste, une lampe de poche Maglite à la main.

— Elle a fait tomber ceci avant de disparaître, m'expliqua-t-il, apparemment très déconcerté par ce qui venait de se passer.

Il n'avait pas l'air de me soupçonner, en tout cas.

— Oui, c'est une fille un peu timbrée, lui assurai-je. Elle a tout le temps des réactions assez bizarres.

— Il n'est donc peut-être pas très prudent de la faire venir chez vous, Mr Silvagni.

Sur ce coup, Samsoni n'avait pas tout à fait tort.

Je sortis du domaine et retrouvai PJ dans le corbillard.

— Tu as été géniale ! m'exclamai-je en prenant place dans le véhicule.

— J'en ai vu d'autres, tu sais. Alors, on fait quoi maintenant ?

Bonne question. J'avais désormais en ma possession le numéro d'immatriculation du van de Komang Entretien Piscine. Mais que pouvais-je en faire, concrètement ?

— Aucune idée, lâchai-je.

— Tu te retrouves bloqué ?

— C'est un peu ça, oui.

— Dis-moi tout.

Je lui expliquai donc mon problème.

— Il fallait le dire tout de suite ! réagit-elle immédiatement, un grand sourire aux lèvres.

Je la vis sortir son téléphone portable et composer un numéro.

— Salut, Sticks, fit-elle dans le combiné. Dis, j'aurais besoin d'un petit service. Tu pourrais m'identifier un numéro de plaque d'immatriculation ?

Le dénommé Sticks lui répondit quelque chose.

— Oui, je sais, dit PJ. Mais je te revaudrai ça. Allez, fais pas ton mec buté !

Nouvelle réponse de Sticks.

— Super ! s'exclama PJ avant de lui lire le numéro d'immatriculation affiché sur l'écran de mon iPhone.

Puis elle mit fin à la communication.

— Il va m'envoyer un SMS, m'expliqua-t-elle en voyant mon air interloqué.

Moins d'une minute plus tard, son téléphone émit un bip. Elle me montra le SMS, dans lequel figurait l'adresse du détenteur du van : il habitait dans le quartier de Chevron, à une dizaine de minutes de trajet.

Je rentrai l'adresse dans l'application Google Maps, et nous nous mîmes en route. PJ conduisait tandis que je lui donnais les directions à suivre.

Nous débouchâmes dans une rue résidentielle, bordée de pavillons tous semblables les uns aux autres. Et, à l'adresse indiquée, j'aperçus le van Komang Entretien Piscine garé dans l'allée.

J'allai frapper à la porte du pavillon.

Une fille m'ouvrit, un iPad à la main. Elle devait avoir l'âge de Toby. Et son visage me sembla familier.

— Seb est là ? fis-je, d'un ton plus sec et autoritaire que je ne l'aurais voulu.

Son visage se figea en une grimace affolée.

— Sebastian, je pourrais le voir ? repris-je, plus doucement.

La fille prononça quelques mots en italien, par-dessus son épaule, et une voix d'homme lui répondit dans la même langue. Elle essaya immédiatement de me claquer la porte au nez, mais je parvins à la bloquer avec mon pied. Une lutte s'engagea d'un côté et de l'autre. Je finis par donner un grand coup d'épaule, et la porte s'ouvrit en grand. Je me précipitai à l'intérieur.

— Seb ? Tu es là, Seb ? hurlai-je en me heurtant aux murs du couloir.

Je me trouvais dans une sorte de frénésie. Le sang battait à mes tempes. Je me sentais prêt à prendre tous les risques. Peu importait ce qui pouvait m'arriver. Il fallait que je parle à Seb.

Des silhouettes apparurent au bout du couloir.

Des voix se firent entendre. Deux. Trois. Peut-être plus.

On parlait en langue étrangère.

Quelqu'un essaya alors de me plaquer contre le mur. Mais je parvins à m'échapper.

J'esquivai une autre paire de bras.

Je repoussai un autre assaillant.

Et c'est là que je vis Seb, assis à une table.

— Seb !

J'avais envie de me jeter dans ses bras.

Pourtant, dans ses yeux, je ne lus que la plus profonde hostilité.

— Seb ! Il faut que tu les préviennes…, commençai-je, avant que l'on ne m'empoigne par-derrière.

Je donnai un bon coup de coude en arrière, et frappai mon assaillant au niveau du menton. *Crac !* Il lâcha son étreinte.

Au même instant, Seb se leva pour quitter la pièce.

Pas question de le laisser filer. Je me jetai sur lui, et l'enserrai à la taille. Dans mon élan, nous nous retrouvâmes par terre. Je lui crachai alors, dans l'oreille :

— Il faut que tu les préviennes qu'ils cherchent l'or de Yamashita au mauvais endroit !

Des mains me saisirent.

— Leur carte, elle est fausse ! poursuivis-je. Je sais où est caché le trésor !

Les yeux de Seb me lancèrent des éclairs. Le dégoût se lisait sur son visage.

— Toi, ne m'adresse pas la parole ! vociféra-t-il, les yeux exorbités. Tu es un débiteur !

Je parvins à glisser la main dans ma poche pour en sortir le Double Eagle incrusté dans le corail, que j'eus à peine le temps de lui jeter. Puis on me traîna *manu militari* jusqu'à la porte, où l'on me balança violemment sur le trottoir.

Avant qu'ils ne referment la porte, je parvins à jeter un regard aux trois hommes qui m'avaient traîné hors de la maison. Les deux premiers m'étaient totalement inconnus, mais je connaissais le troisième. Je le connaissais même très bien. Il s'agissait de Roberto, notre jardinier.

PJ se précipita vers moi, et m'aida à me relever puis à regagner le corbillard.

— Dom, ça va ?

— Oui, rien de cassé.

Mes os étaient intacts, pas mon ego. Je me trouvais sous le choc. Les paroles de Seb résonnaient encore dans mes oreilles. Suintant de haine et de dégoût. *Tu es un débiteur !*

Seb, qui m'avait aidé à escalader la façade du Colisée, à Rome. Et qui avait même fait diversion, pendant le concert des Stones, pour que je puisse me rendre dans les coulisses. Quelle mouche l'avait donc piqué ?

— Dom, tu es sûr que ça va ? insista PJ.

— Je n'avais jamais fait face à tant de haine contre moi.

Elle émit un petit *hmm* compatissant, avant de démarrer le corbillard.

— Une fois, Brandon et moi, on faisait la manche devant un hôtel de luxe, à Surfers Paradise.

— Le Palazzo Versace ?

— Oui, celui-là. Bref, je vois une vieille bourge qui s'approche. Couverte de bijoux. Vraiment blindée, tu vois le genre. Alors je lui sors le refrain habituel : *Vous n'auriez pas un peu de monnaie pour prendre le bus ?* Là, elle me fixe droit dans les yeux avant de me cracher à la gueule. Et puis elle continue son chemin, comme si de rien n'était. Elle est entrée dans l'hôtel, où elle s'est probablement empiffrée de homard ou de caviar, comme toutes les vieilles bourges.

J'imaginai ce crachat dégoulinant sur mon visage. En comparaison, *Tu es un débiteur* ne me semblait plus si terrible que cela...

Lorsque nous débouchâmes sur le camp de fortune du prêcheur, la pluie avait cessé, et il émanait de la forêt une odeur de terreau humide.

Je serrai l'enveloppe contre moi. Je m'étais dit que j'allais regarder ce qu'elle contenait pendant le trajet mais, à cause de ce qui venait de m'arriver, ce détail m'était complètement sorti de la tête. Trop tard, à présent.

Gus, Brandon et le prêcheur n'avaient pas bougé depuis que nous les avions quittés.

— Tout va bien, Dom ? s'enquit Gus. Vous avez mis un bout de temps.

— Impeccable, mentis-je en lui tendant l'enveloppe. C'est bien ceci que tu voulais ?

— Oui, merci beaucoup.

Il prit l'enveloppe, sans l'ouvrir. Je regrettai encore plus de ne pas y avoir jeté un œil lorsque j'en avais eu l'occasion.

Nous restâmes tous assis en silence pendant dix bonnes minutes, les yeux fixés sur le prêcheur. Seul le mouvement quasi imperceptible de sa cage thoracique nous assurait qu'il n'avait pas encore rendu l'âme.

Pendant ce laps de temps, je reçus deux SMS d'Imogen, que je ne pris même pas la peine de lire.

Au bout d'un moment, le prêcheur finit par ouvrir les yeux. On n'y distinguait plus la même lueur que précédemment. Son visage semblait plus détendu, comme si toutes ses rides avaient été lissées.

Gus glissa alors sa main à l'intérieur de l'enveloppe, et en sortit une photographie en noir et blanc.

Je m'approchai, pour mieux voir.

— Regarde, nous voilà tous les trois, dit-il dans un murmure. Toi, moi, et Alessandro.

Je me penchai au maximum pour avoir une meilleure vision.

— Je devais avoir quatorze ans, et vous douze, continua Gus.

Je remarquai qu'il avait encore ses deux jambes, sur la photo.

J'avais déjà vu sa mère et son père, mes arrière-grands-parents, sur une photo trouvée dans le tiroir de son bureau. Sa mère, comme prématurément âgée. Son père, au regard sombre.

— Alessandro, notre petit ange, articula le prêcheur.

C'était bien la première fois que je l'entendais prononcer des paroles dénuées d'imprécations religieuses.

— C'est vrai, acquiesça Gus. Ton jumeau était un petit ange.

Mon iPhone émit un nouveau bip. *Pas maintenant, Im.*

Je jetai tout de même un coup d'œil à l'écran.

Le message ne provenait pas d'Imogen, mais d'un expéditeur inconnu.

Rendez-vous sur le quai Warner demain matin à six heures. Tu pars à la recherche de l'or.

— Ouiiiiiiiiii ! m'égosillai-je, levant le poing en l'air en signe de victoire.

Ce qui fut le dernier mot qu'entendit mon grand-oncle avant de mourir.

19. L'ARGO

Ce matin-là, aucun mot ne pouvait décrire l'état dans lequel je me trouvais. Des mots tels que *excité*, ou *trépignant d'impatience* restaient encore trop loin de la vérité.

J'attendais, à l'endroit convenu, que l'on vienne me chercher. Le quai était désert.

Je consultai ma montre : cinq heures cinquante-huit. Pourtant, on ne distinguait rien à l'horizon. Pas la moindre trace d'une quelconque embarcation.

Je me sentis envahi par un sentiment d'appréhension.

Et si l'on m'avait joué un tour ? Si ce n'était qu'un piège ?

Non, cela n'aurait eu aucun sens.

À cet instant, le silence fut soudain brisé par un grand bourdonnement de pales, dans le ciel, au-dessus de moi.

Un hélicoptère !

Ma première idée fut de m'enfuir en courant. Mais je me ravisai immédiatement.

Je m'étais attendu à voir arriver un bateau, donc La Dette m'avait envoyé un hélico à la place. Histoire de rester imprévisible.

L'appareil se posa sur le quai. Je le rejoignis au pas de course, puis grimpai à bord. Le pilote me tendit la main et se présenta, mais je n'entendis pas son nom à cause du vrombissement du moteur. Avec son physique d'acteur américain – peau bronzée, mâchoire carrée, yeux bleus –, il aurait bien eu une tête à s'appeler Chuck ou Biff.

Il me tendit un casque, que je plaçai sur mes oreilles. Puis, dès que je fus attaché, il décolla. Nous suivîmes la côte, survolant l'océan étincelant sur notre gauche, Gold Coast et ses buildings sur notre droite.

De temps à autre, certaines idées que je ruminais venaient ronger mon bel enthousiasme.

La mort du prêcheur...

Imogen sur la piste de son père disparu...

Le fait qu'il s'agissait de mon cinquième contrat, soit l'avant-dernier...

Mais cela ne durait que quelques secondes, avant que l'excitation ne m'envahisse à nouveau.

Le pilote se mit à parler dans sa radio.

— Bien reçu ! fit-il avant de rentrer quelques chiffres sur le poste de pilotage.

Il manipula les commandes, et l'appareil s'envola vers le large, loin des côtes.

Les nuages commençaient à s'amonceler dans le ciel bleu matinal et, au-dessous de nous, les vagues agitées crachaient beaucoup d'écume.

Vingt minutes plus tard, le pilote reprit sa radio pour déclarer :

— *Argo* en vue.

Il me donna ensuite un coup de coude, et désigna quelque chose sur sa gauche.

En suivant la direction qu'il m'indiquait, j'aperçus l'*Argo*, majestueux navire de trente mètres qui fendait les flots dans un grand jaillissement d'embruns.

Comparé à l'*Hispaniola*, c'était le jour et la nuit !

Une question surgit aussitôt à mes lèvres :

— Comment je vais monter à bord ?

— On va se poser dessus.

Cependant, lorsqu'il reprit sa radio, une conversation animée s'ensuivit. Apparemment, les fortes bourrasques nous empêchaient de pouvoir atterrir, comme prévu, sur le navire.

Mon enthousiasme s'évanouit aussitôt.

— Qu'est-ce qu'on fait, du coup ?

— Eh bien, s'ils veulent vraiment t'avoir à bord, et j'ai l'impression que c'est le cas, alors ils vont devoir aller te récupérer au port. Ce qui risque de prendre huit bonnes heures.

Devant mon air abattu, il s'empressa d'ajouter :

— Sinon, autre solution, j'immobilise l'hélico au-dessus du pont, et tu descends en rappel le long d'une corde. C'est une procédure plutôt simple, je l'ai faite des centaines de fois.

Je hochai la tête. J'avais déjà pratiqué la descente en rappel, mais cela s'était limité à quelques cours de sport, dans le gymnase de Coast Grammar.

— OK, ça me va, lui dis-je.

— Tu en es bien sûr ?

— À cent pour cent.

Le pilote m'adressa un sourire avant de m'indiquer où se trouvait l'équipement : corde, harnais, casque, gants et gilet de sauvetage. Lorsqu'il eut terminé de m'expliquer en détail la marche à suivre, il me demanda :

— C'est bon ? Pas de questions ?

— Non. Allons-y.

La technique de descente ne différait pas de celle que l'on m'avait apprise. Sauf que, dans ce cas précis, j'allais me retrouver suspendu au bout d'un hélicoptère, au-dessus d'un océan infesté de requins.

J'enfilai le gilet de sauvetage, le casque, les gants, puis glissai les jambes dans le harnais, tandis que le pilote expliquait à l'interlocuteur de sa radio ce qui allait se passer.

Il s'assura ensuite que la corde était solidement attachée à l'hélicoptère, et me montra comment la faire passer dans le descendeur avant de fixer ce dernier à mon harnais.

— Toujours partant ?

— Oui.

Après une dernière vérification du pilote, nous étions prêts.

L'*Argo* ralentit son allure, ce qui nous permit de nous en rapprocher le plus près possible. L'hélicoptère resta alors en vol stationnaire, à vingt mètres environ au-dessus du pont. En bas, je pouvais apercevoir des silhouettes vêtues de cirés jaunes.

— Jette la corde ! m'ordonna le pilote.

Je la lançai par-dessus bord avant de la regarder se dérouler. Les deux ou trois derniers mètres atterrirent sur le pont de l'*Argo*.

— Pas de nœud sur la corde ? s'enquit le pilote.

— Non, aucun.

— OK, tu peux te mettre en place !

La corde entre les mains, je posai les pieds sur le train d'atterrissage de l'appareil.

— Prêt ?

Je pris position et fléchis les genoux.

— Vas-y !

Tout mon corps jusqu'au moindre de ses atomes me supplia : *Ne saute pas !* Mais je choisis de l'ignorer et de sauter, laissant la corde glisser entre mes mains gantées.

Je tombai en chute libre, de plus en plus vite, avant de serrer l'autobloquant pour freiner. La suite s'avéra plutôt facile : la main droite sur l'autobloquant pour le faire coulisser, et l'autre sur la corde pour contrôler la descente. Finalement, c'était exactement la même chose que pendant nos cours de sport.

Je sentis soudain des mains me saisir pour détacher le harnais.

J'avais réussi ! Je me trouvais à bord du navire !

Levant les yeux vers l'hélicoptère, j'adressai un signe de la main au pilote. Il me répondit en faisant osciller la queue de l'appareil.

— Quel frimeur, ce Kevin ! pesta quelqu'un sur le pont.

Kevin ? Je préférais encore Chuck.

Un rapide passage en revue des alentours acheva de me convaincre de la supériorité de l'*Argo* sur l'*Hispaniola*. L'*Hispaniola* n'était qu'un vieux rafiot déglingué, sale et désordonné. L'*Argo*, flambant neuf et immaculé, aurait fait le bonheur de ma mère : une place pour chaque chose, et chaque chose à sa place.

— Dominic ! Ton trajet s'est bien passé ? fit une voix que je reconnus immédiatement, celle du chasseur de trésors le plus célèbre du monde.

— Oui, c'était génial ! m'exclamai-je, incapable de contenir un débordement d'enthousiasme.

E. Lee Marx semblait avoir rajeuni de vingt ans depuis la dernière fois que je l'avais vu. Ses yeux brillaient.

Il passa un bras autour de mes épaules et me dit :

— Je suis content que tu sois là, Dom.

Cet homme, l'équivalent d'Indiana Jones, du commandant Cousteau et de Han Solo réunis, avait mis son bras autour de moi ! Et il était content de me voir !

— Et si on mangeait un morceau tout en discutant un peu, ça te dit ? reprit-il.

À cet instant, une énorme vague se fracassa contre la coque du navire, envoyant dans les airs un geyser d'eau qui inonda le pont.

— Allons nous mettre à l'abri, ça vaudra mieux, ajouta-t-il en souriant.

Il n'y avait plus âme qui vive autour de nous. Les membres d'équipage qui m'avaient aidé lors de mon arrivée s'étaient tous éclipsés. Ce qui me sembla un peu étrange. Je m'étais toujours imaginé que les navires grouillaient d'activité, que des gens couraient sans cesse d'un bout à l'autre pour s'affairer à diverses tâches.

E. Lee Marx me conduisit alors dans une cabine, meublée d'un lit simple, d'une table vissée au sol munie de chaises, et d'une grande télévision à écran plat. La pièce comprenait également une salle de bains attenante avec douche et toilettes, et une fenêtre, ou plutôt un hublot, qui offrait une vue imprenable sur l'océan.

En fait, on aurait dit une chambre d'hôtel basique.

Nous nous assîmes tous les deux et, au même instant, on frappa à la porte. E. Lee Marx se leva pour aller ouvrir, et revint chargé d'un plateau contenant deux appétissants sandwichs jambon-fromage et un milkshake au chocolat.

Affamé, j'engloutis ma part en quelques minutes.

— J'avais oublié à quel point les garçons en pleine croissance sont de véritables estomacs sur pattes, fit-il remarquer en me jetant un regard admiratif. Alors, raconte-moi tout. Et prends ton temps, rien ne presse.

Je ne lui racontai pas tout, évidemment. J'étais bien obligé d'omettre certains détails. Cependant, je fis en sorte qu'il sache tout ce qu'il avait besoin de savoir, dans la mesure du possible.

— Mais pourquoi voulais-tu à ce point mettre la main sur ce Zolt ? m'interrogea E. Lee Marx.

Parce que La Dette me l'avait ordonné. Mais, ça, je ne pouvais pas en parler.

— Et pourquoi tenais-tu tellement à ce que je vienne ici, en Australie ? ajouta-t-il.

Là encore, à cause des ordres de La Dette. Dont je ne pouvais toujours pas parler. En fait, j'en vins à me demander ce que E. Lee Marx savait réellement sur ses employeurs. Pas grand-chose, apparemment.

— Vous les voyez souvent, vos commanditaires ? me risquai-je à lui demander.

Il me dévisagea, l'air surpris, avant de répondre :

— C'est amusant que tu me poses cette question, parce que, quand on a commencé les fouilles, je ne savais pas à qui j'avais affaire, et je n'avais aucun moyen de les contacter. Et je ne dis pas ça pour critiquer. Parce que j'ai déjà eu des boulots où le patron me collait aux basques toute la sainte journée, et je peux te dire que c'est vraiment pénible. Mais il faut savoir trouver un juste milieu. Donc, pour que les fouilles continuent, j'ai exigé d'avoir quelqu'un à bord, quelqu'un qui pourrait prendre les décisions, dire oui ou non. On nous a donc envoyé un responsable.

Il demeura pensif un moment, avant de reprendre :

— Tu sais, chasseur de trésors, c'est un drôle de métier. On se frotte constamment à des choses bizarres. C'est peut-être ce qui m'a motivé à continuer aussi longtemps, d'ailleurs. Mais je dois t'avouer que, ce contrat, c'est le plus bizarre qu'il m'ait été donné de faire.

Il plongea alors la main dans sa poche, et en sortit le Double Eagle que je lui avais remis à Rome.

— Sans cette pièce, nous serions repartis chez nous depuis bien longtemps.

— Heureusement que vous êtes restés, alors ! m'exclamai-je.

— Donc, si j'ai bien compris, tu as plongé dans la zone du trésor ?

— C'est bien ça, répondis-je en me rappelant à quel point l'expérience avait été terrifiante. À soixante mètres de profondeur.

— Soixante mètres ? répéta-t-il, l'air incrédule.

Bien obligés. Comment chercher un trésor enfoui dans les profondeurs de l'océan, sans plonger ?

— Donc vous n'aviez pas de ROV[3] ? conclut-il.

— Un véhicule sous-marin téléguidé, vous voulez dire ?

— Oui. Nous en avons deux à bord : Castor et Pollux. Des modèles à la pointe de la technologie. Je ne prendrais jamais le risque d'envoyer mes équipes à de telles profondeurs. C'est beaucoup trop dangereux.

---

3. ROV : *Remotely Operated Vehicle*, véhicule sous-marin contrôlé à distance.

Donc, soit j'avais été vraiment très courageux, soit vraiment inconscient.

— Le fond, comment était-il ?

— Très limoneux. Avec une visibilité extrêmement mauvaise, et de très forts courants.

Bon, d'accord. C'était clair, à présent : j'avais été complètement inconscient.

— Et est-ce que tu connais la position, même approximative, de l'endroit en question ?

Ah. Mon heure de gloire était arrivée.

Moi, Dominic Silvagni, j'allais donner à l'archéologue le plus célèbre du monde une information capitale.

Je sortis de ma poche le coin de carte que j'avais déchiré dans la timonerie de l'*Hispaniola*, pour lire les latitude et longitude précises. E. Lee Marx m'écouta, avant de se pencher sur la carte marine posée devant lui. Toutefois, il ne prit aucune note.

En fait, c'était presque comme s'il savait déjà à quel point précis correspondaient ces coordonnées.

Nous continuâmes à discuter un moment, avant qu'il ne me dise :

— Bon, nous avons environ six heures de trajet devant nous, alors je te conseille de te reposer.

Me reposer ?

— Ou, si tu préfères, il y a plein de DVD à ta disposition, ajouta-t-il en désignant l'écran plasma.

Puis il me laissa seul dans la cabine.

De mauvaise grâce, je consultai la pile de DVD disponibles. Génial. Je me trouvais à bord d'un navire d'exception, en route pour une chasse au trésor, l'aventure la plus incroyable de ma vie… Et j'allais devoir rester dans ma cabine à me coltiner film après film. Pourquoi ne pas me plonger dans le programme de maths de ces dix dernières années, tant que j'y étais ?

Je jetai alors un coup d'œil à mon iPhone. Aucun message. Pas de réseau. De rage, je le balançai sur le lit. À force de tourner en rond, je me résignai à regarder le premier *Indiana Jones*. Mauvaise idée. Arrivé à la scène de la grotte, je n'en pouvais plus de voir le héros vivre à l'écran des aventures palpitantes. Alors que moi, tout seul dans ma cabine, je m'ennuyais comme un rat mort.

Pris par la soudaine envie d'aller faire un petit tour du navire, j'éteignis la télé en plein milieu du film, et me dirigeai vers la porte. Mais je la trouvai fermée à clé.

Non, E. Lee Marx n'aurait quand même pas osé m'enfermer ! J'essayai à nouveau d'appuyer sur la poignée, plus fort. Sans succès.

J'étais coincé.

La cabine me sembla soudain bien plus petite qu'auparavant.

Je me creusai la cervelle pour trouver une explication plausible. Peut-être ne pouvait-on pas laisser n'importe qui circuler librement sur un navire high-tech tel que celui-ci ?

Non, cela n'avait aucun sens. Après tout, je n'étais pas n'importe qui. Sans moi, le navire ne serait même pas en route vers le trésor. Et si E. Lee Marx voulait que je reste confiné dans ma cabine, pourquoi ne me l'aurait-il pas tout simplement demandé ?

En attendant, il n'y avait rien d'autre à faire que de regarder des DVD.

Je rallumai donc la télé, et finis de visionner *Les Aventuriers de l'Arche perdue*. Puis j'embrayai sur le second volet. J'en étais arrivé au moment où Indiana et ses acolytes sautent d'un avion déserté par ses pilotes, avant d'utiliser un canot de sauvetage pour amortir leur chute, lorsque j'en eus vraiment assez.

Peut-être que la porte était verrouillée, mais le hublot, lui, ne l'était pas. Je l'ouvris en grand et passai ma tête à l'extérieur.

Trois mètres plus bas, j'aperçus la mer, grise et menaçante. Pas très engageant.

Je me tordis le cou pour regarder vers le haut. Le bastingage se trouvait hors de portée, mais pas la bouée de sauvetage qui y était accrochée. Un plan germa alors dans mon esprit : je pouvais sortir par le hublot et me hisser sur le pont en prenant appui sur la bouée. Simple comme bonjour.

Pourquoi ferais-tu quelque chose d'aussi stupide, Dominic ? me demanda, dans ma tête, la petite voix de la raison. *Tu vois bien qu'on ne veut pas que tu te promènes sur le bateau.*

Justement, rétorquai-je, catégorique, *je vais leur montrer à tous qu'on ne peut pas me traiter comme ça, et m'enfermer dans ma cabine comme un gamin de cinq ans.*

Je me glissai à travers l'ouverture du hublot de façon à pouvoir m'asseoir sur le rebord, les jambes côté cabine et le reste de mon corps à l'extérieur.

Si je m'étais trouvé chez moi, à ma fenêtre, au-dessus de notre pelouse moelleuse, je ne me serais pas posé la moindre question. Je n'aurais pas eu à craindre le moindre requin, ni aucun autre prédateur anthropophage. Sans compter qu'on n'avait jamais vu qui que ce soit se perdre ou se noyer en pleine pelouse. Mais, là, en contrebas, il y avait l'océan. C'était une tout autre histoire.

Je commençai à sérieusement hésiter. Pourtant, sans réfléchir, mes deux mains saisirent la corde qui pendait au bout de la bouée.

Je me redressai alors prudemment, jusqu'à avoir les pieds en équilibre sur le rebord du hublot.

La manœuvre suivante, plus délicate, consistait à agripper la bouée et à remonter en me servant de mon élan pour passer la jambe au-dessus du bastingage. Cela n'avait rien de très difficile, j'avais déjà exécuté des prouesses de ce genre des tas de fois.

À trois, m'ordonnai-je. *Un. Deux. Trois !*

Je me hissai de toutes mes forces. *Trop facile*, pensai-je, car je sentais que j'avais assez d'élan pour passer au-dessus du bastingage.

Mais, alors que je me trouvais à mi-parcours entre le hublot et le pont, la bouée se détacha brusquement et m'entraîna dans sa chute. Je tombai dans l'océan.

Moi qui cherchais de l'aventure, j'étais servi ! Je heurtai la surface de l'eau. Le goût du sel envahit ma bouche. Et je ressentis la vibration des moteurs du navire.

Merde, les hélices ! pensai-je tout à coup.

Je me mis à nager comme un dératé, pour m'en éloigner au plus vite, jusqu'à ce que je ne sente plus aucune vibration.

Le navire, qui m'avait semblé si lent lorsque je me trouvais encore à bord, filait désormais à vive allure, fendant les flots vers l'horizon, disparaissant et réapparaissant dans mon champ de vision, au gré des vagues qui se renversaient sur moi.

Je me mis à hurler dans sa direction, même si je savais que cela ne servirait à rien.

Je hurlai. Hurlai. Et hurlai encore.

Puis je me mis à pleurer. Des larmes salées dans l'océan.

Car je venais de signer mon arrêt de mort.

La personne qui avait verrouillé la porte de ma cabine ne viendrait pas prendre de mes nouvelles avant plusieurs heures. Et même si elle le faisait dans les prochaines minutes, je n'avais aucune chance d'être retrouvé dans des flots aussi déchaînés.

J'alternais désormais entre cris et pleurs. Cris et pleurs.

Je n'étais plus que le jouet de l'océan, ballotté d'une déferlante à l'autre.

Le deuxième Indiana Jones *n'était pas si nul, après tout,* me dis-je en repensant au film. *À certains moments, il est même carrément mieux que le premier. Et le petit garçon chinois est un personnage plutôt cool…*

Je lâchai un rire désespéré.

Et c'est là que j'entendis un bruit.

Un bruit de plus en plus fort.

Une nouvelle vague me souleva, et j'aperçus l'*Argo* qui avait modifié sa trajectoire et fonçait droit vers moi.

On venait me chercher !

Sauvé !

Mais comment est-ce possible ?

Je revis E. Lee Marx au moment où je lui avais annoncé la position du trésor. Il n'avait pas cillé, comme s'il connaissait déjà les coordonnées.

Et je me rappelai également ce que ma sœur avait dit, un jour, en découvrant que mon téléphone était infecté par deux spywares : *Ils te tiennent.* Elle avait vu juste. On me tenait. Mais comment ?

Je me remémorai alors le matin de mon quinzième anniversaire, le jour où La Dette était entrée dans ma vie. Le van qui m'avait renversé. Le trou noir de quatre minutes. Le petit point rouge enflé à l'intérieur de mon poignet.

On m'avait forcément implanté une puce dans le bras. Voilà comment.

Et Dieu merci ! Car je lui devais la vie !

L'*Argo* s'arrêta à une centaine de mètres de moi, un Zodiac fut mis à l'eau et se mit aussitôt à filer dans ma direction. J'aperçus E. Lee Marx à son bord.

Il m'attrapa et me tira par-dessus le rebord de l'embarcation.

— Mais qu'est-ce qui t'a pris, bon sang ! lâcha-t-il en m'enveloppant de ses bras.

C'est là que je remarquai qu'un homme se tenait derrière lui.

Un homme qui ne m'était pas inconnu, même si j'ignorais son nom. Parce que je l'avais déjà vu trois fois dans ma vie, dont deux fois en personne.

La première fois, c'était à Nimbin. Il s'agissait du quatrième homme que j'avais aperçu aux côtés de mon père, de Ron Gatto et de Rocco Taverniti, tous plongés dans une discussion en calabrais.

La deuxième fois, c'était le jour où Seb était venu s'entraîner avec l'équipe de demi-fond de Coast Grammar. Après l'entraînement, une voiture était passée le récupérer. Et j'avais aperçu cet homme au volant.

La troisième et dernière fois, c'était sur une vieille photo trouvée sur l'ordinateur d'Imogen. On y voyait son père, après qu'il eut remporté une élection. Et, à côté de lui, un membre de son parti qui lui tenait le bras en l'air en signe de victoire. Cet homme-là. Beaucoup plus jeune, évidemment, mais je l'aurais reconnu entre mille.

Tout à coup, ces trois entités différentes se retrouvèrent réunies sous les traits d'une seule et même personne.

— Il faut remercier Art, me dit le chasseur de trésors en relâchant son étreinte. Sans lui, on ne se serait même pas rendu compte de ton absence.

20. LA BAIE DE LA HONTE

— Donc, tu sais précisément où se trouve le trésor ? me demanda Salacia, de but en blanc, comme à son habitude.

— En tout cas, je sais précisément qu'il ne se trouve pas à l'endroit où vous cherchiez, répliquai-je du tac au tac.

Elle se mordit la lèvre inférieure et m'adressa un regard dans lequel je vis presque de la gratitude.

— Alors, tu n'es plus fâchée contre moi ? risquai-je.

— Un peu moins.

— Et comment va ta mère ?

— Mieux. Elle est repartie en Italie.

— Et donc, si je comprends bien, tu es censée jouer les baby-sitters, là ?

— Dis-moi pourquoi tu as sauté dans l'océan, Dom.

— Je n'ai pas sauté, espèce de débile !

— Tu pourrais rester poli, quand même !

Salacia avait raison. Il valait mieux que je ne me risque pas à insulter la soi-disant déesse de la Mer.

Nous nous trouvions tous deux dans sa cabine, qui ressemblait en tous points à la mienne. Mis à part la décoration : des photos de dauphins, du sol au plafond.

— D'accord, je retire ce que j'ai dit. Mais je n'ai pas sauté, j'ai glissé en voulant sortir de ma cabine.

Elle se mordit la lèvre à nouveau, un tic qui correspondait apparemment à une intense réflexion.

— Le truc, c'est qu'on n'a pas le droit de se balader librement, sur l'*Argo*.

— Oui, j'ai remarqué.

— Il y a même des endroits où je n'ai jamais pu mettre les pieds. Et pourtant, c'est le navire de mon père.

— Alors, toi aussi, tu te fais enfermer ?

— Tu as entendu ce qu'a dit mon père. C'était un accident.

J'ignorais qu'il était possible de fermer accidentellement une porte à clé, mais je ne soupçonnais pas E. Lee Marx d'être le coupable. Ou alors, c'était vraiment un bon acteur, car il avait paru sincèrement choqué lorsque je lui avais raconté ma mésaventure.

— Donc tu restes tout le temps dans ta cabine, à regarder des DVD pour passer le temps ?

— Pas seulement. J'écris dans mon journal, aussi. Et je dessine. Tu veux voir ?

— Laisse-moi deviner... Ce sont des dessins de dauphins ?

Sans surprise, j'avais vu juste. Mais je fus impressionné par le coup de crayon de Salacia, qui dessinait vraiment très bien.

— Tu as déjà regardé *The Cove : la baie de la honte* ? me demanda-t-elle tout à coup.

— C'est un film avec Indiana Jones ? plaisantai-je.

— Non, c'est un documentaire.

Je jetai un coup d'œil à ma montre : encore cinq heures de traversée avant d'atteindre la zone de plongée, près de Reverie Island, où je pourrais enfin prendre part aux événements, comme me l'avait promis E. Lee Marx. Nous avions largement le temps de visionner ce documentaire.

En fait, nous eûmes même le temps de le regarder trois fois de suite. Enfin, deux fois et demie, pour ma part, car je finis par m'endormir.

Au premier visionnage, je fus surtout fasciné par la manière dont le réalisateur avait réussi à filmer, en cachette des autorités, la baie de Taiji, au Japon. Le guide de l'éco-activisme pour les nuls, en quelque sorte.

Au deuxième visionnage, je me sentis véritablement concerné par le sort des dauphins qu'on massacrait par milliers, et je finis même en larmes.

Je m'assoupis pendant le troisième visionnage. On me secoua doucement pour me réveiller et, lorsque j'entrouvris les paupières, je distinguai Imogen qui me souffla :

— Dom, réveille-toi, on est arrivés.

— Imogen ? articulai-je avec difficulté.

Mais dès que j'eus prononcé son nom, le visage qui me faisait face reprit les traits de Salacia.

Mon estomac se noua. J'aurais voulu qu'Imogen soit là, avec moi. La veille, je n'avais même pas répondu à ses SMS, et je me sentais coupable de lui avoir fait faux bond une fois de plus.

Toutefois, je repris rapidement mes esprits : je me trouvais sur le navire de E. Lee Marx, prêt à me lancer dans une chasse au trésor !

— Papa m'a dit qu'on pouvait le rejoindre dans la salle de contrôle, m'informa Sal.

La salle de contrôle !

Cela devenait très concret !

Je suivis Salacia le long d'un couloir, puis nous empruntâmes un escalier qui déboucha sur une salle dont un pan entier de mur était recouvert d'écrans qui projetaient toutes sortes d'images.

Sur l'un d'eux, je reconnus le littoral de Reverie Island, désormais familier, et un frisson me parcourut l'échine.

L'or de Yamashita se trouvait là, quelque part, sous ces eaux !

Devant les écrans, je vis E. Lee Marx assis sur un fauteuil de bureau, microphone devant la bouche, et un autre homme, visiblement le technicien du navire, assis face à un gigantesque panneau de contrôle que l'on aurait dit tout droit sorti d'un vaisseau spatial.

On se serait crus dans un film de science-fiction. J'avais du mal à y croire, tant mon expérience avait été différente lors de mon expédition avec l'équipe du Camp Yamashita.

— Bienvenue dans le centre névralgique de l'*Argo*, me dit E. Lee Marx. Dom, je te présente Felipe, le meilleur archéologue du monde !

Avec son pull col V en cachemire, sa mèche rabattue pour camoufler sa calvitie, et sa brioche apparente, Felipe ne correspondait absolument pas à l'idée que je m'étais faite d'un chasseur de trésors à la Indiana Jones. Je dus me retenir de rire.

Lorsque je fus calmé, j'attendis un moment, sans mot dire.

Les écrans clignotèrent.

Felipe pianota sur son clavier, à deux ou trois reprises.

E. Lee Marx donna quelques indications dans son microphone, du genre : *On dérive un peu sur la gauche.*

Après une attente qui me parut interminable, je me risquai à leur demander :

— Alors, quand est-ce que vous envoyez les ROV sous l'eau ?

Je vis E. Lee Marx et Felipe échanger un sourire, et je compris immédiatement que je venais de sortir une énormité.

— Pas tout de suite, me répondit le célèbre chasseur de trésors.

Il m'expliqua que l'*Argo* remorquait un sonar à balayage latéral, qui émettait et recevait des impulsions acoustiques, en fonction du relief. Il en résultait un sonogramme en niveau de gris, qui reflétait précisément le moindre changement de texture ou de morphologie du fond marin.

— Voilà ce qui se trouve sous nos pieds à cet instant précis, ajouta E. Lee Marx en désignant du doigt l'un des nombreux écrans.

Je ne vis qu'un écran uniforme, couleur gris métallisé.

— Ça veut dire qu'il n'y a rien d'intéressant, à cet endroit ? demandai-je.

— Des sédiments, surtout. Des tonnes et des tonnes de sédiments. Le pire cauchemar d'un archéologue.

Il m'expliqua ensuite que l'*Argo* suivait un algorithme de recherche basé sur les coordonnées géographiques que je lui avais données et que, une fois que tout serait terminé, les différents sonogrammes seraient rattachés les uns aux autres pour former une carte du fond marin de cette zone.

— Une fois qu'on a cette carte, poursuivit-il, on peut étudier le relief. Si on trouve quelque chose qui nécessite de plus amples investigations, alors on descend le sonar plus bas pour obtenir un résultat plus détaillé. Et si ça a l'air intéressant, on peut envisager d'y envoyer les ROV.

— Et ça peut prendre combien de temps, tout ça ?

— Felipe ? fit E. Lee Marx en se tournant vers lui.

Felipe consulta l'écran qui lui faisait face.

— On en est à 0,24 pour l'instant, donc je dirais encore une bonne trentaine d'heures avant d'obtenir la première carte.

Une trentaine d'heures ? Je commençais à comprendre pourquoi le navire regorgeait de DVD… D'ailleurs, je me demandais pourquoi personne n'avait pensé à installer des consoles, du genre Xbox, PlayStation ou Wii U.

Une demi-heure de plus s'écoula dans le centre névralgique, avant que Sal ne déclare :

— Bon, je retourne dans ma cabine.

— OK, moi je vais rester ici encore un peu, lui répondis-je.

Au bout du compte, je restai bien plus longtemps que prévu. C'était captivant d'observer les différents sonogrammes du fond marin. On voyait toujours la même nuance de gris sur l'écran, mais, de temps en temps, un trait particulier faisait son apparition.

— Là, il y a quelque chose ? ne manquais-je jamais de m'exclamer, avec un enthousiasme que ne semblaient pas partager E. Lee Marx ni Felipe.

— Des morceaux de roche, probablement, me répondaient-ils à chaque fois. Ou un récif de corail.

Ce petit manège dura encore une bonne demi-heure.

— Est-ce que vous regrettez le bon vieux temps ? demandai-je à E. Lee Marx au bout d'un moment.

Il ne se laissa pas démonter par cette question très directe, et plutôt indiscrète.

— Évidemment, tous les vieux bourlingueurs comme moi regrettent le bon vieux temps. Mais ce n'est pas exactement le sens de ta question, pas vrai ? Ce que tu veux savoir, c'est si ça me manque de chercher des trésors à l'ancienne ?

Je hochai la tête, persuadé qu'il allait me répondre oui.

— Eh bien, pas du tout, figure-toi. On prenait beaucoup de risques, autrefois. Et bon nombre de chasseurs chevronnés y ont laissé leur vie. Alors, oui, peut-être que cette méthode-ci n'est pas trépidante, mais, au moins, elle est beaucoup plus sûre.

Sa réponse me fit me sentir pire que le dernier des couillons, et je ne dis plus un mot pendant un moment.

Puis il quitta la pièce, alors j'en profitai pour mitrailler Felipe de questions. En fait, il était plutôt cool, pour quelqu'un qui portait des pulls col V en cachemire.

— Qu'est-ce qu'il y a, sur cet écran ? lui demandai-je.

— Le résultat du magnétomètre. Ça sert à détecter la présence des métaux ferreux. On l'utilise seulement si l'on trouve quelque chose d'intéressant sur le sonogramme.

— Et sur celui d'à côté ? fis-je en désignant un moniteur qui semblait avoir été installé plus récemment que les autres.

On ne voyait rien à l'écran, à part une ligne droite en son centre.

— Ah, ça, je ne sais pas si je peux t'en parler… Pour te faire une idée, dis-toi que l'appareil en question pourrait révolutionner le monde de la télédétection marine.

— Vraiment ? fis-je à voix basse, partageant complètement son enthousiasme et son sens de la discrétion.

Ce qui l'encouragea à m'en dévoiler un peu plus.

— Nous testons une toute nouvelle génération de transducteur, capable de transmettre des ondes acoustiques et des courants électromagnétiques en simultané.

— Wow !

— Et si nous parvenons à le calibrer correctement, il pourra même nous fournir une image presque photographique du fond, en excluant des résultats les sédiments les plus fins.

— Wow !

— Et ce qui m'en bouche un coin, dans tout ça, c'est que ce transducteur n'est que la version améliorée d'un smartphone haut de gamme qui n'a jamais été mis sur le marché.

— Le Cerberus ! lâchai-je.

Felipe ouvrit des yeux ronds.

— Comment es-tu au courant de ça, toi ?

Impossible de lui parler de La Dette, ni de mes contrats. Alors je recourus à une technique bien rodée des politiciens, pour esquiver les questions embarrassantes : répondre par une autre question.

— Et quand pourra-t-il fonctionner ?

— Pas avant un moment. Les techniciens n'arrivent pas à résoudre certains problèmes de compatibilité.

— Ah, des problèmes de compatibilité, je vois…, fis-je, en lui adressant un regard entendu.

Tout à coup, comme s'il venait d'entendre notre conversation, le Cerberus amélioré décida de nous montrer ce qu'il avait dans le ventre.

L'écran s'alluma et, l'espace d'un dixième de seconde, afficha une image très nette, presque photographique, du fond marin, de ce qui se cachait sous la couche de sédiments.

Mais elle disparut aussi vite qu'elle était apparue.

— Voilà, c'est bien ce dont je te parlais, des problèmes de compatibilité, reprit Felipe.

À cet instant, E. Lee Marx fit irruption dans la salle pour nous prévenir que le dîner allait être servi.

Je me dis, à tort, que cela serait l'occasion de rencontrer le reste de l'équipage : le capitaine, les techniciens, les mécanos, les plongeurs... Mais il n'en fut rien. Nous dînâmes à trois, E. Lee Marx, Salacia et moi, dans la cabine de Sal. La nourriture était délicieuse : des lasagnes et de la salade accompagnée d'une sauce aigre-douce.

Puis, au moment où nous entamions le dessert, mon iPhone se mit à biper comme un fou, et ne téléchargea pas moins d'une vingtaine de SMS.

— Tiens, il doit y avoir du réseau, m'étonnai-je.

— On ne peut jamais prévoir, quand on est en pleine mer, fit remarquer E. Lee Marx.

Je m'empressai d'engloutir mon dessert avant de m'excuser, et de quitter la table pour consulter mes messages. J'en avais reçu deux de ma mère, enchantée de son séjour à Pékin, et à qui nous manquions énormément. Ouf. Elle m'avait épargné les conseils du type *n'oublie pas de te brosser les dents*, ou *change de sous-vêtements tous les jours.* J'en conclus que mon père ne lui avait rien dit de ma petite escapade maritime.

Il m'avait écrit, lui aussi : *Tiens-moi au courant !*

Imogen également : *Dom, il faut vraiment que je te parle de cette affaire.*

Je parcourus rapidement les autres messages, pour finir par un SMS publicitaire de mon opérateur, Telstra. Et un autre de Zoe : *Salaud.*

Elle m'en voulait, parce que j'avais trahi le Camp Yamashita.

D'un côté, cette insulte ne me faisait ni chaud ni froid. Je savais que j'avais pris la bonne décision, à la fois pour moi et pour le trésor. Car, il fallait bien l'avouer, cette bande de bras cassés n'aurait jamais pu le remonter à la surface.

De l'autre, pourtant, j'avais vraiment l'impression d'être un salaud. Le pire des salauds, même. Car Zoe, Otto et son père s'étaient chargés du sale boulot pour relancer la chasse à l'or de Yamashita, et pour faire de cette légende une réalité.

— Tu es partant pour regarder un autre film ? me proposa Salacia.

— Oui, bonne idée, grimaçai-je en repensant aux trente longues heures qu'il nous fallait occuper avant que la cartographie du fond marin ne soit terminée.

Mais, avant cela, je devais répondre à Imogen. J'essayai alors de lui envoyer un SMS, en vain. Pas de réseau. Les joies de la communication moderne...

— Ce film-là parle de requins, me dit Sal en me montrant un boîtier DVD.

C'était apparemment une habitude chez elle de confondre films et documentaires. Je me sentis quand même touché par le sort de ces pauvres requins, surtout en voyant des pêcheurs leur couper les ailerons pour en faire de la soupe, avant de les relâcher dans l'eau.

Lorsque ce fut terminé, je souhaitai une bonne nuit à Sal avant de rejoindre ma propre cabine. En entrant, je pris le temps d'inspecter minutieusement ma porte. La serrure, tout ce qu'il y avait de plus ordinaire, aurait pu être crochetée en un tournemain. Du coup, je me sentais vraiment ridicule d'être allé jusqu'à fuir par le hublot.

Puisque c'était la première nuit de ma vie que je passais sur un bateau, je m'attendais à avoir du mal à trouver le sommeil.

Mais pas du tout.

Dès que ma tête toucha l'oreiller, que je sentis les vibrations du navire et entendis le grondement lointain du moteur, je sombrai dans un profond sommeil.

21. APPARITION

Je me retrouvais à nouveau sous l'eau, tiré vers le fond par l'ancre attachée à mon équipement de plongée.

De plus en plus bas. De plus en plus profond.

Impossible de la détacher. Le nœud semblait se serrer au fur et à mesure que je tentais de le défaire.

Je coulais à pic.

Je me mis à suffoquer. Ma bouteille d'air était vide.

Pourtant, je sombrais inlassablement vers le fond.

Sans plus pouvoir respirer…

— Non ! hurlai-je en me réveillant.

Il me fallut quelques secondes pour reprendre mes esprits et réaliser où je me trouvais.

En voulant consulter l'heure sur mon iPhone, je vis deux nouveaux SMS reçus de la part d'Imogen : *Dom, réponds-moi* et *Il faut vraiment que je te parle*.

Je réessayai de lui envoyer un message. Échec.

Pris par un soudain accès de claustrophobie, je décidai de sortir de ma cabine. Cette fois-ci, la porte n'était pas verrouillée.

Le couloir, très bien éclairé, était désert. Je le longeai jusqu'à atteindre la salle que j'avais visitée quelques heures plus tôt : le centre névralgique.

Je frappai à la porte.

Pas de réponse. Je l'ouvris.

J'aperçus aussitôt le mur d'écrans qui diffusaient des dizaines d'images différentes, parmi lesquelles on pouvait apercevoir les côtes de Reverie Island. Il n'y avait personne dans la salle.

Bizarre, pensai-je immédiatement. Mais, à mieux y réfléchir, ce n'était pas si bizarre que cela. L'*Argo* suivait un algorithme de recherche, le sonar du navire envoyait des ondes dont les résultats se retrouvaient enregistrés quelque part. Et E. Lee Marx me l'avait dit lui-même : la procédure, entièrement automatisée, ne nécessitait pas la présence d'un quelconque opérateur.

Je m'assis dans son fauteuil pour observer le sonogramme. L'écran restait désespérément uniforme, couleur gris métallisé.

Après m'être assuré que le microphone était bien coupé, je m'amusai à imiter les ordres donnés par le célèbre chasseur de trésors.

Un peu plus à gauche, capitaine.

Ah, il semblerait qu'un trésor soit enfoui à cet endroit, je propose que l'on y fasse une petite halte.

Sous-marin en vue à tribord ! Préparez les grenades sous-marines ! Feu !

C'est alors que j'aperçus du mouvement sur le moniteur du haut, celui relié au Cerberus amélioré. L'écran venait de s'allumer, et diffusait une image particulièrement nette et détaillée. C'était comme regarder une vidéo du fond marin, en direct. On distinguait parfaitement chaque morceau de roche, chaque crevasse.

Les paroles de Felipe me revinrent en mémoire. Cet appareil allait révolutionner la télédétection marine, en excluant des résultats les sédiments les plus fins.

Je m'enfonçai dans le fauteuil, fasciné.

Je n'arrivais pas à croire qu'entre moi et ce que transmettait le moniteur se trouvaient soixante mètres d'eau salée. Et une couche d'environ un mètre de sédiments.

Au même instant, quelque chose apparut furtivement sur l'écran.

Non ! Ça ne se peut pas…

Je fouillai du regard le panneau de contrôle, à la recherche d'un bouton *rembobiner* ou *retour arrière*. En vain.

Ce n'était que le fruit de ton imagination, me dis-je.

Non, je l'ai vu de mes propres yeux, pourtant.

Il n'y avait pas de temps à perdre. Je décidai alors d'allumer le microphone pour y déclarer :

— Ici Dominic Silvagni depuis le centre névralgique. Je viens de repérer l'or de Yamashita !

22. L'OR DE YAMASHITA

Deux minutes plus tard, un homme fit irruption dans la salle de contrôle.

Ce n'était ni E. Lee Marx, ni Felipe.

Mais Art Tabori.

L'homme à qui je devais la vie.

Il semblait plus âgé que mon père, mais plus jeune que Gus. La cinquantaine bien sonnée, probablement. Mais je n'y aurais pas mis ma main au feu, on ne peut jamais vraiment savoir, avec les vieux.

En tout cas, ses cheveux poivre et sel paraissaient encore bien fournis.

Il portait une belle montre.

Des bagues aux doigts.

Soigné, voilà le mot qui venait à l'esprit lorsqu'on le regardait. Un homme soigné. Peut-être avait-il pu avoir, autrefois, une apparence plus brut de décoffrage, mais c'était comme si, depuis, toutes les facettes avaient été polies, lissées, la moindre aspérité éliminée. Comme pour une pierre précieuse.

— Dom, fit-il d'une voix aussi lisse que son allure. Nous n'avons pas encore été convenablement présentés. Je m'appelle Arturo. Arturo Tabori.

Tabori. Le même nom qui figurait sur le fronton de la crypte dans laquelle j'avais trouvé refuge, pour échapper aux hélicos lancés à mes trousses, le jour où j'avais piraté la centrale de Diablo Bay pour plonger Gold Coast dans le noir.

Cela dit, je me gardai bien de lui faire savoir que j'avais eu un certain rapprochement avec ses aïeuls décédés.

— Il y a deux Tabori dans mon collège, ils jouent du violon et du violoncelle dans l'orchestre.

— Nous n'avons pas de lien de parenté, m'informa-t-il avant d'ajouter : Même si tous les Tabori ont des ancêtres communs, originaires du même village de Calabre, en Italie.

En quatre contrats menés à bien, j'avais appris certaines règles fondamentales en matière d'échange d'infos : en général, il vaut mieux la fermer, mais, de temps en temps, cela peut se révéler bénéfique de montrer à son interlocuteur que l'on n'est pas né de la dernière pluie.

— Vous parlez de San Luca ? lâchai-je.

Cela ne parut pas le surprendre. Son visage resta impassible.

— San Luca, c'est bien ça, me dit-il.

— Et quelle position occupez-vous sur le navire, en fait ? le questionnai-je.

Même si je connaissais déjà la réponse. C'était lui, le responsable envoyé par La Dette.

Cependant, il n'eut pas le temps de me répondre, car d'autres personnes déboulèrent soudain dans la salle : E. Lee Marx, Felipe, un autre homme, et une femme.

— J'espère pour toi que ce n'est pas une mauvaise blague, gamin, parce que sinon..., commença l'homme, qui exhalait une forte odeur de marée.

Il s'agissait peut-être du capitaine. Ou d'un plongeur. Ou encore du technicien en charge de Castor et Pollux.

— Dom, dis-nous ce que tu as vu, le coupa E. Lee Marx.

Je fus alors saisi d'un doute : et si j'avais tout imaginé ? Et si je m'étais laissé berner par une simple illusion d'optique ?

Non, je devais faire confiance à mes yeux, et à ce qu'ils avaient vu.

— C'était sur cet écran, juste là, expliquai-je en désignant du doigt le moniteur le plus haut sur le mur.

Malheureusement pour moi, l'appareil rencontrait de nouveau un problème de compatibilité, et rien n'apparaissait à l'écran. Seulement une image figée, gris métallisé.

L'homme laissa échapper un petit *pffff !* sceptique.

— Felipe, est-ce qu'on a un enregistrement ? s'enquit E. Lee Marx.

— C'est justement ce que je cherche, répondit l'intéressé, déjà en pleine manipulation du clavier et de la souris.

— C'est arrivé vers trois heures cinquante-deux, si ça peut vous aider, lui précisai-je.

Felipe m'adressa un sourire reconnaissant, avant de s'attaquer de nouveau à son clavier.

— OK. J'ai quelque chose, annonça-t-il au bout d'un moment. Observez attentivement cet écran.

Tous les regards se braquèrent sur le moniteur qu'il nous indiquait.

Il n'y avait rien.

Avais-je rêvé la scène ? Après tout, je venais de me réveiller d'un affreux cauchemar... Sans compter que je n'étais pas exactement serein, je me sentais continuellement anxieux depuis que La Dette était entrée dans ma vie. Se pouvait-il que je souffre d'un trouble de stress post-traumatique ? J'avais lu un article à ce sujet, qui expliquait que ce trouble touchait surtout les soldats et les ambulanciers, souvent confrontés à des situations affreuses, et leur causait de terribles hallucinations.

Peut-être cela m'était-il arrivé, à moi aussi ?

L'écran restait désespérément gris.

L'homme émit un autre *pffff !* sceptique.

Mais, tout à coup, une image apparut sur le moniteur. Le fond de l'océan.

Je n'étais donc pas fou, ni victime d'hallucinations !

Je reconnus les rochers, les poissons.

Une bande de sable.

Dans la salle, la tension était palpable. On aurait pu la couper au couteau.

Avais-je rêvé le trésor, ou pas ?

Soudain, les réactions fusèrent.

— Par tous les saints ! s'exclama l'homme, subitement beaucoup moins sceptique.

— Pause ! Pause ! s'écria E. Lee Marx à l'attention de Felipe.

L'écran se figea, aussi net qu'une photo. On pouvait y apercevoir des centaines et des centaines de lingots d'or, gisant au fond de l'océan.

E. Lee Marx se tourna alors vers la femme, pour lui demander :

— Qu'est-ce que vous en dites, Dr Muldoon ?

— Ce que j'en dis ? répéta-t-elle, la voix chevrotante. J'en dis que l'or de Yamashita se trouve juste sous nos yeux !

Pourtant, personne ne semblait réellement y croire.

— Vous en êtes bien sûre ? la pressa Art Tabori.

— Non, rien ne le prouve, évidemment. Mais visez un peu ces lingots ! Qu'est-ce que cela pourrait être d'autre, à votre avis ?

— Le Dr Muldoon a raison, renchérit E. Lee Marx. Ce ne peut être que le trésor, j'en ai l'intime conviction !

— Parfait. Dans ce cas, on commence à le remonter ? proposa Art Tabori.

E. Lee Marx et le Dr Muldoon échangèrent un regard.

— C'est-à-dire que, ce n'est pas si simple... Il faut d'abord effectuer un diagnostic archéologique, et cartographier précisément la zone avant de déplacer quoi que ce soit...

— Je crois que je ne me suis pas bien fait comprendre, reprit Art Tabori d'un ton soudain beaucoup plus menaçant. On remonte le trésor. Immédiatement.

— À votre place, je ne me précipiterais pas comme ça, intervint Felipe.

Toutes les têtes se tournèrent vers lui.

Sur l'écran du radar, il nous indiqua un point rouge qui se rapprochait de notre navire :

— Apparemment, on a de la compagnie.

— L'*Hispaniola* ! m'écriai-je.

23. LE JEU DE L'ATTENTE

Assis à la poupe du navire, les pieds dans l'eau, je gardais les yeux rivés sur l'*Hispaniola*.

Le vieux rafiot ne se trouvait qu'à une cinquantaine de mètres du navire.

De temps à autre, une silhouette faisait son apparition sur le pont.

Tiens, ça, c'est Bones, me disais-je.

Et là, c'est Otto.

Ah, voilà Zoc.

Des bribes de conversation me parvenaient parfois jusqu'aux oreilles.

Je crus même entendre quelqu'un me crier :

— Dom ! Espèce de salaud !

E. Lee Marx appelait cela le jeu de l'attente.

— Ils ne savent pas précisément où se trouve le trésor, m'avait-il expliqué. Alors que nous, oui. Mais il ne faut pas qu'ils s'en rendent compte. Donc pas question de plonger ne serait-ce qu'un orteil dans la mer.

À ces paroles, j'avais aussitôt retiré les pieds de l'eau, même si je savais qu'il parlait au figuré : c'était bien trop risqué d'envoyer un ROV ou un plongeur vers le fond, car cela pourrait mener l'équipe du Camp Yamashita tout droit au trésor.

L'esprit plus serein, j'avais donc replongé les pieds dans l'eau délicieusement fraîche, à la surface aussi lisse qu'un miroir.

— Alors on doit jouer le jeu de l'attente, avait poursuivi E. Lee Marx. Même s'ils n'ont pas la moindre chance de l'emporter. Nous, nous avons assez de nourriture à bord pour tenir trois mois, et c'est sans compter sur le fruit de la pêche. Notre citerne d'eau potable pourra nous durer un mois, et après cela, notre unité de dessalement prendra le relais. De leur côté, ils doivent avoir de quoi tenir une semaine, dix jours maximum. Et, d'après ce que tu m'as dit, Dom, il y a peu de chance pour qu'on vienne les réapprovisionner en pleine mer. Leurs vivres sont déjà bien entamés, alors que les nôtres n'ont quasiment pas été touchés.

Je trouvais ce jeu de l'attente particulièrement frustrant. L'or de Yamashita se trouvait là, sous nos pieds, au fond de l'océan, mais tout ce que nous pouvions faire, c'était nous tourner les pouces.

Ou barboter les pieds dans l'eau.

— Fais gaffe aux requins ! me lança Salacia, qui venait d'arriver sur le pont.

Malgré cet avertissement, elle vint s'asseoir à mes côtés et, tout comme moi, plongea ses pieds dans l'eau.

— Quelle chaleur, soupira-t-elle.

C'était pire que ça. Une véritable fournaise. Et pas un souffle de vent.

Même les goélands perchés sur le bastingage avaient l'air accablés par cette canicule.

Soudain, des pas se firent entendre sur le pont. E. Lee Marx nous avait rejoints.

— *Durant bien des jours nous demeurâmes là, sans brise ni mouvement, tels qu'un vaisseau peint sur une mer en peinture*, dit-il.

— C'est de vous ? m'enquis-je.

Cela le fit rire :

— Non, pas vraiment ! C'est *La Chanson du vieux marin*, du poète anglais Samuel Taylor Coleridge.

— Récite-nous la partie qui fait peur, papa ! réclama Salacia.

Il s'exécuta aussitôt :

— *L'eau, l'eau était partout, et toutes les planches du bord se rétrécissaient. L'eau, l'eau était partout, et nous n'avions pas une goutte d'eau à boire. La mer se putréfia, ô Christ ! qui jamais l'aurait cru ? des choses visqueuses serpentaient sur une mer visqueuse.*

Gloups.

Je ne pus m'empêcher de retirer aussitôt mes pieds de l'eau.

— En parlant du loup, reprit-il en portant une paire de jumelles à ses yeux, on dirait qu'il y a du mouvement, par là-bas.

Je suivis son regard vers l'*Hispaniola*. Même sans jumelles, je distinguai une silhouette dégingandée sur le pont. Ce ne pouvait être qu'Otto.

— Charmant, lâcha E. Lee Marx.

— Qu'avez-vous vu ? m'empressai-je de lui demander.

Il me tendit ses jumelles, que je braquai alors sur Otto. Je regrettai aussitôt mon geste. Le Zolt, le héros de Facebook, avait baissé son pantalon pour nous présenter son cul blanc comme de la craie, qu'il s'amusait à trémousser dans notre direction.

C'est le jeu de l'attente, me résignai-je, en reportant mon attention au loin, sur l'horizon. À l'ouest, j'aperçus alors une sorte de grosse tache grise.

— Il y a quelque chose de bizarre par là, prévins-je E. Lee Marx en lui rendant sa paire de jumelles.

Il les porta à ses yeux et observa pendant un moment la direction que je lui avais indiquée.

— Je crois que le jeu de l'attente va prendre fin plus tôt que prévu, finit-il par dire.

— Comment ça ?

— On a repéré une tempête en formation, sur le satellite. Et il semblerait bien qu'elle se dirige droit sur nous, à présent.

Mais qu'est-ce qu'on attend, alors ? Foutons le camp d'ici ! ne pus-je m'empêcher de hurler intérieurement.

Pourtant, à mieux y réfléchir, il n'y avait pas lieu de paniquer. Nous nous trouvions à bord d'un navire solide, flambant neuf, et doté de la meilleure technologie maritime. Nous ne risquions pas grand-chose.

L'*Hispaniola*, en revanche, avait beaucoup plus à craindre. Cette vieille coquille de noix ne ferait pas le poids contre de fortes intempéries.

Je compris pourquoi E. Lee Marx affichait un petit sourire satisfait. Si la tempête arrivait jusqu'à nous, Bones et son équipe seraient bien obligés d'aller se réfugier sur la côte. Et de déclarer forfait, nous laissant seuls vainqueurs du jeu de l'attente. Avec le champ libre pour récupérer le trésor.

À l'horizon, le ciel se fit de plus en plus noir. La mer, d'huile, prit une couleur étrange, presque bronze.

J'observai alors l'*Hispaniola*.

Immobile.

Décrépite.

Pourquoi ne bougeait-elle pas ? L'équipe à bord devait pourtant savoir qu'une tempête approchait. La moitié du ciel s'était chargée de nuages noirs et menaçants.

Au même instant, Art Tabori fit son apparition sur le pont. Il échangea quelques paroles avec E. Lee Marx, à voix basse.

— Bon, tout le monde à l'intérieur, commanda alors ce dernier. Le service météo vient d'émettre un bulletin d'alerte.

— Alerte à quoi ? demandai-je.

— Un cyclone nous fonce droit dessus, expliqua Art Tabori, sourire aux lèvres, les yeux rivés sur l'*Hispaniola*.

— Un cyclone de catégorie 1, précisa E. Lee Marx.

Devant mon air alarmé, il s'empressa d'ajouter :

— C'est l'intensité la plus faible, avec des vents qui n'atteignent que les cent cinquante kilomètres heure.

Cent cinquante kilomètres heure ? Seulement ?

En jetant un regard vers l'*Hispaniola*, je pensai à tous ceux qui se trouvaient à bord : Zoe, Otto, Maxine, Bones, et le capitaine. Cette coquille de noix pourrait-elle supporter des vents aussi forts ?

— Et pour eux, on fait quoi ? me risquai-je à demander.

C'est alors qu'Art Tabori se tourna vers moi, en prenant de nouveau une voix menaçante :

— Dans ce monde, quand on fait des choix, on doit en assumer toutes les conséquences.

— S'ils se retrouvent dans une situation périlleuse, il est évident que nous leur porterons secours, intervint E. Lee Marx. Mais on ne peut forcer quiconque à accepter de l'aide.

Je ruminai leurs paroles à tous deux pendant un moment. Et si ni Otto, ni Zoe n'avaient leur mot à dire dans cette histoire ? Si le choix se faisait sans leur consentement ? Dans ce cas, ne faudrait-il pas les forcer à accepter notre aide ?

— Allons nous mettre à l'abri, ordonna E. Lee Marx. Dans la salle de contrôle.

24. CYCLONE

Dans le centre névralgique, tous les yeux restaient scotchés sur un seul moniteur : celui du radar, sur lequel on pouvait apercevoir le tourbillon menaçant du cyclone.

Lorsqu'il nous frappa de plein fouet, l'*Argo* se mit à tanguer dangereusement et, l'espace d'une seconde, je crus que c'était nous qui allions avoir besoin d'aide.

Puis le système automatique de stabilisation s'enclencha, et le navire retrouva sa stabilité.

E. Lee Marx saisit alors son micro :

— Capitaine, pouvez-vous me mettre en relation avec l'*Hispaniola* ?

La réponse du capitaine fut presque immédiate :

— C'est bon, vous pouvez y aller.

— *Argo* à *Hispaniola*, me recevez-vous ? demanda alors E. Lee Marx.

Pas de réponse.

— *Argo* à *Hispaniola*, me recevez-vous ? répéta-t-il.

Silence.

— Peut-être qu'ils ont déjà chaviré, avançai-je, pessimiste.

Felipe indiqua un point blanc sur le radar, au beau milieu du cyclone :

— Non, ils sont toujours là.

Mais pour combien de temps encore ?

E. Lee Marx réitéra son appel, sans succès.

Vingt minutes plus tard, Felipe nous annonça :

— Le cyclone vient de passer en catégorie deux.

E. Lee Marx reprit sa radio :

— *Argo* à *Hispaniola*, me recevez-vous ? Avez-vous besoin d'aide ? Je répète, avez-vous besoin d'aide ?

À quoi bon ? pensai-je.

Mais, au même instant, il y eut un grésillement à l'autre bout de la ligne, et une voix nous parvint, à peine audible :

— *Hispaniola* à *Argo*, oui, nous avons besoin d'aide.

Ouf, me dis-je, soulagé.

C'est alors que l'on entendit un bruit de lutte, comme si deux personnes se battaient pour prendre le micro.

— Votre aide, vous pouvez vous la carrer au derche, hurla Bones de sa voix éraillée, avant de couper la communication.

E. Lee Marx jeta son micro avec dégoût. C'était bien la première fois que je le voyais aussi énervé.

Je restai encore dans la salle de contrôle pendant plus d'une demi-heure. La colère montait en moi, telle une tempête en formation. Je détestais les adultes, avec toutes leurs règles, tous leurs protocoles débiles.

Il me fallait agir. Je sortis de la salle et empruntai l'escalier qui menait vers le pont. Mais, une fois en haut, la porte refusa obstinément de bouger. Je poussai alors de toutes mes forces, et parvins enfin à l'ouvrir.

Je compris aussitôt pourquoi elle était si solidement fermée. Dehors, le vent soufflait tellement fort que je crus bien qu'il allait me décoller toutes les dents. Le pont était complètement inondé, comme s'il avait été le théâtre d'une expérience de physique qui aurait tenté de montrer ce qui se passait lorsque des vagues provenant de directions différentes se fracassaient les unes contre les autres, encore et encore.

Je mis un pied dehors, passai un bras à travers la poignée de la porte, puis portai la paire de jumelles devant mes yeux.

Si le pont avait des airs d'expérience de physique, alors que dire de l'océan ? C'était la parfaite définition du chaos. Les vagues, démontées, se battaient furieusement contre le vent, projetant en l'air des torrents d'écume.

Dans ce paysage tumultueux, je n'eus pourtant aucun mal à repérer l'*Hispaniola*. Comme si elle voulait désespérément que je la trouve. Contrairement à l'*Argo* qui, bien enfoncé dans les flots, se laissait submerger par les vagues, l'*Hispaniol*a se faisait ballotter de déferlante en déferlante, comme un vulgaire jouet.

J'essayai d'imaginer ce que pouvaient ressentir ceux qui se trouvaient sous le pont, sans cesse projetés d'un coin à l'autre du bateau, sans le moindre répit. Rien qu'à cette pensée, un frisson glacé me parcourut l'échine.

Je m'apprêtais à laisser retomber les jumelles, lorsqu'un détail attira mon regard : attaché à l'un des hublots, un drap blanc flottait au vent.

Ce n'était pas anodin. En général, on ne s'amuse pas à accrocher des draps aux fenêtres, ou aux hublots, pour le plaisir. Et, vu la météo, ce n'était pas non plus le moment idéal pour faire sécher son linge.

Ce drap blanc, c'était donc un appel au secours.

Et je savais qui en était à l'origine.

Tout à coup, on me donna un petit coup de coude dans les côtes. Salacia m'avait rejoint. Elle approcha sa bouche de mon oreille pour me demander :

— Qu'est-ce que tu fais là ?

Je fis de même pour lui répondre, et lui expliquai ce que je venais de voir.

— Mais qui a pu faire ça ? s'étonna-t-elle.

— Otto et Zoe.

À l'évocation de ces noms, elle me jeta un regard sans expression.

— Ce ne sont que deux gamins comme nous, insistai-je. Il faut les sauver.

— Mais papa a dit que..., commença-t-elle.

— Il faut les sauver. Point.

Elle se mordit la lèvre inférieure si fort que je crus qu'elle allait se l'arracher, puis finit par déclarer :

— D'accord. Je viens avec toi.

Elle s'élança sur le pont détrempé, courbée contre le vent. Je lui emboîtai le pas, tâchant de copier le moindre de ses mouvements. Lorsque nous atteignîmes le Zodiac, elle me fit signe de monter à l'avant, et se glissa à l'arrière. Elle tourna la clé dans le contact, et le moteur ronfla. Puis elle désigna du doigt la corde par laquelle le Zodiac était accroché. Je m'empressai d'en détacher le mousqueton.

En théorie, nous étions ensuite censés glisser le long de la rampe de mise à l'eau pour nous retrouver sur les flots. En théorie, seulement, car, en fait, nous ne bougeâmes pas d'un pouce.

C'est alors qu'une vague fit se soulever la proue de l'*Argo*, et que le Zodiac se mit à glisser le long de la rampe, à toute vitesse. En l'espace de quelques secondes, nous avions quitté le pont de l'*Argo*, pour nous retrouver en mer, à cinq mètres du navire.

À genoux dans l'embarcation, j'empoignai la corde attachée à la proue du Zodiac pour l'enrouler autour de ma main.

Sal mit les gaz, et le Zodiac commença à avancer. Au même moment, nous nous retrouvâmes pris dans le creux d'une vague, entourés par d'immenses murs d'eau.

On est foutus, pensai-je.

Pourtant, une seconde plus tard, une lame nous souleva, et nous propulsa au sommet d'une vague monstrueuse. À cette hauteur, j'aperçus enfin l'*Hispaniola*, à une cinquantaine de mètres de nous. Je fis signe à Salacia, qui l'avait également repérée. Elle modifia aussitôt la trajectoire du Zodiac.

Lors de mon séjour en Italie, j'avais déjà pu apprécier ses talents de pilote, mais ce n'était rien en comparaison des prouesses qu'elle réalisait à cet instant en naviguant à travers ce chaos.

À chaque fois qu'une déferlante menaçait de s'abattre sur nous, elle trouvait le moyen de faire remonter notre embarcation. Et, à chaque fois que nous nous retrouvions propulsés au sommet d'une vague, elle nous faisait redescendre. En un mot, elle était incroyable. Vraiment incroyable.

S'il devait y avoir un jour une épreuve de Zodiac aux jeux Olympiques, elle emporterait la médaille d'or haut la main.

Lentement mais sûrement, nous nous rapprochâmes de l'*Hispaniola*. Et c'est là que nous nous trouvâmes confrontés à un autre problème : les deux embarcations, secouées par les flots déchaînés, ne se trouvaient jamais au même niveau, comme deux ascenseurs partant dans deux directions différentes. Comment allais-je pouvoir passer de l'une à l'autre ?

Par une série de gestes de la main, Sal m'indiqua qu'elle resterait à bord du Zodiac pendant que je me rendrais sur l'*Hispaniola*.

Il faut que j'attache le Zodiac au bateau ? lui demandai-je, par signes également.

Non, fit-elle du doigt.

Nous nous rapprochâmes encore. Il ne semblait pas y avoir âme qui vive sur l'*Hispaniola*, qui revêtait des airs de navire-fantôme. Une de ses antennes paraboliques avait été arrachée par le vent, et plusieurs cordages traînaient dans l'eau après s'être détachés.

Sal immobilisa l'embarcation, attendant le bon moment. Même si, de mon côté, je ne voyais qu'un enchaînement de très mauvais moments.

Un instant plus tard, elle enfonça la poignée du moteur, et le Zodiac se souleva brusquement en avant, porté par une grosse lame. L'*Hispaniola*, qui culminait plusieurs mètres au-dessus de nous, sembla alors redescendre jusqu'à se trouver à notre hauteur.

Sans réfléchir, je pris mon élan et m'élançai depuis la proue du Zodiac par-dessus le bastingage de l'*Hispaniola*, pour finir par m'écraser contre son pont.

Je me mis sur pied, le corps endolori, mais sans aucun os de cassé.

Et maintenant, je fais quoi ?

Un vrai pirate aurait fait irruption dans la timonerie, sabre en main, *yo ho ho et une bouteille de rhum !* Mais ce n'était pas exactement mon style. Sans compter que je ne portais aucune arme sur moi.

J'étudiai la configuration des lieux. Pour se rendre dans la timonerie, il fallait emprunter une porte qui communiquait avec le pont sur lequel je me trouvais. Et, juste à côté de cette porte, à l'intérieur de la timonerie, il y avait un escalier qui descendait vers les cabines.

Si je parvenais à me faufiler sans bruit à l'intérieur, il me serait possible de descendre sans me faire repérer. Ce serait très compliqué, mais possible. Tout dépendrait de la vigilance de la personne qui se trouverait dans la timonerie.

Je traversai donc le pont, ce qui s'avéra bien plus difficile qu'il n'y paraissait, car il était complètement inondé et que l'eau se déversait autour de moi au gré des inclinaisons du bateau. Pas après pas, en m'agrippant au bastingage, je parvins à atteindre la porte.

J'appuyai sur la poignée. Elle était verrouillée de l'intérieur. Et merde. Mon plan tombait à l'eau. L'espace d'une seconde, je me pris à désespérer. Pourquoi devais-je toujours me heurter à des obstacles de ce genre ? Pourquoi les choses n'étaient-elles jamais simples ?

Toutefois, cela ne dura pas. Car un autre plan venait de germer dans mon esprit. Un plan totalement dingue, qui reléguait les pirates au rang de bonnes sœurs gentillettes.

Je rebroussai chemin le long du pont, jusqu'à me retrouver juste au-dessus du hublot et de son drap blanc.

Une corde était enroulée au bastingage, ce qui tombait vraiment à pic. Je saisis l'extrémité pour l'attacher solidement à un bollard, et passai l'autre bout autour de ma taille. Je ne voulais pas prendre le risque de me retrouver à nouveau perdu en pleine mer.

J'attendis ensuite le bon moment, avant de plonger. Littéralement. Et de me retrouver à plat ventre sur les vagues. De cet angle-là, les montées et redescentes du bateau paraissaient plus impressionnantes encore. La pire attraction à sensations fortes de ma vie, multipliée par mille.

À côté de ça, Space Mountain et la tour de la Terreur, c'était du gâteau.

J'avais l'impression que mes intestins jouaient aux montagnes russes à l'intérieur de mon corps, jusqu'à atteindre l'état de bouillie.

Tant bien que mal, j'arrivai à me placer à hauteur du hublot. Mais, pile à ce moment, le bateau, frappé de plein fouet par une déferlante, fit une brusque embardée, et j'eus à peine le temps de prendre ma respiration avant de me retrouver immergé sous les flots.

L'oxygène me manqua rapidement. Je me mis à battre des jambes frénétiquement pour remonter.

Encore un peu, me répétais-je en boucle, les poumons en feu.

Juste un tout petit peu.

Je finis par regagner la surface et pus avaler de grandes goulées d'air, avant d'ouvrir les yeux.

Et là, au hublot, j'aperçus un visage blanc et émacié.

Un fantôme !

Le fantôme essuya la buée sur la vitre, et je reconnus alors Zoe.

Ou plutôt, une Zoe à la mine de déterrée, le visage exsangue.

Dom, lus-je sur ses lèvres.

Où est Otto ? lui demandai-je, en exagérant chaque syllabe pour qu'elle puisse lire sur les miennes.

Elle s'éloigna du hublot pendant un instant, avant de réapparaître, accompagnée de son demi-frère. Otto affichait un teint plus vert que celui de Kermit la grenouille.

Je pointai mon index vers eux, puis vers le pont, avant de faire le geste de tourner une poignée d'accélérateur. Bon, question mime, je n'étais peut-être pas au point, mais cela ne sembla pas leur poser problème. Ils hochèrent tous deux la tête avec enthousiasme. *OK, on te rejoint sur le pont.*

Je remontai le long de la corde pour les y attendre.

Cela ne prit pas longtemps. La porte arrière de la timonerie s'ouvrit, et je les vis sortir, cramponnés l'un à l'autre.

Il était temps de faire signe à Salacia. J'attendis que le Zodiac se retrouve en haut d'une vague pour agiter frénétiquement les bras dans sa direction. Elle me répondit d'un signe de main beaucoup plus sobre et digne d'une déesse de la Mer. *Message reçu.*

Je pris Zoe par la main, elle saisit celle d'Otto, et, ensemble, nous traversâmes le pont en direction de la proue, sous les trombes d'eau qui nous tombaient dessus.

Sal attendit le moment propice pour s'approcher. Ce qui me parut durer une éternité.

— Allez, marmonnai-je, angoissé à l'idée que Bones ne déboule subitement pour nous empêcher de partir.

D'autant qu'un vrai pirate tel que lui ne se baladait jamais sans son sabre, ou tout autre équivalent moderne : un Uzi, ou encore un AK-47…

Le moment propice arriva enfin, et le Zodiac et l'*Hispaniola* se retrouvèrent sur le même plan horizontal. Zoe sauta la première, suivie par Otto.

Lorsque ce fut mon tour, les deux embarcations s'étaient déjà un peu éloignées l'une de l'autre. Il devait y avoir un mètre d'écart entre elles. Dans des conditions normales, un saut d'un mètre ne représente aucune difficulté, mais ces conditions-ci n'avaient rien de normal. J'hésitai. Mauvaise idée : ces quelques secondes suffirent pour que l'écart atteigne désormais un mètre cinquante.

— Saute ! me hurla Salacia.

Sans réfléchir, je m'élançai d'un bond. Mais mes genoux heurtèrent le bord du Zodiac, et je tombai aussitôt à la renverse, vers les flots déchaînés.

C'est là qu'un bras me rattrapa de justesse par le T-shirt, avant de me projeter dans l'embarcation. Je heurtai le fond du Zodiac tête la première, et mon nez se mit à pisser le sang.

Joli coup, Otto. Même si j'avais envie de lui coller une bonne beigne en retour, tellement la douleur m'était insupportable.

Salacia fit à nouveau preuve de ses talents de pilote, négociant vague après vague pour nous ramener vers l'*Argo*.

Sur le navire, cependant, notre absence n'était pas passée inaperçue. Un comité d'accueil en cirés jaunes nous attendait de pied ferme sur le pont.

Sal mania le Zodiac jusqu'à la proue de l'*Argo*, et attendit qu'une lame vienne nous soulever. Elle poussa alors à fond la manette des gaz, et nous nous retrouvâmes propulsés à l'arrière du navire, parfaitement positionnés sur la rampe de mise à l'eau.

Sans qu'on me le demande, je clipsai le mousqueton de sécurité autour de la corde.

Les cirés jaunes se précipitèrent pour nous aider à sortir du Zodiac. Puis on nous donna des vêtements secs pour nous changer, et on nous prodigua les premiers soins. Un homme, que je n'avais encore jamais vu jusqu'alors, examina mon nez.

— Tu t'es bien amoché, mais il n'est pas cassé, me rassura-t-il.

Et puis, vint le moment, tant redouté, des remontrances.

On nous réunit dans une salle, Zoe, Otto, Salacia et moi. Assis face à nous se trouvaient E. Lee Marx et Art Tabori.

— Mais qu'est-ce que vous avez dans le crâne, bon sang ! commença E. Lee Marx.

Pourtant, le ton de sa voix ne laissait pas présager pour nous de conséquences vraiment fâcheuses.

Le sermon dura quand même un bon moment. Il nous répéta en boucle que nous avions été inconscients de prendre la mer en pleine tempête, que nous aurions pu tous finir noyés.

Et puis il finit par nous dire que nous pouvions y aller.

Nous nous levâmes tous les quatre. À ce moment, Art Tabori, qui était resté étonnamment muet jusque-là, déclara :

— Je voudrais dire un mot à nos deux invités.

— Alors je reste avec eux, intervins-je.

— Ça ira, Dom, ils n'ont plus besoin de toi, répliqua Art.

Je savais que ce n'était pas la peine d'insister. Et, pour être honnête, je n'en avais pas particulièrement envie : Zoe et Otto étaient bien assez grands pour se débrouiller par eux-mêmes face à Art Tabori.

Sans compter que ce sauvetage en pleine tempête m'avait complètement lessivé. Il me fallait du repos.

Je retournai donc dans ma cabine et tirai les stores avant de me glisser dans mon lit, pour plonger dans un profond sommeil.

25. COEFFICIENT D'AFFAIBLISSEMENT DE LA PRÉCISION

Lorsque je me réveillai, tout était calme. Bien trop calme.

J'ouvris les stores. Dehors, la surface de l'océan m'apparut aussi plate que celle de notre piscine. Avec une eau beaucoup moins chlorée, évidemment.

La tempête de la veille n'était plus qu'un lointain souvenir.

Un petit déjeuner m'attendait sur la table : fruits frais, muesli, et pain grillé. Je dévorai le tout jusqu'à la dernière miette, allant même jusqu'à racler du doigt les capsules en plastique qui contenaient de la confiture.

Puis je sortis de ma cabine pour me rendre dans la salle de contrôle.

Je trouvai le centre névralgique de l'*Argo* en pleine effervescence. E. Lee Marx et Felipe occupaient leurs postes habituels, tandis que le Dr Muldoon examinait un cliché du résultat fourni par le Cerberus, sur lequel on apercevait des lingots d'or enfouis dans le sable, tels des bâtonnets d'esquimaux.

— Bonjour Dom, bien dormi ? m'accueillit E. Lee Marx.

— Comme un pirate, répondis-je.

Ce qui n'avait pas de sens, puisque les pirates ne sont pas vraiment reconnus pour leur capacité à dormir du sommeil du juste. Cela ne parut pas le perturber, néanmoins.

— Le cyclone est passé ? m'enquis-je alors.

— Oui, apparemment il a préféré aller terroriser une petite île perdue dans le Pacifique.

— Et l'*Hispaniola* ? demandai-je, les yeux attirés par l'écran du radar.

— Hors de portée, répondit Felipe.

Une réponse plutôt ambiguë. Hors de portée, parce qu'elle avait dérivé loin de nous ? Ou parce qu'elle avait sombré ?

Cette idée me glaça d'effroi. J'ignorais si je devais me sentir coupable de n'avoir pas sauvé tout le monde, ou me réjouir d'avoir arraché Otto et Zoe à une mort certaine.

— Le radar n'a qu'une portée de quarante kilomètres, m'informa Felipe. On les a semés pour le moment.

— Et Otto et Zoe ? Où sont-ils ?

E. Lee Marx et Felipe échangèrent un regard, avant de répondre :

— Entre de bonnes mains.

Cette réponse ne me fit pas particulièrement réagir. En fait, il valait probablement mieux, pour leur bien, et le nôtre, qu'ils soient maintenus à l'écart, confinés quelque part sur le navire.

— Et maintenant, qu'est-ce qu'on fait ? demandai-je, redoutant de devoir encore attendre, des heures durant, que le sonar balaye le fond pour le cartographier.

— On met la main sur ce fichu trésor, dès qu'on le retrouve, me répondit Felipe.

— Vous voulez dire qu'on va plonger ?

— Nous, non. Mais Castor et Pollux, oui.

Jusque-là, je n'aurais jamais imaginé pouvoir être jaloux d'une machine. Foutu Castor. Saleté de Pollux.

Quant à retrouver le trésor, je supposai qu'il ne s'agissait que d'une simple formalité. Après tout, les coordonnées GPS figuraient noir sur blanc sur la photo que le Dr Muldoon tenait dans ses mains.

Toutefois, j'omettais un détail : le positionnement maritime n'est jamais aussi simple que cela. C'est alors que j'appris l'existence de tout un tas de sources d'erreurs susceptibles de jouer sur la précision d'un GPS : erreur atmosphérique, erreur de l'horloge, erreur de multitrajets, et même un certain coefficient d'affaiblissement de la précision.

Tout un programme !

Cela nous prit un bon moment, mais les différentes erreurs finirent par être corrigées, et l'*Argo* retrouva à peu près la position qu'il occupait avant la tempête.

Nous n'étions pas au bout de nos peines, cependant. Désormais, c'était la technologie qui nous faisait faux bond.

Le moniteur relié au Cerberus amélioré n'affichait des images du fond marin que de façon très aléatoire. Quant au sonar à balayage latéral qui, lui, fonctionnait bien, il ne renvoyait pourtant aucun résultat intéressant.

— C'est à n'y rien comprendre, se lamenta Felipe. Avec tout l'or qui traîne au fond, le sonar devrait s'affoler.

J'avais beau chercher, je ne voyais moi non plus aucune explication plausible. À moins que quelqu'un d'autre n'ait plongé entretemps pour récupérer tous les lingots...

— Mais pourquoi vous ne réparez pas tout simplement le Cerberus, pour arriver à le calibrer ? risquai-je.

Felipe me fusilla du regard : *Tu ne sais pas de quoi tu parles, gamin, alors boucle-la.*

— Nos techniciens travaillent dessus vingt-quatre heures sur vingt-quatre et sept jours sur sept, m'expliqua E. Lee Marx. Mais rien à faire, l'appareil refuse de fonctionner correctement.

— Toujours ces problèmes de compatibilité ?

— C'est ça.

Dix minutes plus tard, cependant, ces problèmes s'étaient évanouis, du moins temporairement : une image, incroyablement nette, s'afficha sur le moniteur.

Dans son micro, E. Lee Marx était occupé à parler de courbes, de tangentes, d'algorithmes, et autres réjouissances du genre.

J'observai l'écran un moment, avant de déclarer :

— Il faut tourner à droite.

— À tribord ? rectifia E. Lee Marx. Qu'est-ce qui te fait dire ça ?

— C'est juste une intuition.

— Une intuition, voyez-vous ça..., ironisa Felipe.

E. Lee Marx, quant à lui, se montra beaucoup moins méprisant :

— Il fut un temps où l'on ne pouvait compter que sur son intuition. Et parfois, cela payait. Même si cela n'arrivait que très rarement.

— Oui, c'est bien ce que je me dis aussi, lâcha Felipe.

Mon petit doigt me disait que ce n'était probablement pas son genre de croire au Père Noël, à la petite souris, ni au lapin de Pâques.

D'ailleurs, moi non plus. Pourtant, les yeux rivés sur l'écran, j'insistai :

— À droite, maintenant !

E. Lee Marx sembla hésiter, puis finit par ordonner, dans son micro :

— Capitaine, virez quatre-vingt-dix degrés à tribord.

Felipe secoua la tête, incrédule, l'air de dire : *Ah bon, ce sont les gamins qui commandent, maintenant.*

Et pourtant, deux minutes plus tard, une image spectaculaire de centaines de lingots d'or apparut à l'écran. Nous venions de retrouver l'or de Yamashita.

E. Lee Marx gratifia Felipe d'une grande claque dans le dos, et s'exclama :

— Tu vois, j'ai bien fait d'avoir une bonne intuition sur l'intuition du petit !

26. CASTOR ET POLLUX

Depuis des mois, je fantasmais sur l'or de Yamashita. Dans ma tête, je l'avais déjà remonté des centaines, voire des milliers de fois. J'y pensais nuit et jour, dans mon lit, en nageant dans la piscine, et même assis sur le trône.

Mis à part quelques détails, le scénario restait toujours le même. Je me voyais enfiler mon équipement de plongée et entrer dans l'eau, puis descendre vers les profondeurs en battant des palmes en rythme. C'est alors que je trouvais le trésor, digne d'un véritable roman de pirates : un coffre rempli à ras bord de pièces d'or, de diamants, rubis, et autres pierres précieuses… Puis je remontais à la surface, les bras chargés de ce magot, avec l'intime conviction que le monde ne serait désormais jamais plus comme avant…

Alors, rester planté dans le centre névralgique de l'*Argo*, le cul vissé dans un fauteuil, à regarder deux machines faire tout le boulot, cela n'avait vraiment pas la même saveur.

C'était excitant, je ne pouvais pas prétendre le contraire. Seulement, très loin de ce que je m'étais imaginé.

Castor et Pollux me faisaient penser à deux énormes cafards aquatiques. Ils descendirent, de plus en plus profond, se filmant mutuellement avec leurs caméras intégrées. Soudain, leurs mouvements se firent plus saccadés, presque irréguliers.

— Les courants sont affreusement violents, là-dessous, expliqua E. Lee Marx.

Lorsque les deux ROV atteignirent la couche de sédiments, tous les spectateurs réunis dans la salle de contrôle laissèrent échapper un grognement. Moi aussi. Évidemment, nous savions tous que l'image affichée par le Cerberus n'était pas *réelle*, au sens où les rayons de l'appareil étaient passés au travers des sédiments, de la même façon qu'un rayon X traverse la chair pour ne montrer que les os. Mais cela eut pour effet de faire retomber la tension, dans la salle.

— Du boulot pour la souffleuse, dit le Dr Muldoon.

Au même instant, E. Lee Marx donnait déjà l'ordre dans son micro :

— Enclenchez la souffleuse.

Je connaissais bien cette technique, développée par Mel Fisher, un autre archéologue de renom, lors de fouilles sur une épave recouverte de sable. Cela consistait tout simplement à propulser, verticalement, un fort courant d'eau pour chasser tous les sédiments.

J'avais déjà reproduit la même méthode avec une simple palme, lors de mon expédition avec l'équipe du Camp Yamashita.

— Bien reçu, répondit la voix dans le haut-parleur.

Deux minutes plus tard, la souffleuse entra en action. La couche de sédiments se dispersa et laissa apparaître l'or tant espéré : des centaines et des centaines de lingots.

Tout le monde retint son souffle, avant d'exploser de joie, à grand renfort de hourras, de tapes dans la main et de claques dans le dos.

Ce n'était peut-être pas le plus beau moment de ma vie, mais je l'aurais classé dans le top ten, sans hésiter.

Je lançai un regard vers Art Tabori, qui me répondit par un hochement de tête. S'il s'agissait vraiment d'un émissaire de La Dette, ce dont j'étais persuadé, alors il pourrait certifier que je venais bien de remplir mon cinquième contrat.

E. Lee Marx reprit son micro :

— Qu'est-ce que vous attendez, les gars ? Mettez-vous au boulot et rangez-moi tout ce bazar !

Nouveaux hourras, tapes dans la main et claques dans le dos.

Dans un bouquin sur la plongée sous-marine, j'avais lu que les bras articulés des ROV étaient contrôlés par deux personnes différentes, ce que Felipe me confirma. Du coup, je m'attendais à un résultat désastreux, absolument pas coordonné. Pourtant, ce fut exactement le contraire : les deux ROV se montrèrent extrêmement adroits. Il fallait bien l'admettre, aucun plongeur fait de chair et d'os n'aurait pu ramasser autant d'or aussi rapidement.

— Allez, les gars, remontez-moi ce trésor, commanda E. Lee Marx.

Castor et Pollux commencèrent leur ascension, sous nos yeux presque hypnotisés. Je n'avais jamais été si fasciné par un écran.

Lorsque les deux ROV ne se trouvèrent qu'à une vingtaine de mètres de la surface, deux personnes quittèrent la salle de contrôle. Je me figurai qu'elles allaient tout simplement se rendre sur le pont pour les regarder émerger. Et pour voir les lingots de leurs propres yeux, les toucher, se convaincre que tout cela était bien réel.

Nous, nous ne bougeâmes pas d'un pouce, toujours hypnotisés par le spectacle qui se déroulait sous nos yeux.

— D'où ils sortent, ceux-là ? s'écria tout à coup Felipe, ce qui nous fit brusquement sortir de notre torpeur.

Il désigna du doigt un point sur l'écran du radar, avant de déclarer :

— On a de la compagnie.

— C'est le cas de le dire, confirma le Dr Muldoon, qui n'avait pas quitté l'écran des yeux.

On pouvait y apercevoir des plongeurs.

Deux. Trois. Non, quatre !

Ils dépassèrent Castor et Pollux, en direction du fond. Là où se trouvait le reste du trésor.

L'un d'entre eux portait une paire de palmes orange vif, du plus mauvais goût.

— Gunn ! s'exclama E. Lee Marx. Je reconnaîtrais ces palmes entre mille !

Art Tabori le poussa violemment pour s'emparer du micro, dans lequel il s'égosilla :

— Envoyez des plongeurs au fond ! Immédiatement !

Une voix résonna dans le haut-parleur :

— J'ai le navire en vue. Vingt mètres de longueur, approximativement. Coque en acier. Entièrement noire. Aucune inscription.

Ce bateau, c'était celui que j'avais aperçu à Reverie Island, la nuit où j'étais sorti du motel ! Et l'homme que j'avais vu y monter, celui qui traînait un gros sac de plongée en boitant, devait forcément être ce fameux Gunn, dont

Bones m'avait déjà parlé. Il boitait, parce qu'il s'était fait bouffer le pied par un requin.

— Où sont nos plongeurs, bon sang ! insista Art Tabori. Qu'on leur donne des armes !

Des fusils d'assaut, peut-être ? me moquai-je intérieurement.

E. Lee Marx laissa encore Art Tabori pester un moment, avant de déclarer :

— Je ne laisserai aucun membre de mon équipage plonger dans ces eaux-là.

— Donc vous comptez laisser le champ libre à ces pirates pour piller notre trésor ? rugit Art Tabori.

Sans lui répondre, E. Lee Marx reprit son micro :

— Mettez-moi en liaison radio avec ce navire.

La réponse arriva quelques secondes plus tard :

— OK, vous pouvez y aller.

— *Argo* à vaisseau non identifié, me recevez-vous ?

Silence.

— *Argo* à vaisseau non identifié, me recevez-vous ?

Cette fois, il y eut un grésillement, et une voix se fit entendre :

— Oui, je vous reçois.

Cette voix, je la connaissais. C'était celle de Cameron Jamison.

— Monsieur, ici E. Lee Marx de l'*Argo*... commença-t-il.

J'étais sidéré par tant de politesse. Il n'y avait vraiment que lui pour appeler *monsieur* un homme qui tentait de lui dérober son trésor.

— Je ne vous connais pas, poursuivit E. Lee Marx, et j'ignore quelles sont vos qualifications en plongée sous-marine, mais nous avons affaire ici à une situation préoccupante. Les conditions sont particulièrement dangereuses là-dessous, à une profondeur de soixante mètres. Il y a énormément de sédiments et des courants très puissants. Vos plongeurs risquent de ne pas s'en sortir vivants.

Si cela avait été n'importe qui d'autre – sauf, peut-être, le commandant Cousteau –, Cameron Jamison aurait sûrement pensé quelque chose du genre : *Cause toujours, tu m'intéresses*.

Mais E. Lee Marx, l'archéologue sous-marin le plus célèbre au monde, n'était pas n'importe qui.

— Nous n'avons pas tous de jolis petits ROV pour plonger à notre place, répliqua Mr Jamison.

Face à cette réponse, E. Lee Marx poussa un profond soupir.

— L'année dernière, expliqua-t-il, mon équipe et moi-même explorions l'épave de *Las Cinque Chagas*, un navire portugais. Peut-être en avez-vous entendu parler. Elle gisait à quatre-vingts mètres de profondeur, sur un fond très instable. Les conditions de plongée étaient similaires à celles-ci, malgré des courants plus violents. L'épave faisait l'objet d'un litige, plusieurs pays se la disputaient. Alors, lorsque nous avons appris qu'un bâtiment de la Marine française avançait droit vers nous, les personnes qui finançaient la campagne de fouilles ont exigé que le trésor soit remonté au plus vite. J'ai donc envoyé tous mes plongeurs au fond.

E. Lee Marx marqua une pause pour inspirer profondément. Je vis des larmes perler aux coins de ses yeux.

— Mon neveu faisait partie de ces plongeurs, poursuivit-il. Il n'est jamais remonté.

Pas de réponse à l'autre bout de la ligne. Seulement de la friture.

Je lançai un regard à Salacia. Elle affichait un visage impassible.

— Je suis sûr que nous pouvons régler ce différend de manière juste et équitable, sans recourir à la violence, ni risquer la vie de quiconque, ajouta E. Lee Marx.

Encore de la friture.

— Monsieur, me recevez-vous ?

C'est alors que la voix de Cameron Jamison résonna dans le haut-parleur :

— Dans ce cas, je serais ravi de vous rencontrer, Mr Marx.

À cet instant, je tournai la tête vers Art Tabori, et je le vis contracter sa mâchoire.

Les négociations durèrent près de six heures, pendant lesquelles des Zodiac effectuèrent un véritable ballet de navettes entre les deux navires.

Salacia et moi tuâmes le temps en visionnant quelques documentaires : *Bowling for Columbine. Waste Land.* Et quatre épisodes de *Blue Planet*, une série de la BBC consacrée aux océans et à la vie sous-marine.

Puis on vint nous prévenir que Cameron Jamison et E. Lee Marx étaient parvenus à trouver un accord : ce seraient les deux ROV, Castor et Pollux, qui se chargeraient de remonter le trésor en toute sécurité. Avant qu'il ne soit partagé en deux.

27. L'OR ENVOLÉ

Une fois leur Zodiac attaché, quatre hommes grimpèrent sur le pont de l'*Argo*.

En premier apparut Cameron Jamison, vêtu d'un polo et d'un short blanc. On l'aurait plutôt imaginé passer sa journée sur un parcours de golf qu'à jouer les pirates modernes.

Les frères Mattner, ses hommes de main, l'accompagnaient. Ils me lancèrent des regards mauvais, auxquels je répondis par un sourire.

Un autre homme, plus petit et à l'allure athlétique, se trouvait avec eux. Cameron Jamison le présenta comme son associé.

Mais dès qu'il ouvrit la bouche, tous mes poils se hérissèrent.

C'était lui, l'autre type cagoulé qui m'avait torturé, lors de mon kidnapping, quelques mois plus tôt !

Mon regard se posa alors sur les lingots, soigneusement empilés sur le pont. Une vision à couper le souffle, malgré les algues et le corail dont ils étaient recouverts.

— Allez-y, chargez notre part sur le bateau, ordonna Mr Jamison aux Mattner.

Ces derniers s'avancèrent vers les lingots, mais, au même instant, un bruit se fit entendre au-dessus de nos têtes. Un bruit qui me parut familier. Le *chak chak chak* du rotor d'un hélicoptère.

Tous les regards se levèrent vers le ciel.

Tous les visages affichèrent un air surpris.

Tous, sauf un : celui d'Art Tabori.

L'hélico décrivit un cercle avant de venir se poser sur l'hélisurface du navire. Trois silhouettes vêtues de noir en sortirent, munies de fusils d'assaut de taille impressionnante.

Je dus me pincer pour y croire. Ce revirement de situation paraissait si impromptu, si hollywoodien, que j'eus l'impression d'être en train de regarder un film.

Pourtant, je ne me trouvais pas devant le moindre écran. Ce qui se déroulait sous mes yeux était bel et bien la réalité.

— Pas dc bêtise, sinon vous finirez au fond de l'océan, nous menaça Art Tabori. Voilà ce qui va se passer : tout l'or va partir à bord de cet hélicoptère. Et ne vous en faites pas, vous serez tous payés, conformément à notre accord. Je ne suis pas un escroc, ajouta-t-il d'un ton mielleux. Et ces clowns n'auront rien, évidemment, lâcha-t-il en faisant un signe de tête en direction de Cameron Jamison, qui le fusilla du regard.

Deux des hommes en noir commencèrent à charger les lingots à bord de l'appareil, tandis que le troisième nous tenait en joue.

Non pas que ce fût vraiment nécessaire. Tout l'équipage de l'*Argo* observa la scène, assis sur le pont. Cameron

Jamison et ses hommes firent de même. Personne ne comptait jouer les héros face à un fusil d'assaut.

Je croisai le regard de E. Lee Marx. Il se contenta de hausser les épaules. *La chasse au trésor, c'est un drôle de métier.*

Au bout d'un moment, j'entendis l'un des hommes en noir dire à Art Tabori :

— Le pilote pense qu'on a atteint la charge maximale.

— Il dit n'importe quoi ! aboya Art. Tu n'as pas besoin de repartir à bord de l'hélico, toi tu peux rester sur le bateau.

Ils continuèrent donc à charger les lingots, jusqu'au dernier.

Le pilote monta à bord et alluma le moteur, avant de couper aussitôt le contact. Il redescendit de l'appareil et courut vers Art Tabori. S'ensuivit une discussion très animée. De là où je me trouvais, je ne pouvais pas entendre ce qu'ils se disaient, mais j'imaginais sans peine de quoi il s'agissait : le pilote n'était pas ravi de devoir transporter une charge si lourde.

Ils semblaient tout juste parvenus à un terrain d'entente, lorsque l'hélico se mit à vrombir de nouveau.

Comment était-ce possible ?

Qui avait démarré le moteur ?

Toutes les têtes se tournèrent vers l'hélisurface. Mais, moi, je connaissais déjà la réponse.

Art Tabori pensait-il sérieusement qu'on pouvait maintenir Otto Zolton-Bander sous les verrous, dans une simple cabine ? C'était le Zolt, quand même ! Le Robin des bois des temps modernes. Le héros de Facebook aux 1 421 456 fans. Enfin, 1 421 457. Non, 1 421 458. Bon, aux fans toujours plus nombreux.

Quant à Zoe, elle n'était pas son bras droit pour rien.

Et ils s'apprêtaient tous deux à quitter le navire à bord de l'hélico.

Je vis l'homme en noir situé le plus près de l'hélisurface épauler son fusil d'assaut.

D'un hochement de tête, Tabori lui donna le signal : *Shoote-les.*

C'est alors qu'une ceinture de lest traversa les airs pour venir heurter le tireur à la tête. Sous l'effet du choc, il lâcha son arme, qui glissa à travers le pont et finit sa course dans l'océan.

Je tournai la tête dans la direction d'où provenait le projectile. E. Lee Marx se tenait debout, l'air déterminé, laissant entrevoir l'Indiana Jones qui sommeillait en lui.

Puis l'hélicoptère décolla.

Enfin, c'est un bien grand mot. Disons qu'il quitta le sol en vacillant de droite à gauche, comme si l'on avait remplacé son carburant par de la vodka.

Je repensai alors au livre trouvé dans la cachette du Zolt : *Comment piloter un hélicoptère.* Avait-il seulement ouvert ce bouquin ?

— Appuie sur la pédale de droite ! l'encouragea à distance le pilote. Monte plus haut !

Comme si Otto avait entendu ses conseils, l'appareil prit de la hauteur.

— Bien joué, lâcha involontairement le pilote.

L'hélicoptère s'éloigna en direction de la côte. Je le suivis du regard jusqu'à ce qu'il ne fût plus qu'un point à l'horizon, avant de disparaître.

À ce stade, je ne savais plus quoi penser. Avais-je rempli mon contrat, oui ou non ? Après tout, j'étais parvenu à accomplir ce que La Dette m'avait demandé : trouver l'or de Yamashita. Ce n'était pas ma faute si le trésor avait été dérobé.

D'ailleurs, je trouvais ça plutôt cool qu'Otto et Zoe aient mis les voiles avec le butin. Mais allaient-ils s'en tirer en toute impunité ? Rien n'était moins sûr.

Après ce coup de théâtre, Art Tabori se rua sous le pont, sans doute pour communiquer ses ordres par radio, et envoyer ses hommes de main sur la piste des Zolton-Bander.

Le trésor qui occupait mes pensées depuis si longtemps venait de s'envoler. J'aurais dû me sentir dévasté, au fond du gouffre. Et pourtant, ce n'était absolument pas le cas.

En fait, ce trésor, si doré, si étincelant dans mon esprit, avait désormais perdu tout son lustre. Ce n'était plus qu'un simple élément chimique, portant le symbole Au et le numéro atomique 79.

Sans vouloir jouer les hippies, ce n'était pas la valeur monétaire du trésor qui m'intéressait, mais son statut de trésor. Avec toute la chasse que cela impliquait. À présent que l'or avait été trouvé, tout était fini.

Quant à E. Lee Marx, il s'entretenait déjà de son projet suivant avec Felipe :

— Je l'ai déjà approché et avec cette nouvelle technologie, je pense que nous avons beaucoup plus de chances de mettre la main dessus.

Peu après, le vrombissement d'un rotor résonna à nouveau au-dessus de nous, et un autre hélicoptère se posa sur l'*Argo*. Art Tabori et ses sbires montèrent à bord, et décollèrent aussitôt.

Otto et Zoe pourraient-ils leur échapper ?

— Bon, je crois qu'il est temps de te ramener à terre, me dit E. Lee Marx. Puisque la météo est bonne, ça te dirait de faire le trajet en Zodiac ?

L'espace d'une seconde, la meilleure idée de ma vie me traversa l'esprit : non, je n'allais pas rentrer mais rester sur l'*Argo* et rejoindre l'équipage pour voyager autour du monde, à la recherche de trésors. Ce qui ferait de moi un Argo-naute !

Puis je revins brutalement à la réalité. Il me restait encore un contrat – un seul ! – à accomplir pour La Dette avant d'en être débarrassé à tout jamais. Et de pouvoir enfin vivre ma propre vie.

Un jour, peut-être, je ferais moi aussi le tour du monde en quête de trésors.

Mais ce moment n'était pas encore venu.

— Oui, ce serait génial, répondis-je à l'archéologue. Il faut juste que je contacte quelqu'un pour venir me récupérer.

J'utilisai le téléphone satellite du navire pour appeler Gus. En vain. Je composai alors le numéro de mon père, qui, pour une fois, décrocha aussitôt.

— Pas de problème, Dom, je viens te chercher.

28. TURSIOPS TRUNCATUS

Je m'assis à la proue avec Sal, tandis que Felipe, qui nous accompagnait pour faire quelques courses en ville, pilotait le Zodiac.

Nous restâmes muets pendant tout le trajet.

Alors que Reverie Island apparut au loin, un banc de dauphins vint jouer autour de nous. Une scène qui aurait pu paraître un brin trop cucul, comme à la fin d'un film un peu ringard. *Salacia, déesse de la Mer, invoque les dauphins pour l'accompagner dans sa quête…*

— Des amis à toi ? plaisantai-je.

— *Tursiops truncatus*.

— Désolé, je ne parle pas le dauphin.

— C'est leur nom scientifique, m'expliqua-t-elle en se penchant par-dessus bord pour glisser sa main dans l'eau.

Les dauphins décidèrent alors de faire le show, et se mirent tour à tour à sauter et danser hors de l'eau, leurs flancs bleu-vert luisant sous les rayons du soleil. L'un d'entre eux exécuta même un saut périlleux.

Finalement, le spectacle s'avéra plutôt cool, en plus d'être gratuit. Pas comme à Sea Land. Sans compter que personne n'essayait ensuite de nous refourguer des produits dérivés. Pas de T-shirt. Ni le moindre string.

Puis, aussi soudainement qu'il avait surgi, le banc de *Tursiops truncatus* disparut sous les flots.

Tandis que nous approchions de la jetée, je reconnus une coque familière, zébrée de coulures de rouille.

L'*Hispaniola* !

Ou, plutôt, ce qu'il en restait, après qu'elle eut essuyé la tempête et fut forcée de rentrer au port en traînant la patte. Et le résultat n'était pas beau à voir. Le bateau penchait sur sa droite – pardon, à tribord –, sa coque éventrée par endroits.

Je me sentis soulagé, malgré tout.

Lorsque nous ne fûmes plus qu'à quelques dizaines de mètres du ponton, j'aperçus mon père, en costard-cravate, son uniforme habituel d'homme d'affaires. Cette vision me sembla si éloignée de la chasse au trésor, à mille lieues même de la version moderne consistant à piloter des ROV depuis une salle de contrôle, que j'en ressentis presque de la honte.

— C'est ton père ? s'enquit Sal.

— Oui, maugréai-je.

Felipe coupa le moteur et laissa le Zodiac glisser jusqu'au ponton. Mon père saisit la corde pour amarrer l'embarcation.

— Bon, c'est le moment de se dire adieu, lâchai-je en me tournant vers Sal.

Après tout ce que nous avions vécu, j'imaginai qu'on allait se prendre dans les bras, les larmes aux yeux…

Mais il n'en fut rien.

— Ouais, fit-elle, aussi causante et démonstrative qu'à son habitude.

Elle plongea la main dans sa poche et me tendit un petit objet. Une pierre sculptée en forme de dauphin, de façon assez grossière, comme si un enfant l'avait taillée.

— Ça vient du Chili, m'expliqua-t-elle.

— Il ne faut pas garder les animaux sauvages en captivité ?

— Tu as bien retenu la leçon, on dirait.

Je rangeai le dauphin dans ma poche avant de mettre le pied sur le ponton. Je me précipitai vers mon père. Il me serra très fort dans ses bras.

— Dom, tu vas bien ! Je me suis fait un sang d'encre pour toi.

— Oui, tout va bien, lui assurai-je, tandis que l'image de ses bureaux déserts et tapissés de toiles d'araignée me revint en mémoire.

— Plus qu'un seul contrat, donc, ajouta-t-il.

Comment était-il au courant ? Je n'avais aucun souvenir d'en avoir parlé au téléphone.

Toutefois, en l'entendant prononcer ces mots à voix haute, je pris conscience de l'aspect colossal de cet accomplissement. Cinq contrats remplis, plus qu'un seul à exécuter. Ma dette était remboursée à plus de quatre-vingts pour cent.

Alors pourquoi me sentais-je si mal ? J'avais l'impression d'être devenu l'homme à tout faire de La Dette. Un simple laquais.

Mon père me prit à nouveau dans ses bras. Je sentis mes côtes craquer.

— On rentre à la maison ? me demanda-t-il.

— Oui, on rentre à la maison.

Nous montâmes à bord de la Porsche. Je m'enfonçai dans mon siège, savourant le luxe et le confort auxquels je n'avais pas eu droit ces derniers jours. Je repensai au motel dans lequel j'avais séjourné avec Gus, aux taches suspectes sur les draps, à la merde qui flottait dans les toilettes… C'était terrible d'être pauvre.

Il ne fallait pas que j'oublie que mon père avait sorti notre famille du caniveau, et que je lui en étais redevable.

Je branchai mon iPhone, qui n'avait plus de batterie depuis longtemps, au chargeur de la voiture. Lorsque nous nous arrêtâmes dans une station-service pour faire le plein, je reçus un SMS d'Imogen. Il fallait d'urgence qu'elle me voie pour me parler.

Je lui répondis aussitôt : *On se retrouve ce soir quand je rentre.*

C'est alors que je sentis le poids du dauphin sculpté dans ma poche, et que la plus saugrenue des idées germa dans mon esprit.

Je tentais de l'en chasser. Mais rien à faire.

Je sortis le dauphin de ma poche et me mis à jouer à le lancer entre mes mains.

Il ne faut pas garder les animaux sauvages en captivité…

Je venais de passer plusieurs jours assis sur une chaise, à observer des écrans. Alors la simple idée de faire quelque chose, de passer à l'action, me semblait incroyablement excitante. Et particulièrement tentante.

Et puis, si le Zolt et Zoe avaient pu faire un coup d'éclat aussi fou que de dérober l'or de Yamashita, alors moi aussi. Après tout, je n'étais pas plus bête, ni moins débrouillard qu'eux.

Mon cerveau passa donc en mode planification : de quoi avais-je besoin, et à quel moment agir ?

Je refis défiler dans ma tête le documentaire *The Cove : la baie de la honte.*

C'était vraiment le guide parfait de l'apprenti écoguerrier.

— Mauvaise nouvelle, papa, lui annonçai-je alors que nous n'étions plus très loin du terminal ferry.

Il me lança un regard inquisiteur.

— Il faut qu'on fasse demi-tour, expliquai-je. J'ai oublié quelque chose de très important à bord de l'*Hispaniola*.

— Tu ne peux vraiment pas faire autrement ?

— Non. J'en aurai pour cinq minutes. Dix maximum. Promis.

— Bon, tu as mis ta ceinture ?

J'acquiesçai.

Mon père lança un regard dans le rétroviseur, puis vérifia que personne ne roulait vers nous. Il donna alors un grand coup d'accélérateur avant de tirer brusquement le frein à main pour piler, en braquant le volant à fond en même temps, et la voiture pivota sur elle-même, dans un grand crissement de pneus.

— Papa ! m'écriai-je, estomaqué.

Il venait de faire voler en éclats son image d'homme d'affaires respectable.

— Ça s'appelle un demi-tour au frein à main. Je t'apprendrai, un jour.

Ce n'était pas la première fois que mon père faisait la démonstration de ses talents cachés. Des talents qui lui avaient permis de remplir tous ses contrats auprès de La Dette.

Lorsque nous arrivâmes près de la jetée, mon père se gara et je lui demandai de m'attendre dans la voiture. Puis je me précipitai vers le bateau. Avec soulagement, j'aperçus tout l'équipement de plongée soigneusement attaché sur le pont.

Il n'y avait pas un bruit, à part celui de la pompe qui vidait l'eau des cales. J'espérais que personne ne se trouvait à bord. Surtout pas Bones. Les mots de Brett à son sujet me revinrent en mémoire : *On ne dirait pas, comme ça, mais il a un côté sombre. Très sombre.*

Je descendis le long de l'échelle de corde et mis le pied sur le pont. C'est ce moment que choisit le capitaine pour sortir de la cabine, braquant sur moi un vieux fusil à double canon.

— Un pas de plus et je te fais sauter la cervelle ! articula-t-il d'une voix pâteuse.

Le visage rouge couvert d'égratignures, les vêtements sales : le capitaine ne payait pas de mine, tout aussi amoché que sa coquille de noix.

Et il n'avait pas sucé que des glaçons, apparemment, vu sa démarche chancelante, comme si le bateau se trouvait ballotté par les flots. *Yo ho ho, et deux ou trois bouteilles de rhum !*

— Capitaine, c'est moi, Dom, lui dis-je. Le gamin aux questions.

Il baissa légèrement son arme.

— Tu as bien fait de déserter, tu sais, lâcha-t-il, en laissant son bras retomber le long de son corps.

Je pris cela comme le signe que je pouvais avancer sans danger.

— Viens donc boire un coup avec moi, m'invita-t-il.

Je le suivis à l'intérieur. Tout était sens dessus-dessous.

— Wow, laissai-je échapper. La femme de ménage est en congé ?

Cette petite plaisanterie passa au-dessus de la tête du capitaine, bien trop occupé à remplir deux verres de rhum.

— Tiens, à ta santé, dit-il en m'en tendant un.

— Je suis encore un peu jeune pour boire, vous savez, prétextai-je, en observant le liquide.

— Foutaises ! Tu te crois peut-être trop bien pour boire avec moi ?

Il ne me laissait pas vraiment le choix, là.

Je bus le verre d'un trait.

Ce n'était pas si terrible que cela, tout compte fait. Sur le coup, ça brûlait juste un peu la gorge.

Mais le pire restait à venir : lorsque le rhum atteignit mes entrailles, cela me fit l'effet d'une bombe atomique explosant mes organes internes.

— Ça fait du bien par où ça passe, pas vrai ? sourit le capitaine.

Du bien, difficile à dire, mais on le sentait bien passer, en tout cas.

— Où est Bones ? m'enquis-je tout à coup.

À la mention de ce nom, je crus que le capitaine allait faire une attaque d'apoplexie. Son visage, déjà bien rouge, vira au cramoisi.

— Il s'est tiré, ce salaud ! s'égosilla-t-il.

— Où ça ?

— En rentrant au port, il a vu la flopée de flics qui nous attendaient sur le ponton, alors il a sauté par-dessus bord.

— Et il s'est noyé ? demandai-je, en repensant aux vagues déchaînées, ce jour-là.

Le capitaine haussa les épaules.

— Aucune idée. En tout cas, je n'ai pas vu un centime de l'argent qu'il m'avait promis. Et toutes les factures dont il prétendait se charger, il n'en a pas réglé une seule. J'ai tout le monde sur le dos, maintenant.

Il se lança alors dans un récit très décousu, qu'il conclut en déplorant à quel point il avait été idiot de suivre Bones les yeux fermés.

J'en profitai pour glisser :

— Je suis vraiment désolé, mais je dois aller chercher mes affaires pour partir.

— Tes affaires ?

— Oui, j'avais laissé quelques affaires de plongée sur le bateau, mentis-je.

— Tiens, un petit dernier pour la route, insista-t-il en remplissant mon verre.

Encore une fois, je n'eus pas vraiment le choix.

Et, encore une fois, ce fut Hiroshima dans mes entrailles.

Mais, cette fois, mes mouvements me semblèrent moins coordonnés.

— Je dois y aller, articulai-je avec un peu plus de difficulté. Alors, au revoir, capitaine.

— J'ai tout le monde sur le dos..., répéta-t-il, le regard absent. Ils ne me lâcheront pas, ces vautours...

Je sortis de la timonerie et traversai le pont en direction de l'équipement de plongée. Le sol me paraissait moins stable, tout à coup. Ou bien étaient-ce mes jambes qui avaient soudain du mal à me porter ?

J'atteignis tant bien que mal le coin où était entreposé le matériel de plongée. Je pris alors une combinaison, une bouteille d'air pleine, un détendeur, un stab, des palmes et un masque. Ce qui faisait beaucoup.

Je jetai un regard alentour pour trouver un sac. Rien. Comment allais-je remonter tout cet équipement sur le ponton ?

C'est alors que j'eus un éclair de génie : j'allais l'enfiler, tout simplement !

Ce qui fut plus facile à dire qu'à faire, vu mon état. Je ne contrôlais plus mes mouvements. Ma coordination athlétique, qui ne m'avait pourtant jamais fait défaut jusqu'alors, venait de m'abandonner. Tout à coup, je compris ce que ressentaient les élèves nuls en sport, qu'on choisissait toujours en dernier pour former les équipes.

Cela me prit un bon moment, mais je parvins à rejoindre l'échelle, équipement sur le dos, combinaison et palmes à la main.

L'ascension me parut beaucoup plus difficile que la descente. Déjà, parce que la mer s'était retirée, me laissant donc plus de chemin à parcourir. Et parce que l'échelle de corde, si droite lors de mon premier passage, était désormais toute tordue.

Un barreau à la fois, me concentrai-je. Et, au prix de quelques efforts, je finis par poser le pied sur le ponton. Je fis alors un pas, puis deux, avant de m'étaler par terre, tête la première.

Un vrai gag. De loin, ce devait être à mourir de rire. Mais, de près, ça l'était beaucoup moins : mon nez se remit à pisser le sang. Les badauds qui se trouvaient sur la jetée, pêcheurs, familles en promenade, couples se tenant par la main, commencèrent à me dévisager et à me pointer du doigt en chuchotant.

— Ce garçon est en état d'ébriété ! Quelle honte ! s'exclama une vieille dame, beaucoup moins discrètement.

Mon père sentit certainement que quelque chose ne tournait pas rond, car il se précipita à ma rencontre.

— Bon sang, Dom, qu'est-ce qui t'est arrivé ? me questionna-t-il, mâchoires serrées.

Je fus pris d'un fou rire, en prenant conscience du ridicule de la scène : un homme d'apparence ultrasérieuse, aux faux airs d'expert comptable, venant à la rescousse d'un ado en tenue de plongée sous-marine, incapable de tenir debout sur ses deux jambes.

Mon père, quant à lui, ne trouva pas cela aussi drôle que moi. Il m'empoigna par le bras et me traîna en direction de la Porsche.

Nous jetâmes tout l'équipement sur la banquette arrière, avant de décoller.

Puis nous fîmes un arrêt à la même station-service que plus tôt, où mon père sortit m'acheter un grand café noir et une bouteille d'eau.

— Je croyais que ça ne marchait que dans les films, lui dis-je quand il me tendit le tout.

— Tais-toi et bois, fit-il en redémarrant.

Je m'exécutai.

Lorsque j'eus suffisamment dessoûlé, j'allumai la radio, passant de station en station, tout en surfant sur le Web avec mon iPhone à la recherche des dernières infos. Mais, dans les gros titres, je ne vis ni n'entendis nulle part *Le Zolt a volé l'or de Yamashita !*

Le Zolt et Zoe s'étaient envolés avec le trésor, sans qu'il n'y en ait un seul écho dans la presse ?

Je n'en revenais pas.

— Bon, ça commence à être pénible, rouspéta mon père tandis que je changeai à nouveau de station de radio. Qu'est-ce que tu cherches, à la fin ?

— Une chanson de Justin Bieber, rétorquai-je, hilare.

Lundi

29. ANIMAUX SAUVAGES

Mon père me déposa chez nous vers dix-sept heures et repartit aussitôt, prétextant une urgence au bureau. Je résistai à la tentation de jouer au plus malin – *Quel genre d'urgence, papa ? La photocopieuse est tombée en panne ?* – car cela me convenait plutôt bien de ne pas l'avoir dans les pattes. Par chance, la maison était déserte. Ma mère se trouvait toujours à Pékin, et Miranda et Toby devaient être en vadrouille.

Je me précipitai dans ma chambre pour allumer mon ordinateur et lancer Skype. Je cliquai ensuite sur le bouton *enregistrer la conversation*, avant de composer le numéro de Sea Land, trouvé sur Google.

— Bonjour, pourrais-je parler à Saffrron, je vous prie ? demandai-je, en prenant soin de prononcer le *r* supplémentaire.

— Qui la demande ? fit la standardiste.

— Sebastian Ovett, répondis-je, en associant le nom et le prénom de Sebastian Coe et Steve Ovett, deux grands coureurs anglais des années 1980.

— Très bien, Sebastian. Veuillez patienter une minute.

Je fus mis en attente. À la place de la musique habituelle, on entendait le chant des baleines.

Puis quelqu'un prit l'appel :

— Bonjour, ici Saffrron.

Je vérifiai que le bouton *enregistrer* était toujours bien enclenché, mais ne répondis pas.

— Allô ? Vous m'entendez ?

Je restai muet.

— Allô ? Il y a quelqu'un ? répéta-t-elle encore deux ou trois fois avant de raccrocher.

Je copiai alors plusieurs fois l'enregistrement dans le logiciel Audacity, pour en faire une boucle de trente minutes ininterrompues. Puis je sauvegardai le tout au format mp3 avant de le transférer sur mon iPhone.

Je consultai ensuite la météo, qui prévoyait de fortes rafales de vent accompagnées de vagues de plusieurs mètres. Parfait. Il y aurait moins de gens sur la plage.

Dans mon placard, je trouvai un grand sac de sport dans lequel je fourrai tout l'équipement glané sur l'*Hispaniola*. Fin prêt, j'appelai un taxi et demandai que l'on me dépose près de la digue de Mermaid Beach.

C'était risqué, mais je ne voyais aucun autre moyen de me rendre à Sea Land sans éveiller les soupçons.

Heureusement pour moi, je n'étais pas tombé sur l'un de ces chauffeurs indiscrets qui posent tout un tas de questions. Le seul mot auquel j'eus droit fut *merci*, après que j'eus réglé la course, une fois arrivé à destination.

Mon lourd sac à l'épaule, je commençai à traverser la plage en direction de la digue. À l'horizon, le soleil couchant teintait le ciel d'une couleur étrange. La mer, houleuse, crachait des tonnes d'écume. Et le sable, soulevé par le vent, me giflait le visage.

Ce n'était clairement pas le meilleur moment pour venir faire trempette. Et pourtant, j'aperçus quelqu'un au milieu de cette tempête de sable.

Un ado. Recroquevillé par terre. Son sweat-shirt tiré par-dessus ses genoux.

— Hé, m'interpella-t-il en me voyant avancer avec difficulté. Aidez-moi, je me sens vraiment mal.

Je continuai ma route sans m'arrêter et, prise dans un tourbillon de sable, sa silhouette, au loin, ne fut bientôt plus qu'une masse informe, presque spectrale.

Sa voix désincarnée parvint toutefois jusqu'à moi :

— Je crois bien que je vais crever…

Je stoppai net.

Je ne croyais pas une seconde à sa petite comédie. D'ailleurs, j'étais prêt à parier qu'il faisait mille fois par jour le même coup aux badauds, de sa petite voix chevrotante, suppliante…

Mais s'il disait vrai ? S'il était vraiment sur le point de mourir ?

Je ne pouvais pas prendre ce risque. Je sortis mon iPhone et composai le triple zéro[4].

Une standardiste prit l'appel, et je la prévins qu'une personne gisait sur la plage, au sud de la digue de Mermaid Beach. Elle me signala que mon numéro avait été enregistré pour que les secours me contactent une fois arrivés sur place.

4. Numéro d'appel d'urgence en Australie.

— J'ai prévenu les secours, ils ne vont pas tarder, lançai-je dans la direction du gamin.

Pas de réponse. Je revins sur mes pas. Il n'était plus là. Tout ce qui restait de son passage, c'était une marque dans le sable, là où il avait été assis.

— Hé ! Tu es là ? criai-je.

Seulement le silence. Je décidai de rappeler le triple zéro pour les prévenir qu'il ne s'agissait que d'une fausse alerte.

— Appeler un numéro d'urgence pour faire une blague est un délit, jeune homme, me sermonna la standardiste.

— Ce n'était pas une blague, je vous le jure ! J'ai vu quelqu'un qui n'allait pas bien du tout, mais il est parti.

Impossible de savoir si elle me crut ou non. Elle se contenta de me rappeler que mon numéro avait été enregistré. Je raccrochai, rangeai mon téléphone, puis me remis en route.

La digue n'avait de digue que le nom : de grosses vagues jaillissaient par-dessus.

Je posai mon sac sur le sable, ouvris la fermeture éclair, et entrepris de me déshabiller pour me glisser dans la combinaison de plongée. Puis je passai la ceinture de lest autour de ma taille, et enfilai le stab auquel étaient reliés la bouteille d'air et le détendeur. Je rangeai mon iPhone dans une pochette étanche que j'attachai à ma ceinture, et fis de même pour ma lampe torche de plongée. Je fixai ensuite le couteau autour de ma jambe. Mis mes palmes et mon masque. Pour finir, j'ensevelis le sac sous des galets, pour le cacher.

Le moment était venu d'entrer dans l'eau. Je me doutais que la visibilité ne serait pas très bonne. Mais j'avais tort. C'était bien pire que cela. En fait, il n'y avait aucune visibilité. Une véritable purée de pois. Sans parler du puissant courant d'arrachement, qui menaçait de m'emporter vers le large.

Mon plan tombait à l'eau. J'avais prévu de nager en ligne droite jusqu'à Sea Land, en coupant à travers la baie. Mais ce foutu courant risquait de me faire échouer sur une plage de Nouvelle-Zélande, à deux mille kilomètres de là. Je m'étais déjà rendu sur cette île lors d'un voyage scolaire, un an auparavant, et je n'avais pas particulièrement envie d'y retourner. Pas sans un passeport et plein d'argent de poche, en tout cas.

Aucun autre choix ne s'offrait à moi : j'allais devoir longer la côte sous l'eau, ce qui me prendrait beaucoup plus de temps.

Je tâchai de nager près du fond, les yeux rivés sur mon profondimètre pour m'assurer que je ne déviais pas de ma course en m'éloignant vers le large. Cela me demandait énormément d'efforts.

Lorsque la nuit tomba complètement, je dus allumer ma torche. Et le fond de la mer prit alors des airs d'épouvante. Je vis des objets jaillir des ténèbres. Un vieux moteur envahi par les algues. La carcasse d'une embarcation engloutie. Dans une eau claire, en plein jour, je ne leur aurais même pas accordé un regard. Mais, dans cette situation, ils paraissaient sinistres, maléfiques.

Comme s'ils cherchaient à m'attraper.

Au bout d'une heure, j'aperçus avec soulagement l'un des filets de Sea Land. J'avais prévu de me faufiler dans l'enclos en sciant les mailles, c'était d'ailleurs la raison pour laquelle j'avais emporté un couteau. Mais il y avait un moyen beaucoup plus simple pour passer de l'autre côté.

Au bas du filet, les cordes étaient attachées, à intervalles réguliers, à des blocs de béton. J'utilisai donc mon couteau pour scier l'une de ces cordes, ce qui me permit de soulever le filet juste assez pour pouvoir me glisser en dessous.

Le silence régnait dans le bassin. Aucune sirène d'alarme ne s'était déclenchée. J'avais réussi !

Soudain, une masse sombre passa tout près de moi. Puis une autre.

Rien à craindre, ils viennent juste te dire bonjour, me dis-je.

Une troisième masse s'approcha, et s'arrêta pour me dévisager.

Ce n'était pas un dauphin.

Je me retrouvai nez à nez avec un requin-taureau et sa mâchoire garnie de plusieurs rangées de dents effilées.

Je compris aussitôt mon erreur. Malgré mes précautions, le courant m'avait probablement entraîné plus loin que l'enclos des dauphins. Directement dans l'enclos des requins.

Quelque chose frôla ma jambe.

Je ne pus m'empêcher de hurler. Je perdis le détendeur. L'eau emplit ma bouche. Et mon masque.

Tu vas te noyer, Dom.

Au même instant, une phrase de Maxine me revint en mémoire : *C'est dans les moments où les choses tournent mal que votre formation s'avère la plus utile.*

Je commençai par remettre le détendeur dans ma bouche. Il valait mieux pouvoir respirer qu'avaler de l'eau. Puis je vidai mon masque sans problème. Je pus voir à nouveau.

Et je vis que les requins tournaient en cercle autour de moi.

L'un d'eux, plus petit que les autres, vint nager tout près de moi. Il devait mesurer un peu moins d'un mètre et présentait des taches blanches sur les ailerons. Vus de près, ses yeux me parurent démesurément noirs.

Et là, il me mordit le bras !

Sans rire, il me donna un petit coup de dents, comme l'aurait fait un chiot, pour jouer.

Je viens de me faire mordre par un requin !

Et il ne s'est rien passé. Je ne suis pas mort. Il n'y a pas la moindre goutte de sang. Je ne vais pas figurer en une de la gazette locale.

En un sens, je lui étais redevable, à ce requin, car sa morsure venait de me délivrer de la terreur qui me tétanisait.

Dom, il faut que tu dégages de là, et vite, me dis-je en faisant un rapide inventaire des options qui s'offraient à moi. En gros, soit je repartais par là où j'étais entré, soit je poursuivais mon chemin jusqu'à tomber sur l'enclos des dauphins.

J'optai pour cette seconde solution et me mis à nager droit devant moi, avec de grands mouvements amples. Les requins me suivirent. Il devait y en avoir une bonne dizaine en tout.

Lorsque j'atteignis enfin le bout de l'enclos, je ne trouvai pas un filet mais un grillage. En acier. Qui descendait jusqu'au fond du bassin. J'essayai de creuser autour, mais il semblait profondément enterré.

Impossible de me faufiler par en dessous. J'aurais pu tenter de passer par-dessus, mais je me serais alors trouvé à découvert.

Il ne me restait donc plus qu'une seule solution : rebrousser chemin.

En faisant demi-tour, je me rendis compte que j'étais seul. Tous mes petits compagnons requins s'étaient volatilisés.

Bizarre. Peut-être ont-ils senti quelque chose.

Mon cerveau se mit alors en état d'alerte. *Ne reste pas là ! Barre-toi !*

Sans réfléchir, je saisis le grillage à deux mains et me hissai au-dessus de la surface.

Claaang !

Une énorme masse chargea juste en dessous de moi, là où mes jambes s'étaient trouvées une seconde plus tôt.

Je reconnus Cédric, le grand requin blanc !

Mais je me gardai bien de me moquer de son nom, cette fois.

J'avais la moitié du corps hors de l'eau, et l'autre moitié encore immergée. Autour de moi s'étalait un paysage à couper le souffle : protégée des vents à cet endroit, la surface de la mer, lisse comme un miroir, reflétait la lueur de la lune.

Sous l'eau, en revanche, c'était l'enfer. Le grand requin blanc donna une nouvelle charge, du côté de ma hanche droite, fracassant le grillage dans un grand *claaang*.

Si je ne sortais pas le reste de mon corps de l'eau au plus vite, il allait finir en snack nocturne pour requins. Et je risquais de battre le record de Gus. Pas une jambe de moins, mais les deux.

À tâtons, je cherchai frénétiquement de quoi m'agripper. Lorsque je trouvai une prise solide, je pus faire passer une jambe par-dessus le grillage. Ne me restait plus qu'à faire passer l'autre.

Claaang!

Le requin tourbillonnait sous mon pied.

Je soulevai mon autre jambe hors de l'eau, réalisant avec horreur que le bout manquait. Il avait été dévoré !

En y regardant de plus près, je constatai avec soulagement que ce n'était pas ma chair qui avait été arrachée, mais seulement la silicone graphite de ma palme.

Je me laissai alors tomber dans l'enclos des dauphins, de l'autre côté du grillage. Le plus grand requin blanc en captivité au monde donna une dernière charge, *claaang!* avant de disparaître dans l'obscurité.

C'était fini. J'avais réussi à m'en tirer.

Je pris quelques profondes inspirations pour me calmer.

Et c'est là qu'un dauphin s'approcha pour me donner un grand coup de boule – ou coup de museau, plutôt – en plein dans l'estomac.

C'était la seconde fois de ma vie que cela m'arrivait. La première fois, je ne m'y attendais pas, quoique cela ne m'ait pas tant surpris que cela : c'était bien le genre de Tristan de coller des coups de poing dans le ventre sans raison particulière. Mais là, j'étais carrément choqué.

Parce que les dauphins sont nos amis.

Ce sont des créatures censées porter secours aux pêcheurs en détresse, pas donner de grands coups de museau dans l'estomac des humains.

— Fous-moi la paix, Flipper, râlai-je.

Il revint à la charge, alors je le repoussai avant de m'éloigner à la nage.

Je jetai un coup d'œil à la ronde. Pas d'agent de surveillance, ni de chien de garde en vue.

En me hissant sur le ponton, je m'attendais à ce qu'une alarme se déclenche, ou à ce que quelqu'un donne l'alerte en hurlant, mais seul le clapotis de l'eau vint briser le silence. Tout se passait comme sur des roulettes : personne n'avait envisagé la possibilité d'une invasion par la mer.

Je m'assis et consultai ma montre. Malgré les contretemps auxquels j'avais dû faire face, j'étais toujours dans les temps.

Je sortis mon iPhone de sa pochette étanche et poussai le volume au maximum, avant de sélectionner le mp3 enregistré plus tôt et de cliquer sur *lecture*. Puis je remis l'appareil dans la pochette, et la plongeai sous l'eau.

— Bonjour, ici Saffrron ! Allô ? Vous m'entendez ? Allô ? Il y a quelqu'un ? Allô ? Ici Saffrron. Allô ?

J'aperçus alors un petit aileron blanc filer à travers l'eau dans ma direction. Puis un museau blanc apparut devant le ponton.

Putih !

Je glissai ma main dans l'eau, et Putih y frotta son museau. D'autres dauphins, plus grands, vinrent danser autour d'elle.

— Par ici ! entendis-je crier tout à coup, avant de me retrouver éclairé par un puissant projecteur.

En même temps, une alarme se déclencha, et des lumières s'allumèrent à travers tout le parc.

Je me retrouvai aveuglé, incapable de bouger. Fait comme un rat.

Des gens accouraient de toutes les directions.

— Il est à moi ! rugit quelqu'un, dont la voix me rappela celle de Buzz l'Éclair.

Pas question de me laisser attraper aussi facilement. Je fourrai le détendeur dans ma bouche, m'apprêtant à plonger dans l'eau.

Trop tard.

Buzz, véritable armoire à glace tout en muscles, m'asséna un grand coup dans le dos qui m'étala tête la première sur le ponton. Puis il s'assit sur moi, de tout son poids.

— Je le tiens ! hurla-t-il, triomphant. Il est à moi !

Il fallait que je lui échappe, et vite, avant que les autres n'arrivent. Ma main se tendit vers la housse du couteau fixée à ma jambe, l'ouvrit, et saisit le manche.

De toutes mes forces, j'enfonçai alors la lame à la pointe de sa botte, jusqu'à la garde.

L'effet fut immédiat : Buzz laissa échapper un hurlement de douleur et perdit l'équilibre. J'en profitai pour rouler sur le ponton et me jeter à l'eau. En quelques coups de ma palme et demie, je gagnai les profondeurs, en direction du large.

Au-dessus de moi, des projecteurs se mirent à fouiller la surface, mais je me trouvais trop profond pour qu'ils puissent m'atteindre.

Je portai alors mon iPhone à mon oreille.

— Bonjour, ici Saffrron ! Allô ? Vous m'entendez ? Allô ? Il y a quelqu'un ? Allô ? Ici Saffrron. Allô ?

Mon plan fonctionnait à merveille. Attirés par la voix de Saffrron, les dauphins m'emboîtaient le pas.

Alors, c'*est parti.*

J'atteignis le filet, et commençai à m'y attaquer à l'aide de mon couteau. Une tâche ardue, tant la corde était épaisse et fibreuse.

Au loin, j'entendis ronfler les moteurs d'un hors-bord.

Je continuai à scier la corde.

Le bateau s'arrêta au-dessus de moi. On braqua un projecteur dans ma direction. Puis je vis des formes sombres commencer à descendre… Des plongeurs !

Je donnai un dernier coup de couteau, et le filet céda. Je me ruai à travers le trou, battant furieusement des jambes pour échapper à mes poursuivants.

Ce n'est que lorsque je fus assez loin de Sea Land que je risquai un coup d'œil derrière moi.

Aucun plongeur en vue. Seulement des dauphins.

À travers la pochette de l'iPhone, j'appuyai sur *stop*.

Il ne faut pas garder les animaux sauvages en captivité, pensai-je en les regardant s'éloigner dans les profondeurs de l'océan.

On dit souvent que ce n'est pas pendant la montée de l'Everest que l'on risque de trouver la mort, c'est pendant la redescente. Je venais de gravir un sacré cap, et j'allais devoir trouver le moyen de m'en sortir sain et sauf.

La solution la plus évidente consistait à repartir de la même façon que j'étais arrivé, en suivant la courbe de la côte jusqu'à déboucher sur la digue de Mermaid Beach. Cependant, c'était bien trop risqué : après le tohu-bohu que je venais de provoquer à Sea Land, nul doute qu'on m'attendrait de pied ferme sur la plage.

Je ne pouvais pas non plus me lancer en direction du grand large, au risque de m'échouer en Nouvelle-Zélande.

Il ne me restait donc plus le choix : je devais partir de l'autre côté, vers le nord, contourner le promontoire rocheux et refaire tout le chemin en sens inverse. La falaise était abrupte, mais il y avait un endroit que l'on pouvait escalader. J'avais déjà vu des surfeurs l'emprunter, pour échapper à la houle.

Et personne n'irait m'attendre là.

J'adoptai la même technique qu'à l'aller, m'efforçant de rester près du fond, les yeux rivés à mon profondimètre pour m'assurer que je ne m'éloignais pas de la côte.

Cette fois, le trajet fut beaucoup plus mouvementé. Le courant me secouait sans arrêt, me faisait dévier de ma trajectoire. La tempête devait faire rage, à la surface.

Je me revis assis sur le fauteuil confortable du centre névralgique de l'*Argo*, sirotant un café en regardant Castor et Pollux se taper tout le boulot. Je comprenais mieux E. Lee Marx, à présent.

Je progressai, lentement mais sûrement. Jusqu'à ce que je tombe à court d'air.

Rien ne venait quand j'aspirais à travers mon détendeur.

Je vérifiai la jauge. Vide. Plus vide que vide.

C'est impossible, une bouteille dure au moins quarante minutes !

Oui, dans des conditions normales, peut-être. Mais l'altercation avec Cédric le requin et le coup de la grande évasion n'étaient pas exactement ce qu'on peut qualifier de conditions normales. J'avais englouti tout mon précieux air.

Je détachai donc ma bouteille et déclipsai ma ceinture de lest avant de remonter à la surface.

Je m'attendais à trouver des flots agités.

Mais ce fut bien pire que cela.

La mer était déchaînée, démontée.

D'énormes déferlantes frappaient la côte, se fracassant violemment contre les rochers escarpés.

Je lançai un regard en direction de la plage. Des faisceaux lumineux zigzaguaient dans tous les sens. Si je rebroussais chemin, j'allais avoir de gros ennuis.

Je ne pouvais pas m'arrêter, il fallait que je contourne le cap.

Si j'avais réussi à avancer au fond de l'eau, les choses se révélèrent cependant sensiblement différentes à la surface. Malgré tous mes efforts pour nager et battre des jambes, la houle me rabattait toujours vers les rochers. Impossible de continuer.

Mais qu'est-ce que je fous là, dans la mer, en pleine nuit... Tout ça pour libérer ces foutus dauphins.

C'est alors que je remarquai un détail : les vagues, qui venaient se fracasser sur les rochers, suivaient un cycle régulier. Une minivague, deux grosses, une gigantesque, une plus petite, puis de nouveau une minivague. Et ainsi de suite.

C'était la quatrième, la gigantesque, qui m'intéressait le plus, car elle déferlait au-delà des rochers escarpés qui bordaient la côte, jusqu'aux rochers plus lisses qui se trouvaient derrière. Certaines atteignaient même la végétation, les petits arbres tout tordus qui avaient poussé dans les brèches de la falaise.

Si je parvenais à surfer sur l'une d'elles, alors...

Non, c'était pure folie. J'allais tout simplement finir en chair à pâtée.

Je risquai un coup d'œil par-dessus mon épaule. Des lumières clignotaient sur la plage.

Je n'avais pas d'autre choix.

Une minivague. Deux grosses. Une quatrième, gigantesque. Une plus petite.

Et, de nouveau, une minivague.

Je me mis à nager en direction des rochers.

Une puissante lame me souleva et je sentis mes jambes aspirées par sa force, avant qu'elle ne roule vers la falaise pour se fracasser contre le promontoire rocheux, dans de grandes éclaboussures d'écume.

Je m'approchai encore plus près des rochers.

Une autre lame, de même intensité, tenta de m'emporter sur son passage. Je me mis à nager à contre-courant pour parvenir à lui échapper.

Cela faisait deux grosses vagues, coup sur coup.

La prochaine allait donc être gigantesque.

Lorsque la mer se retira, je me sentis entraîné par un incroyable effet de succion. Puis un rouleau se forma, de plus en plus énorme.

Non, je ne peux pas faire ça, c'est trop risqué.

Mais il était déjà trop tard. La vague me tenait prisonnier et m'emportait dans son sillage. Impossible de faire marche arrière.

Je me mis alors en position de bodysurf, comme je l'avais fait des milliers de fois sur les brisants de Surfers Paradise. Menton replié sur la poitrine, le corps droit et les bras tendus en avant.

La vague me souleva et gagna en hauteur. Je me retrouvai à son sommet, giflé par les embruns. Droit devant moi, éclairée par la lune, s'étalait une ligne de rochers acérés. Si la vague me projetait contre eux, c'en était fini de moi.

Il fallait à tout prix que je reste à la surface de sa crête, pour atterrir le plus loin possible. Je changeai donc de position, repliai les bras et cambrai le dos, pour suivre son mouvement. La vague roula par-dessus les rochers.

Continue ! Ne t'arrête pas ! hurlai-je intérieurement.

Cependant, la vague perdait en intensité. Autour de moi, l'eau retombait en tourbillons d'écume.

Devant moi, j'aperçus alors la forme noueuse d'un tronc d'arbre.

Allez, encore un peu !

Je tendis le bras, mes doigts frôlèrent une branche… Quand, soudain, la vague se désagrégea et m'entraîna dans sa chute. Je me retrouvai sous l'eau, cognant violemment contre un rocher, puis un autre. J'eus la sensation d'être écorché vif.

Et puis je sentis l'eau se retirer en direction de la mer. Mais, si je la laissais m'emporter avec elle vers le large, me traîner sur les rochers, j'allais finir en carpaccio.

Alors, lorsque je fus de nouveau projeté contre un rocher, je m'y agrippai de toutes mes forces.

Ma main gauche ne rencontra que le vide, mais la droite parvint à trouver une prise sur la roche. Mes palmes glissaient contre la surface, essayant désespérément de se raccrocher à quelque chose. Je m'en débarrassai, et mon pied gauche trouva à s'insérer dans une petite cavité.

Main droite, pied gauche, je me cramponnais tant bien que mal.

L'eau me frappa de plein fouet, essaya de me déloger, de me faire lâcher prise. Je tins bon, appuyant de tout mon poids contre le rocher, tâchant de m'agréger à lui.

Et puis, peu à peu, la puissance de l'onde diminua. Je pus relever la tête. Et là, sous mes yeux, je vis des rochers lisses, qui luisaient à la lumière de la lune. Plus loin, j'aperçus les arbres qui poussaient sur le flanc de la falaise.

Attention, ça risque de glisser, me dis-je.

À quatre pattes, je me mis à avancer prudemment.

Derrière moi, une nouvelle vague vint s'écraser contre les rochers. Le cycle me revint en mémoire : après la vague gigantesque, il y en avait une plus petite. Mais je savais que cela ne voulait rien dire, que les cycles pouvaient être brisés, et que la prochaine vague pouvait être pire que celle qui l'avait précédée.

J'attendis, immobile, que l'onde me frappe. Ce qui n'arriva pas. Je pus reprendre ma progression, et atteignis enfin la végétation détrempée. Je me traînai d'arbre en arbre, de branche en branche, jusqu'à ce que celles que j'empoignai fussent sèches. À cet instant, je sus que j'étais tiré d'affaire, la mer ne pouvait plus m'atteindre. Je m'arrêtai près d'un tronc.

Après l'expérience que je venais de vivre, j'aurais dû être fébrile, saisi par un torrent d'émotions en tous genres. Mais pas du tout. Je me sentais étonnamment calme, plus calme que je ne l'avais jamais été de toute ma vie. Plus aucune pensée ne se bousculait dans ma tête. Comme si la vague gigantesque avait tout emporté sur son passage.

Je m'assis à califourchon sur le tronc, savourant cette sérénité retrouvée. Cela me parut durer des heures, et pourtant ce ne fut l'affaire que de quelques minutes. Et là, un drôle de puzzle se forma dans mon esprit. Une multitude de petits détails se combinèrent pour former un tout. Une histoire invraisemblable.

Comment avais-je pu me laisser berner à ce point ? C'était pourtant évident !

Zoe et Otto avaient monté ce coup de toutes pièces ! Tout était clair, à présent !

Déjà lors de mon séjour à Reverie Island, lorsque la police avait débarqué au centre de plongée pour enquêter sur un vol d'équipement, un détail m'avait frappé : c'était un gilet de stabilisation de taille XL qui avait été dérobé. Une taille qui convenait parfaitement à la morphologie d'Otto ! Cela m'avait mis la puce à l'oreille. Le Zolt s'était forcément lancé sur la piste du trésor.

Par la suite, ils avaient voulu me tester, me passer à l'épreuve, pour voir si j'étais digne de me joindre à eux. Voilà pourquoi j'avais pu m'enfuir du Camp Yamashita aussi facilement. Et pourquoi ils avaient attendu que je vole à leur rescousse, à bord de l'*Hispaniola*.

Je m'étais vraiment laissé berner en beauté. Ils avaient tout planifié, parce qu'ils savaient que j'étais lié à une organisation puissante, qui bénéficiait de bien plus de moyens que l'équipe de bras cassés dont s'était entouré Bones pour rechercher l'or de Yamashita.

Peut-être que certains points de l'histoire ne tenaient pas debout – comment auraient-ils pu prévoir que je viendrais les sauver en pleine tempête, par exemple ? – pourtant, au fond de moi, j'étais persuadé d'avoir raison.

Alors, en prenant conscience de l'énormité de la situation, je fus pris par un rire. Un fou rire incontrôlable. Impossible de m'arrêter. Je ne me rappelais plus avoir ri autant depuis un bon moment.

C'est alors qu'une lame de fond vint se briser juste sous mes pieds, propulsant dans les airs un nuage d'écume.

Calme-toi ! m'ordonnai-je.

Il me fallait reprendre mon sérieux. J'avais encore pas mal de chemin à parcourir.

En prenant appui sur les arbres qui avaient poussé sur la pente, j'arrivai rapidement à escalader la falaise. En haut, je me retrouvai sur un sentier de randonnée, entièrement plat et balisé.

Je décidai alors de me débarrasser de ma combinaison de plongée, que je fourrai dans un tronc creux. Puis, seulement vêtu d'un short de bain et pieds nus, je suivis le sentier qui me mena tout droit jusqu'au quartier de Burleigh Heads.

L'un des avantages incontestables de vivre à Gold Coast, ville où les femmes vont faire leurs courses au supermarché en bikini, c'était que personne n'allait trouver bizarre qu'un ado se balade pieds nus en short de bain, même par une nuit de tempête.

Je venais enfin d'atteindre une rue éclairée par la lumière des réverbères, lorsque mon téléphone émit un bip. J'avais presque oublié sa présence à ma ceinture, bien à l'abri dans sa pochette étanche.

Je venais de recevoir un SMS. D'Imogen ! Avec qui j'avais rendez-vous !

Enfin, avec qui j'aurais dû avoir rendez-vous, une heure et demie plus tôt.

Tâchant de mettre sur pied une excuse en béton, je sortis mon iPhone de sa pochette, prêt à lui passer un coup de fil.

Non, il valait mieux lire son message, d'abord.

mon père est mort, je le sais, disait-il.

Son père venait subitement de passer de l'état de disparu à mort ? Pas étonnant qu'elle ait cherché à tout prix à me joindre !

Un autre bip. Nouveau message d'Imogen.

Je l'ouvris.

JE NE VEUX PLUS JAMAIS TE REVOIR !

TABLE DES MATIÈRES

LA SUITE DÉBARQUE BIENTÔT CHEZ TON LIBRAIRE...

Tiens-toi prêt pour le grand rush !

7 Octobre 2015

En attendant, fonce sur **www.rush-lelivre.fr**
pour rejoindre les fans de ***RUSH*** !

www.rush-lelivre.fr

facebook.com/rushlivres

LES 4 PREMIERS CONTRATS

Disponible
6,95 €
en poche
Robert Muchamore
CHERUB
MISSION 1
100 JOURS EN ENFER
"Efficace, excitant, fascinant : et si c'était vrai ?"
Sunday Express

Disponible
6,95 €
en poche
Robert Muchamore
CHERUB
MISSION 2
TRAFIC
"Efficace, excitant, fascinant : et si c'était vrai ?"
Sunday Express

Disponible
6,95 €
en poche
CHERUB
MISSION 3
ARIZONA MAX
"Efficace, excitant, fascinant : et si c'était vrai ?"

Disponible
6,95 €
en poche
Robert Muchamore
CHERUB
MISSION 4
CHUTE LIBRE
"Efficace, excitant, fascinant : et si c'était vrai ?"

Disponible
6,95 €
en poche
Robert Muchamore
CHERUB
MISSION 5 LES SURVIVANTS
"Efficace, excitant, fascinant : et si c'était vrai ?"

Disponible
6,95 €
en poche
CHERUB
MISSION 6
SANG POUR SANG
"Efficace, excitant, fascinant : et si c'était vrai ?"
Sunday Express

Robert Muchamore
Disponible
6,95 €
en poche
CHERUB
À LA DÉRIVE MISSION 7
MISSION 7
À LA DÉRIVE
"Efficace, excitant, fascinant : et si c'était vrai ?"
Sunday Express

Robert Muchamore
Disponible
6,95 €
en poche
CHERUB
MAD DOGS MISSION 8
MISSION 8
MAD DOGS
"Efficace, excitant, fascinant : et si c'était vrai ?"
Sunday Express

Robert Muchamore
Disponible
6,95 €
en poche
CHERUB
CRASH
MISSION 9
CRASH
"Efficace, excitant, fascinant : et si c'était vrai ?"
Sunday Express

Robert Muchamore
Disponible
6,95 €
en poche
CHERUB
LE GRAND JEU MISSION 10
MISSION 10
LE GRAND JEU
"Efficace, excitant, fascinant : et si c'était vrai ?"
Sunday Express

Robert Muchamore
Disponible
6,95 €
en poche
VANDALES
MISSION 11
VANDALES
"Efficace, excitant, fascinant : et si c'était vrai ?"
Sunday Express

Robert Muchamore
Disponible
6,95 €
en poche
CHERUB
LA VAGUE FANTÔME MISSION 12
MISSION 12 LA VAGUE
FANTÔME
"Efficace, excitant, fascinant : et si c'était vrai ?"
Sunday Express

CHERUB
MISSION 13
Disponible
6,95 €
en poche
LE CLAN ARAMOV
Robert Muchamore

CHERUB
MISSION 14
Disponible
6,95 €
en poche
L'ANGE GARDIEN
Robert Muchamore

CHERUB
MISSION 15
BLACK FRIDAY
Robert Muchamore

CHERUB
MISSION 16
HORS-LA-LOI
Robert Muchamore

Robert Muchamore
LE PRISONNIER
HB
HENDERSON'S BOYS
LE
PRISONNIER
Par l'auteur du best-seller CHERUB

Robert Muchamore
TIREURS D'ELITE
HB
HENDERSON'S BOYS
TIREURS
D'ELITE
CHERUB - les origines

Robert Muchamore
L'ULTIME COMBAT
HB
HENDERSON'S BOYS
L'ULTIME
COMBAT
CHERUB - les origines

CHRIS BRADFORD
« À couper le souffle »
Eoin Colfer (Artemis Fowl)
BODYGUARD
L'otage